中公文庫

演劇入門

増補版

福田恆存

中央公論新社

目次

演劇入門　増補版

I

劇と生活

一　演劇の発生について

演劇の起源はだいたいどこの民族においても似たり寄つたりのものでありますが、ここではヨーロッパ演劇の母胎をなすギリシア劇についてお話ししようとおもひます。もちろん、能や歌舞伎はヨーロッパの演劇にくらべて遜色がないばかりか、ある意味ではもつと完成した美をもつてゐるといへませうし、それゆゑに日本を訪れる外国人は、ヨーロッパのまねみたいな新劇にそつぽをむいて、能の単純な美しさや歌舞伎の絢爛と流麗に魅せられるのがつねであります。しかし、今日の新劇がそれらから学び受けつがねばならぬものがいかに多くあるにしろ、能も歌舞伎もすでに完成し閉ぢられた芸術形式であつて、それ自身の内部に発展の可能性をぜんぜんもつてゐないといつてよろしい。いかに不完全であつても、われわれは新劇に現代の演劇を期待しなければなりますまい。ギリシア演劇の起源についてまづお話ししようとおもひたつたゆゑんであります。

ギリシア劇はアイスキュロス（前五二五―四五六）ソフォクレス（前四九六―四〇六）エ

ウリピデス（前四八五―四〇七）といふ三人の代表的な劇詩人のわづかに残つた作品によつて、そのおもかげをしのぶことができるしだいですが、それらはすでに演劇芸術として確立した形式と内容とをもつてゐるもので、その起源となると、もつとさかのぼらなければなりません。すなはち、いまだ演劇とはいひかねるもの、そしてそこからギリシア劇が発生してくる地盤、それはなんであるかが問はれねばなりません。それはディオニュソス祭礼のディテュラムボス合唱歌であります。ディオニュソス神といふのは本来のギリシア神ではなく、もとは北方の蛮族の生成神であり、ギリシア演劇の生れたアッティカ時代のごくはじめにギリシア本土に侵入し、元来アポロ的な明晳をこのむギリシア人たちはその騒擾と猥雑とに抵抗したのですが、それがたちまちのうちに全土を席巻し、いたるところでディオニュソス祭礼がおこなはれるやうになりました。

あるいは読者のうちには映画などで、葡萄の穫りいれを祝ふジプシーたちの賑かなお祭りさわぎをごらんになつたかたがあるかもしれない。人間が立つたまま五、六人ははいれるやうな大きな樽のなかに葡萄をいつぱいに入れて、そのうへにジプシーの女がひとり、あるいは二人のつかつて、周囲の楽器や歌にあはせ足をふみならしながら踊り狂ふのです。かうして芳醇な葡萄酒がつくられます。ディオニュソス神とはまた酒の神であり、生殖の神であります。それは狂喜乱舞の祭礼であり、民衆のうちにひそんでゐた生命力の吐け口であつたのです。その点では、ディオニュソス祭のみならず、日本のお祭でもおなじことです。それはよくいへば健康であり、わるくいへば猥雑であります。日本の神社にそなへられた器物に生殖器を形どつたものが多いのを見ても、そのことは察せられるでありませうし、盆踊りが農村の男女にとつてどういふ役割をはたしてゐたかといふ事実からも、推察できるでせう。それらのお祭りさわぎは、ほとんどすべて農作物の豊穣や収穫を祈る祭儀であり、これからやうやく繁殖に向ふ季節にしたがつて、いままで枯死の冬に抑圧されていた人間の生命力の爆発をうながすものであり、労して報いられぬたいくつな日常の仕事からの解放をなさしめるものなのであります。

ところで、このやうな生の讃歌に関する行事が、どういふわけでギリシア悲劇のやうな沈鬱な芸術を生んだかといふことに、読者は疑問をもつにちがひない。エウリピデスになりますと、おなじ悲劇といつても、アイスキュロスやソフォクレスとはだいぶ異なり、かなり近代劇に近づいてきて、その主人公もかならずしも英雄的な特殊な人物ではなくなり、事件もさほど大がかりな、あるいは神がかつたものではなく、日常生活にもまま見られるやうなものがとりあげられてゐることが多いのですが、初期、ないしは全盛期のギリシア悲劇においては、主人公はことごとく壮大な英雄的人物であり、しかも最後はその悲劇的な死や追放によつて終るのであります。一見したのでは、これがどうして生の讃歌であるディオニュソス祭礼と関係があるのかわからぬくらゐであります。

ところが、それがじつは見事に関係があるのです。当時の劇詩人たちは悲劇三部作とともに最後にサテュロス劇といふのを附加して四部作となし、毎年ディオニュソス祭礼に提出しました。ちやうどオリムピック競技のやうに、それらが競演されたのであります。今日、われわれの手に残つてゐるのは、この四部作のうち、悲劇三部作だけであります。それもごく一部にすぎず、多くは断片だけしか残つてゐないのですが、サテュロス劇にいたつてはほとんどその形骸だけしか残つてをりません。その当時のおもかげはわづかに推測されるのみであります。想像しますのに、サテュロス劇といふのは、それにさきだつ悲劇とは異なり、文学的に、すなはち詩として、戯曲として、完全な必然性に貫かれた形式ではなく、狂喜乱舞の舞踊劇的なものであつて、それゆゑに今日までその形式が伝はらなかつたのではないかとおもはれます。もちろん、ギリシア悲劇はサテュロス劇をともなはずとも、それ自身において完結してをり、その完成期においては、サテュロス劇はたんなるつけたりの観を呈するにいたりましたが、われわれとして注意しなければならぬのは、ギリシアにおいてはそれがたんなるつけたりではなかつたこと、いや、むしろ、サテュロス劇にこそギリシア劇の母胎があるといふことであります。

さきに申しましたが、ディオニュソス祭礼は生の讃歌であります。死からの解放でありました。ただし原始民族にとつて、生と死とはかならずしも個人的な問題ではありませんでした。といふよりも、たとへ一個体の生死であつても、かれらはそれをもつと大きなものに結びつけて感得してゐたのであります。一個体の生死は宇宙における星辰の運行と関係があつたのです。それぞれの人間はそれぞれの星の支配下にあつた。民族だつておなじことです。したがつて、民族の盛衰と個人の生死とは無縁ではなかつたのです。今日のやうに部分である個人が全体である民族や人類から分離し遊離してはをりませんでした。さらにかれらの生は自然の季節と密接な関係をもつてゐました。春は発芽であり、夏は生成であり、秋は実りであり、冬は枯死であります。おなじやうに、一日の朝・昼・夕・夜が生死の循環を象徴してゐたのです。すなはち、生成神とは、たいていの原始民族の伝説に見いだされる年季交替の神にほかなりません。ですから、その祭儀とは古き年の死と新しき年のよみがへりとを、葬送と誕生とをめぐつておこなはれました。

この祭礼において、まづひとびとは老いたる年の王の滅びゆく過程を、そしてその苦悶と反抗とを演ずる。そして最後に冬がやつてきて、それは完全に生命力を失ひ、萎えはて、死の静寂に終る。祭礼はひとときの完全な沈黙のうちに終熄したかにみえます。祭儀を演ずるひとびとは死んだやうに、ひれふし、身うごきもしません。そのとたんに、かれらは新しき年の若々しい王として立ちあがり、まつたく唐突に活気と豊穣と生殖と騒擾とのうちに踊り狂ひはじめるのです。飲めや歌への大騒ぎがはじまります。さらに、かれらは町中を練つて歩きます。ギリシア劇にまで完成を見た四部作においては、老いたる年の王の苦悶と死とを扱つた部分のはうがはるかに長く、サテュロス劇は短かつたのでありますが、それは劇場だけのことであつて、そのあとではどうだつたか——おそらく、その日は、観客たる市民たちは、サテュロス劇のあと、劇場から流れだして、夜を徹して騒ぎまはつたのではないかとおもはれます。古き年の苦悶と死とを扱つた悲劇は、じつはそのあとにつづくよみがへりのために演戯されたのであるといへませう。サテュロス劇がギリシア劇の母胎であると考へられるゆゑんです。

二　死から生へ

以上のことは、しかしながら、なにもギリシア民族特有のことでもなければ、また原始人だけの特殊感情でもありません。年季交替の説話は、もつとも高度に発達したクリスト教にもその名残りをとどめてをります。すなはち、自然の歩みとともに生きようといふ唯物的な異教にたいして否定的に精神の優位を主張するクリスト教も、それが深く民衆の生活に根をおろすためには、異教的なものを取りいれなければならなかつたといふのが、その大きな理由の一つ、さらに今日では複雑な神学と深遠な智慧につつまれたクリスト教にしても、その発生段階においては、やはり異教的な萌芽をもつてゐたのであつて、それがいまもなほ払拭されずに残つてをり、だからこそ民衆の生活と強く結びつくことができたといふのが、その理由の二であります。たとへば、クリスト復活の話など、いかに深遠な教示があつたにしても、われわれはそこに年季交替の説話のおもかげを見てとることができるでありませう。ことに現世的俗権の世界であるバビロンの崩壊につづいてイエス再臨と聖徒の支配の時期を暗示する黙示録の主題は、そのまま年季交替の説話に合致します。

それはまた、クリスト教をもたない、そして異教的な祭政一致の形態をもつてゐるわれわれ日本人の生活に――のみならず、比較的身についた仏教をすら、いはゆる本地垂迹《ほんぢすいじやく》説によつて、みごとに神道に混合してしまつたわれわれ日本人の生活に――かなり多く見いだされることであります。さういへば読者はすぐおもひだされることでありませうが、日本の演劇の母胎といふべきあの「天の岩戸」の神話、あれこそ、年季交替の説話の好範例であります。太陽は沈み、一日は終る。古き年は、といふよりは古き日は、いつたん死滅するのです。そして神々はふたたび新しき日を招来すべく集り、太陽神を誘惑する神楽を演ずる。太陽神はその騒ぎに興味をもつて、岩戸からそつと顔をだします。あとは例のサテュロス劇のやうな狂喜乱舞がつづくといふわけです。

だが、かういふことは、なにも古代神話の世界にのみかぎられたことではありません。なるほど、現代のわれわれの生活は――特に戦後は――いろいろな古いしきたりや行事を失つてしまひました。民族的な、ないしは民衆的な祭礼はほとんどあとを断ちましたが、それでも個人の生死に関しては、あの年季交替の説話に似た慣習がいまだに残つてをります。ことに葬儀や法事にそれがはつきりうかがはれます。ある家でだれか死にます。すると知人や親戚が威儀をただして現れます。みんなは意識するとしないとにかかはらず、深刻な表情のもとに古き年の王の死を悲しむ演戯をします。坊さんがお経をあげてゐるあひだ、みんなは足のしびれをがまんしながら頭をたれて、それをきいてをります。故人と親しいひとたちは、そのとき過去のおもひでをたぐり、そのひとがいまは亡きことに感慨無量のおももちをしてゐます。それから焼香がはじまります。厳粛な儀式です。

ところで、そのあとでは、故人を真に愛していた家族には堪へられぬやうな情景が展開されるのがおきまりです。今日では告別式といふ事務的な処理のおかげでさういふこともなくなりましたが、それでもお通夜の晩などにはまま見受けられる酒盛りのどんちやんさわぎがそれです。会葬者たちは、読経や焼香のときの深刻な悲しみの表情はどこへやら、へべれけに酔つぱらつてしまひ、およそ人間の死といふ厳粛な場面にはふさはしくない猥雑な冗談や踊りが展開されるのです。いつぱう遺族は棺のそばにうなだれてをり、あるいは堪へきれずに居間にひつこんで悲しみをわけあひます。ときには鷹揚な施主が酒盛りに現れ、自分の悲しみを押しかくし、献杯しながら、どんちやんさわぎの奉仕をします。かれは、いまや、この儀式の主体が死者の側にではなく、礼をわきまへざる会葬者の側にあることを知つてゐるからです。もしこの遺族にまじめな青年がゐたとすれば、かれはひとびとの心なき酔態に怒りを発するでありませう。その気もちはすこしも非難するにあたりません。同時に、心なき会葬者の酔態もとがめだてをすべき性質のものではないのです。

残酷なやうですが、生者は死者につきあふべきではありません。今日では――すくなくとも一見すると――遺族と会葬者とのあひだに、心理的な間隙と対立とがあるやうですが、よく考へてみると、これは役割の分担にすぎないのではないでせうか。遺族の青年に、いかに故人を悼む気もちが強くとも、かれはその悲しみをいつまでも持続することはできません。生きるためには、そんなことは不可能です。また、たとへかれが会葬者たちの酔態に腹をたてたにしても、もしその逆に会葬者たちがかれとおなじ深い悲しみのうちにとざされ、ものもいへず涙にかきくれてゐたとしたら、青年の悲しみはますます強くなる――といふより、やりきれぬものになるでせう。死といふものは日常のしきたりの停止を意味するものですが、その瞬間に、べつのしきたりがはじまらなかつたら、ひとびとはいかに行動していいか、その方途を見うしなつてしまふのです。みんなが悲しみに淫して、あたかも密室にとぢこめられたやうに、身うごきもできぬ状態になるでせう。その密室の扉をひらき、外界の生に道を通じるのが会葬者の役割であります。

　同時に、さういふ道がついてゐてこそ、すなはち生の背景をもつたしきたりのうちにおいてはじめて、遺族の悲しみは一定の形式をもち、行動に通じる。いひかへますと、どんちやんさわぎに反撥を感じながら、かへつてその反撥にささへられて、悲しみを深化し、醇化することができるのです。その反対の極端な例を考へてみると、この心理のいきさつがよくわかるでせう。すなはち、会葬者の悲しみの表現が遺族のそれを越えたばあひ、遺族はどういふ気もちをもつか。かれらはおそらく不愉快でせう。そこにしらじらしい虚偽を見いだすでせう。あるいは故人を会葬者に奪はれたやうな気もちをもつでせう。のみならず、かういふことは、遺族自身の心理についてもいへるのです。といふのは、さきほども申しましたやうに、悲しみ、悲しみのやうな激しい感情は持続が困難でありますから、会葬者がかれとおなじやうに悲しみ、その悲しみが、かれの悲しみより時間的に長くつづき、程度も深いとすると、かれは自分自身の悲しみのうちに虚偽を見いだすやうになります。その意味においても、遺族が適度に自分の悲しみにひたるためには、会葬者はその節度を守らなければならないし、席を変へて酒盛りをしてもいいのであります。遺族はかへつて安心して自分の悲しみにとぢこもれるといふわけです。

その証拠に、われわれは三十五日とか、四十九日とか、百箇日とか、あるいは一周忌、三回忌、七回忌、十三回忌といふやうな法事を営みますが、そのたびごとに、遺族の悲しみは徐々に浅くなり、それにしたがつて、かれらは会葬者の心理に近づいてまいります。七回忌、十三回忌ともなれば、もはや遊山や宴会とほとんど変りがない。それは死人のための死の儀式であるよりは、残存している生者のための生の習俗になつてしまふのです。すなはち、意識するとしないとにかかはらず、「死から生へ」といふこの方式は、演劇の発生的形態と一致してゐるといふことができませう。人生は大規模な演劇であります。逆に演劇は人生のもつとも純粋な在りかたの芸術的表現であります。

三　カタルシスについて

アリストテレスはギリシア悲劇の本質を論じて「恐怖と哀憐」の感情の浄化作用《カタルシス》であるといひました。もちろん、「恐怖と哀憐」は死において、もつとも典型的にそしてもつとも純粋に、発露するものであります。ギリシア悲劇ばかりではなく、シェイクスピア劇においても、またフランス古典劇においても悲劇とは単純に、主人公および主要人物が幕切れにおいてことごとく死にたえるものと定義されてゐたのです。が、すでに申しましたやうに、この古き年の王は、同時に新しき年の王のよみがへりを暗示するものでなくてはいけません。と申しても、その暗示が作品のなかでおこなはれるといふことではないのです。作品はあくまで悲劇的でなければならない。いや、われわれはそれがとことんまで悲劇的であつてもらひたいのです。なぜでせうか。それはわれわれのセンチメンタルな好尚にあつてゐるからでせうか。なるほど、われわれ日本人のうちにはさういふ傾向がたぶんにあつて、喜劇よりは悲劇が歓迎されてゐるやうです。しかし、真の悲劇はお涙ちやうだいの感傷劇とはちがひます——真の喜劇がわるふざけとはちがふやうに。

われわれがさういつた感傷劇とはちがふ真の悲劇を求める気もちは、いふまでもなく生命力のほとばしりからであります。が、感傷劇は生命力の減退から生れるものであります。

真の悲劇はしたがつて生の讃歌のために――「ために」といふとをかしいが――生をして十分にその機能を発揮させたいといふ欲望が、自己充足のために生みだすものなのだといへませう。人間がより強く生きるために、死にたるものを死なしめる営みが、ほかならぬ悲劇の機能なのであります。前節において、遺族と会葬者の例をとりましたが、この両者は、じつはわれわれ一個人のなかにも同時に住んでゐるのです。のみならず、この両者とならんで、死者も、あるひは死につつあるものも、同時に住んでゐるのです。

ただ生理的にのみ考へてみても、このことはたんなる比喩ではありません。われわれの肉体はつねに新陳代謝をおこなつてゐます。われわれはつぎからつぎへと栄養を摂取し、老廃物を排出してをります。カタルシスとはこの排泄作用にほかなりません。死にゆくものを死なしめる作用なのであります。もしかういふカタルシスがおこなはれなければ、われわれの肉体はどうなるか。尾籠な話ですが、便秘、自家中毒、その他あらゆる病気が発生します。おなじやうなことが心理的にも倫理的にもいへるでありませう。

フロイトによれば、われわれのうちにあるなにかの欲望が、社会的制約や、あるいはその場のきつかけのために、正当な捌け口を与へられないと、それは地下にもぐつて、いひかへると無意識下にくみこまれて、さまざまな複合《コムプレックス》を形づくります。たとへば、かんたんな例でいひますと、われわれが職場なり家庭なりで、なにか不愉快な経験をする。おもはず「馬鹿野郎！」といふことばが口まで出かかる。そのとき、相手が上役だつたり、あるいは社会的儀礼といふものにしばられたりして、その罵声を口に出さないことがままあります。また、さうでなくとも、「馬鹿野郎！」と怒鳴らうとした瞬間、だれかが訪ねてきたり、地震がぐらぐらつときたりすれば、そのまま黙つてしまふでせう。が、そんなとき、だれでも後味が悪いものです。おもひきり怒鳴れれば、胸がすくでせうが、それができないために、ときには物にあたつたり、木刀をふりまはしたりしてごまかしてしまふ。すべてがこんなささいなことなら、なにも木刀までふりまはさなくてもすむでせうが、さういふささいなことでも度かさなれば、そしてまたもうすこし重大なできごとともなれば、コムプレックスはますますはげしくなり、抑鬱状態、神経衰弱を惹起するにいたります。フロイトはそのいちばんはげしい原因、そしてすべてのコムプレックスの大本を性欲に関するものであると見なしました。それが正しいかどうかは別問題として、なるほど性は人間行為のうち、もつとも明るみにだすことを禁じられてゐるものであります。

フロイトはもつぱら心理の領域でさういふ研究をしたのであつて、今日の精神医学はかれの理論にもとづき、患者の無意識下にもぐつてしまつたコムプレックスを解きほごさうとこころみてをります。つまりカタルシスをおこなはしめようといふのです。が、かういふこころみは心理的にはいいかもしれませんが、倫理の問題にまでふみこんでくるとかんたんにはまゐりません。ことに生死といふ深刻な問題においては精神医学はなんの力ももたないのです。なるほど、いまあげた例のやうに、「馬鹿野郎！」と怒鳴りそこなつたことくらゐなら、その原因を究明して、患者に現在の抑鬱状態が大したことではないのだから安心しろといへます。意識の病気は原因を知ることによつて、容易になほることが多い。無意識下にあるものを意識化させてやること、つまり閉ぢられた部屋から解放してやることがかなり効果的なのです。自分では動かぬ壁とおもひこんでゐて、ちよつと横を見れば外界に通じてゐる戸口があるのに、うんうん汗を流して正面の壁を押してゐるとき、その戸口の存在を教へてやればいいわけです。

ギリシア悲劇におけるカタルシスは、もちろんそんなことでかんたんに説明のつくものではありません。たしかに、くだらぬコムプレックスはさつさと排泄して、さつぱりしてしまつたはうがいい。が、ごぞんじのやうに、ギリシア悲劇の主人公は英雄であり、王者の威容をそなへてをります。それはたんなる老廃物ではありません。かれらは新しき生命にとつて邪魔ものであると同時に、新しき生命の生みの親であり、かれらが苦悶し死を実現する力が、そのままつぎの時代の生命力となるのです。逆にいへば、サテュロス劇における生命力が、その生の充実と純粋化を可能ならしめるために、事前に苦悶と死とを演ずるのです。不死鳥が新しく生れかはるために、みづから火のなかに身を投じるやうなものです。ですから、この場合のカタルシスは、ひとつの細胞が死に、べつの新しい細胞が生れるといふやうな、二つの別個な営みではない。死と生とは同一の主体に起るのです。同時に、無価値な、あるいは無用なものの死滅ではない。もしそれが、完全に死にたえてしまつたならば、新しき生命が存在しえぬやうな貴重なものであります。その点が精神医学や社会改革の原理と異なるものでありませう。そのいづれも障碍を除去することを目的とします。といふのは、障碍はすべて悪しきものと考へられます。しかし、ギリシア悲劇においては、その障碍が肯定されます。神託や宿命がいかに邪悪なものであつても、これを肯定するところにギリシア悲劇は成りたつてゐるのです。もしそれがくだらぬものだつたなら、それにぶつかつて死んでいくのは愚劣でせうし、英雄や王者の崇高さなど微塵も感じられないでせう。したがつて、そのカタルシスとは内面的な、あるいは外面的な障碍の除去といふことではなくて、逆にその障碍に立ちむかふ力の凝集と純粋化を意味するといつたらよろしいでせう。ギリシア悲劇の観客たちは、かれらの英雄が障碍のまへに倒れる姿を見て、あらためてその障碍を確認し、それとたたかふ沈著な力を自分のものになしうるのです。

かれらにとつて障碍とは容易に除去しうる邪悪な力ではありません。それは正邪善悪を超えた自然の理法であります。ですから、精神医学や社会改革の理念のやうにちよつと戸口をさし示すだけで、かんたんに解決のつくものではない。つまり逃げ道はないのです。とすれば、われわれに残された唯一の方法は、自然の理法にしたがつて、死すべきときには死ぬといふことです。あるいは個体のうちにある死すべきものは死なしめるといふことであります。それはもちろん全面的な死ではない。全体が生きるための部分的な死であります。悲しみとは死へのつきあひであります。が、それは死ぬことを意味しません。われわれのうちに死とつきあふ部分をこしらへて、あとはあくまで生きぬかうとするための演戯であり処世術であります。潔癖なひとは演戯だの処世術だのといふと、いちづに軽蔑しますが、その浅薄な現れかたはべつとして、この場合、それは生本能の智慧といふべきものであります。

アリストテレスが「恐怖と哀憐」のカタルシスといつたのは、おそらくその意味だつたとおもひます。観客は自分のうちに隠れている「恐怖と哀憐」の情を吐瀉し、死につきあふのです。すなはち、自己の内部の古き年の王を死なしめ、その死を葬ふのであります。さうすることによつて、かれらは新しき年の王としてよみがへるのです。ただ、悲劇は観客をさういふ状態に導くために、日ごろ観客が意識するのを嫌つて無意識の世界にふせておいた「恐怖と哀憐」の情を、積極的に明るみにひきだし、それをあくまで刺戟することからはじめます――ほかでもない、それをすつかり吐きださせてしまふために。いはゆる新派悲劇とか感傷劇とか近頃はやりの前衛劇とかいふものは、このカタルシスをおこなはぬものであります。悲しみや観念的な苦しみに淫することを好む観客の俗情をすつかりのみこんでゐて、それとなれあひの遊びをすることです。その結果はかへつてコムプレックスを醸成することになりませう。強く生きようとする力を与へるのとは反対に、生からの弱々しい逃避をすすめることになります。

それなら、なにも新派悲劇を借りなくとも、人生にはいくらもさういふ機会があります。といふよりは、人生といふものは、さういふ機会の不完全な連続です。悲しみも喜びも、けつして完結した形で現れることがありません。さきほど申しましたやうに、なんらかの社会的制約やその場のきつかけで、中絶してしまふことが多いのです。ですから、死すべき古き年の王が死ねずにわれわれのなかにいつまでも残つてゐることになり、われわれはそのため徐々に精神の力を弱めていくのです。真の悲劇とは、死すべきものの死をとことんまで完結した形で演じ、われわれに新しき生の力を賦与する力強いものなのであります。したがつて、それは人生の喜びを直接に謳歌する喜劇とは、ただ裏表の関係にあるにすぎません。真の喜劇は諷刺でもなければ揶揄でもありません。それは実人生において十分に発揮しきれぬ生命のエネルギーを完結した形式で爆発させるものでなければなりません。

四　実人生における演劇的要素

さて、読者のうちには、さういふことはなにも演劇にかぎらぬではないか、あらゆる芸術についておなじやうなことがいへるではないかといふかたがあるかもしれない。まつたくそのとほりです。しかし、演劇においては、それがもつとも純粋な形で現れるのでありますつまり、他の芸術に比して、演劇は実人生ともつとも密接な関係をもつてゐるといへませう。そのことについて、すこし話してみたいとおもひます。
すでにおわかりのやうに、演劇は祭儀から発しました。そして祭儀とは、そのもつとも原始的な形態としては、自然の理法に対処する人間の生活法の様式化であります。それがだんだん進化すると、その民族なり社会集団なりの風俗を形成します。さうなると、かならずしも最初に目ざされた対自然の生活法といふ動機は忘れられ、一種の社交の機会を提供するものになつてまゐります。江戸の庶民生活における神社の祭礼は、そのことの起源はともかく、べつに農作物の豊穣を祈り収穫を祝ふ目的をもつてゐたわけでなく、もつぱら庶民に大規模な社交の機会を提供するものとなつてゐたのであります。葬儀にしても似たり寄つたりです。それは風俗であつて、もはや祭儀ではありません。したがつて、力は弱まつてをります。自然とのつきあひではなく、人間どうしのつきあひになつてきたからです。いひかへれば、宗教が風俗化され文化化されたといへませう。イエスを信じないわれわれも、クリスマスを祝ふことはでき、しかもそのことのをかしさをすこしも怪しまない。

だが、文化化され風俗化され民衆化されぬ宗教といふのも、またへんなものです。それは固牢な密教的宗教にさうゐありません。宗教は当然、風俗化さるべきものです。ただ、問題はその結びつきにあります。いかに最初の目的が忘れられたとはいへ、われわれの心のどこかにそれが生きてゐなければ、風俗化さへ不可能であります。江戸の庶民の祭礼が秩序ある風俗の美をもつてゐたのは、やはり、その背後に最初の目的が生きてゐたからであり、現代のわれわれにはそれがまつたく死に果ててしまつたがゆゑに、祭礼は昔のやうな意味をもちえず、われわれの他の生活部面に溶けこむことなしに浮きあがつたものとなつてしまつてゐるのです。今日、神社の祭礼の風俗を美しいとおもふものはゐないでせうし、またいい大人があらゆる日常の義務をなげうつて、神輿をかつがうといふ気にはならぬでせう。われわれは祭礼にさほどの魅力を感じないのです。それどころかときには醜悪にさへみえます。

しかし、祭儀、くだつては風俗、それがなくては演劇は衰微せざるをえないのです。なぜなら、祭儀や風俗こそは、日常生活における演劇的モメントであるからです。いひかへれば、それは日常生活のなかで演ぜられる室内劇であり野外劇であるからです。大きくいへば人生そのものが演劇ですけれども、そのなかで、あるまとまつた意識的演出がおこなはれる場が、この祭儀であり風俗であります。人間のうちには、初めもなく終りもない——といふよりは偶然に始まり偶然に終る——実人生に対抗して、意識的な演出による完結し統一した一定時期をもちたいといふ要求があります。ひとびとは演戯したいのです。なにものかに操られてゐるだけではなく、たまには自分で自分を操りたいのです。そして実人生のうちにさういふ時期を人工的につくらうとします。くどいやうですが、それが風俗であります。

諸君の周囲を見まはしてごらんなさい。ことに年寄りをよく見てごらんなさい。かれらはたいていこの種の智慧を身につけてゐます。すくなくとも諸君よりはそれがある。きまじめな青年はそれをいちづに否定するでせう。迷信だとか、意味がないとかいふにちがひない。まへに例をひいた葬儀のことをおもひだしてください。なにも諸君までが年寄りに義理をたてておお墓まゐりなどやれといふのではありません。しかし、自分の生活にスタイルをもつといふことがどんなに大事なことかを反省していただきたいとおもひます。生活にスタイルをもつことによつて、年寄りたちは日常生活の労苦や焦躁から自分を救つてゐるのです。大晦日までは借金に苦しめられてゐても、一夜あければ、春を寿ぐ術を知つてゐるのです。なるほど、それは逃避といへませう。いくら正月になつたからといつて借金は棒引きになつたわけでもなく、七草すぎれば、ふたたび日常生活がはじまるのです。諸君はそのやうな逃避を否定し、現実に直面せよといはれるかもしれない。が、もしその論法を徹底させれば、諸君は狂気になるでせう。古い生活のスタイルは若い世代に役にたたぬでせうが、さうかといつて、人間はスタイルなしで暮せるものではないのです。そしてこのスタイルこそ——あるいはスタイルを作らうとする意志こそ——実人生における演劇的モメントなのであります。もしわれわれの生活にそれがなければ、われわれはわれわれの演劇を生むことができないでせう。

歌舞伎や新派はつねに亡びる亡びるといはれながら、今日なほ新劇より多くの観客層を有してゐます。また数だけの問題ではなく、観客との深い結びつきといふ点でも、新劇は歌舞伎にかなひません。なぜでせうか。いふまでもありません、そこには完成した風俗がありスタイルがあるからです。新劇により近い新派を例にとつて考へてみませう。新派ははじめ壮士芝居といつて、新劇とおなじやうに、ずぶの素人たちが、歌舞伎にたいする反抗心から現代人の生活を舞台にのせようといふ気もちで出発したものです。しかし、それが完成した形をとつたのは、今日のやうに明治の花柳界を素材にしはじめてからでした。御承知のやうに、好むと好まざるとにかかはらず、花柳界といふのは現代の生活から離れた特殊な離れ小島ではありますが、ちやんと明確なスタイルをもつてをりました。髪の結ひかたひとつで芸者か半玉か女中かの区別がついてをります。挨拶のことばにも定石があります。そしてかたぎの社会にたいして自分の地位をこころえてゐます。――社会全体にたいするかかはりかたに一定の方式がありました。迷信とか縁起とかいふ古いものがいちばん純粋な形で残つてゐました。いはば風俗があつたのです。かれら、およびそこに出入する客たちは、日常生活から切り離されて、曲りなりにもそこにひとつの完結した演戯をおこなつてゐたのです。さういふものを地盤にした新派が演劇として短い時期にある種の完成を見たことは当然なことといへませう。

さきほど、クリスマスのことにふれましたが、おそらく諸君のうちの大部分は彼岸の墓参や法事の読経よりも、また氏神の祭礼よりも、クリスマスを祝ふはうが自然な気もちでできるといふでありませう。もつともであります。だが、ひるがへつて考へてみますのに、切下髪の老婆が爺に手桶をもたせて墓地のなかを歩む姿、あるいはちりめんのそろひを著て神輿をかつぐ町の若い衆、これにくらべて、銀座のバーで三角帽をかぶり、なけなしの金をはたいて酒杯をあげる現代人のはうが、スタイルをもつてゐるとはいへません。そしてさういふことは、その両者を舞台にかけてみるとすぐわかつてしまふのです。どちらが現代的であるか、どちらが現実的であるかを問ふまへに、われわれの美意識にとつて、どちらが好もしいかといふ問題のはうがさきにくるのです。さらに、前者のばあひ、たとへば切下髪の老婆からは、舞台に現れてゐない平生の生活の重みと広がりとが感じられるが、クリスマスの酔漢はその場だけで浮きあがつてみえるのです。クリスマスといふものは、いまだ生活化され風俗化されてゐないからです。一日の行事としてならなりたつにしても、それは一年の生活とすこしもむすびついてゐないのであります。

右に述べたことをもうすこし深く掘りさげて考へてみませう。風俗、さらに根源にまでさかのぼれば祭儀、これらは自然の季節、人間の生理との合一感を基礎としてなりたつてゐるものです。そして、さういふ生命の根源を通じて、ひとつの社会集団の構成員はたがひに結びついてゐたのであります。おなじ生の分担者として、他人は他人であつて、しかも他人ではない。つまり、おなじ生命の一部分であつた。いい意味でも、わるい意味でも、個人の自覚といふものはなく、個人は全体から遊離してゐませんでした。その共同体の意識が風俗のスタイルを生んだのです。ところが、近代の特徴は、良きにつけ悪しきにつけ、個人の自覚といふことであります。自分は他人とは違ふといふ意識、のみならず、他人と違はねば自分の存在理由はないといふ考へかた、それが近代人を支配しました。自分が自分であるためには、共通の場から脱出し、共通の場を破壊しなければならないのです。

当然、演劇は衰微し、十九世紀は小説の時代になつたわけです。演劇は孤独といふものに反撥します。第一に、演劇がおこなはれる形式が劇場であり、そこでは孤独になることが禁ぜられます。第二に、舞台のうへでも――たとへ独白がたまにあつたにしても――二人、あるいはそれ以上の人間が同時に存在し、おたがひが共感するにせよ反撥するにせよ、共通の場をもたなければならないのです。これに反して、小説はいくらでも孤独になりうるし、またさうなることによつて小説の機能を発揮しうるでせう。第一に、それは書斎にひとり閉ぢこもつて読むものです。第二に、相手なしに個人の内面心理の分析をいくらでも緻密に書けるし、さうすることによつて共通の場に反逆し、それを破壊することができます。ジョイスの『ユリシーズ』はただひとりの内面的な意識の流れを、しかもたつた一日のそれを、延々数百ページにわたつて書いてをりますが、かういふことはおよそ演劇には不可能なことであります。

が、小説が発達したから、個人の自覚がうながされたわけではありません。もちろん、さういふ逆作用もありませうが、本来は個人の自覚が発達したから、小説がその特技を発揮するやうになつたのです。そして個人の自覚といふことは、要するに反社会的、反風俗的といふことにほかなりません。小説がさうであるばかりでなく、われわれ現代人の生活がさうなりつつあるのです。さうなると、演劇はじつに困るのです。たとへば、現代の日本で劇作家が脚本を書かうとしたとき、いちばん苦労することは、ひとつの場面に次から次へと多くの人物を登場させるのに都合のいい自然なシチュエイションが、われわれの生活のなかに乏しいといふことです。さきほどの例ではないが、日本人においてひとつのスタイルをもつた会合は、せいぜい通夜か葬式の場面であります。なるほど、ひとびとは始終相寄り相集つてゐますが、たいていはその場かぎりで、そこに集つた人間がつぎの場でふたたび顔を合せるといふやうなことがないのです。ひとりの人間は会社で同僚たちと共同体を形成してゐるのですが、家へ帰ると、もう会社の生活は完全に消えさつてしまふ。会社は家庭と結びついたひとつの共同体ではなく、ただ生活の糧をかせぐ場だけで、そこには近代的な事務はあるが、生活はないのです。その点では通夜も葬式も、今日ではおなじやうな状態になつてしまつてゐる。そこに集つたひとたちは、平生かならずしも共同の生活をもつてゐるとはかぎらないのです。

個人の自覚といふことは、自分が他人とは違ふといふ意識から出発するものであり、したがつて、そのつぎに、自分を他人に同化せしめるか、あるいは他人を自分に一致させるかといふ問題が起るのが当然なのですけれども、その両者の間隙があまり大きくなると、ひとびとはさういふ努力をはらはうとしなくなります。みんなおたがひに扉をとざして、自分が傷つかぬやうに、そして他人を傷つけぬやうに、もつぱら気をつかふやうになる。ことに近代の日本では、さういふ傾向が著しいやうです。なぜなら、過去の日本には、あまりに安穏な共同体意識があり、そのうへにのつかつて安閑としてゐたところへ、急激に西洋流の個人の自覚が強ひられたので、スタイルとしての風俗を身につけたひとたちは、それを守らうとして沈黙し、反対に自分を他人に押しつけようとするひとたちは、大部分がスタイルやしきたりに欠けてゐるからであります。ここに、われわれが歌舞伎や新派にたいして不満を感じると同時に、新劇にたいしてもあきたらぬものを感ぜざるをえぬ理由があります。

五　生活者としての観客

諸君はなんのために劇場へ出かけるのか。個人の自覚を求めてでありませうか。さうではありますまい。ほんたうはその逆でありませう。劇場では個人的なもの、全体からの孤立、分離の感覚は消滅するのです――すくなくともそこに演劇といふことばに値するものがおこなはれてゐるならば。諸君は祭礼に参加してゐるのであります。共同の意識のまへに、個人的な我意を死なしめようといふのです。さういふ自我意識は、あの古き年の王として死んでもらはなければならない。さうしなければ諸君は生きられないのです。前節で正月の例をひきましたが、もう一度そのことを考へていただきたい。正月などのやうな風俗的行事においては、諸君は個人としての義務も資格も喪失します。そこでほつと一息つきます。そして、ふたたび日常生活のうちに個人として強く生きていく力を得る。いはば疲れた個人意識を死なしめることによつて、新しく力強い個人意識を獲得するのです。個人的なるもののカタルシスを求めて、諸君は劇場にやつてくるわけであります。が、その前提として、諸君は強烈な個人の自覚をうちにもつてゐなければならないはずです。たとへ全体から孤立し、全体に適応しえなくなつているとはいへ、それだけに全体と対抗しうるだけの力をもつてゐなければならない。古き年の王でも、王は王であります。

しかし、その逆もいへます。個人の反逆を壮大なものたらしめるためには、その対象である全体もまた強力なものでなければならない。ギリシア悲劇においては、それは神託であり宿命でありました。が、現代社会においては、その全体がはなはだたよりないものになつてしまつたといへませう。クリスト教の神もいまではさほどの強制力をもちえない。それゆゑにこそ、過去の風俗にみづからを強く守らうとする力を失つてしまつたのです。そして演劇は衰微したのであります。おそらく、諸君のうちには、演劇など衰微してもいいぢやないかといふひとがゐるかもしれない。が、われわれとても、演劇人のために、あるいは劇壇のために、演劇の衰微をうれへてゐるのではありません。演劇の衰微は、とりもなほさず生命力の衰退であり危機であると考へるからこそ、これを問題にしてゐるのであります。演劇は他のいかなる芸術にくらべても日常生活と密接な関係を有するものである以上、生活が頽廃していて、演劇が盛んになるわけがないのです。生活の混乱にいちばん早く影響され、その犠牲になるのは演劇です。逆にいへば、演劇が演劇として自立しえないやうでは、いかに他の芸術ジャンルが一人まへの顔をしようが、またいかに社会が文化的なよそほひをこらさうが、すべてはごまかしであるといへます。演劇が生活の混乱にいちばん早く影響されるといふことは、演劇がおよそ混乱といふものにたいして、もつとも敏感であり、もつとも抵抗を感じるものだといふことでもあります。

結論はかういふことになりませう。現代のわれわれの生活が、スタイルをもちうるだけの凝集力を失ひ、風俗を形成するだけの全体感を失つてしまつたから、演劇は貧困になつたのである——だからこそ、逆に演劇への関心を深め、演劇を創造しなければならない。生活が貧困になれば、演劇はだめになる、だから放つておいていいといふのではいけません。逆に、演劇によつて生活をただしていかうとする意志をもたなければならないのです。われわれは劇場にいくことによつて、人生を演出し演戯する力を養ふべきです。元来、風俗とは、人間が生活の偶然性、不条理、混乱とたたかひ、これをただし、そして生きる力を保持するためにつくりあげた様式であり、その意味において、生活の芸術化なのですが、その風俗と称しうるものが現代の生活に欠けてゐるとすれば、芸術は直接に、現実生活にぶつかつていき、これとたたかひ、その混乱をたださなければなりません。演劇こそ、まづそれをやらなければならないのです。演劇が衰微してゐる理由が、演劇を確立せしめなければならぬ理由でもあるのです。

諸君は俳優といふものについてよく考へたことがありますか。かれらは舞台において二重の生活をしてゐるのです。悲しくないときでも泣き、うれしくないときにも笑ふのです。それが演戯といふものではないでせうか。生活における混乱とは、この二重生活をなす力の衰への結果であります。われわれ人間は環境や偶然や他人に支配されるものであると同時に、それを支配するものです。といふのは、ある瞬間には他人に支配され、つぎの瞬間には他人を支配するといふ意味ではありません。支配されながら支配するといふことです。俳優は役に支配され、役につくられながら、同時に役を支配し、役をつくるのです。諸君が劇場からまなばねばならぬことは、さういふことであります。さうすることによつて、諸君は現代社会の混乱をそのままに生きる力を獲得するでせう。諸君は混乱を避けてもいけないし、さうかといつて混乱のなかに埋れてしまつてもいけないのです。混乱に支配されながら混乱を支配すること、それが演戯であります。堂々めぐりのやうですけれど、そこから真の演劇が誕生し、また演劇からその力を賦与されるのです。

したがつて、諸君は、劇場からさういふ生活的な演戯力をまなべるやうな劇作家も俳優もないなどとぐちをいつてはなりません。諸君自身が実生活において、演戯しようとする意志をつねに持続してゐさへすれば、かならず、それに応じる作者も役者も出てくるのです。そのことは他の芸術についてもある程度までいへることですが、演劇のばあひ、われわれはとくに観客の積極的な主体性を重視せざるをえないのです。演劇においては、観客は他の芸術におけるやうにたんなる受身の存在ではなく、積極的に創造に参与するものでありまず。観客の気魄や欲望によつて、俳優は動かされます。俳優は観客の欲望の代弁者であり、時々刻々それを反映するものであります。諸君の生活力が、そして諸君の演戯力が、俳優のそれを決定するのだといふことを、諸君ははつきり自覚する必要があるのです。

演劇の特質

一枚のタブローは、画家がそれを描きあげた瞬間に存在します。たとへカンヴァスの裏をむけて壁にたてかけてあつても、そこに一個の芸術作品が存在する。あとは鑑賞者を待つばかりだ。が、一枚のタブローにしても、じつは画家がそれを描きあげただけでは、真の意味において存在するとはいへないのであります。一巻の小説は本屋の店頭に飾られてあるだけでは、いまだ自己の存在を獲得しえてゐないのです。そこにはインクと紙とからなる商品はあつても、芸術としては存在以前に属する。あるひは半分しか存在してゐないといつてよろしい。

一冊の小説が、あるいは一枚のタブローが真に存在するためには、読者を、あるいは鑑賞者を必要とします。その作品を楽しむ鑑賞者をまへにして、それらははじめて芸術作品になりうる。平凡な常識のやうですが、そのかんたんな事実を、ひとびとはいまだじふぶんに理解してゐないやうです。

小説の場合を考へてごらんなさい。作者が一所懸命になつて、一字一句をおろそかにせず原稿用紙のうへに書きあげたものが印刷所に廻されると、いとも容易に、たちまちにして何万といふ複製品ができあがる。粗雑なザラ紙のうへに並べたてられた平板単調なる活字の羅列——いつたいこんなものが芸術品でありえませうか。それから、あの、ひとをばかにしたやうな行儀よさで五線紙のうへに踊つている音符、そしてまんなかに色とりどりのレッテルを貼つた黒いエボナイトのこはれやすい円盤——あんなものがどうして芸術品といひませうか。

絵となると少々ちがふやうです、タブローは画家が描きあげたものだけが、その一枚だけが本物で、すなはち芸術品で、あとはすべて偽物だと考へられてゐる。逆にいへば、あとは偽物であるかはりに、最初の一枚だけは本物の芸術品だと、ひとびとはおもつてゐる。絵に関するかぎり、複製をばかにしてゐるわけであります。たとへだれの眼にふれなくとも、アトリエの壁に裏むきにたてかけられてゐようとも、そこに芸術作品が存在してゐることにだれも疑ひをさしはさまぬゆゑんのものがそこにあります。が、ぼくは信用しません。もしだれの眼にふれなくとも芸術品が存在しうるなら、さう考へる風習が大手をふつて通用しうるなら、われわれは〈描かざる画家〉といふものを信用せざるを得なくなります。ぼくにしても、じつはジョットやティティアンの描いたイメイジよりももつとすばらしい絵を夢のなかで描いたことがあるんだ、といふやうな言ひがかりもいつてみたくなります。

絵にしても、だれかがそれを見るまでは存在しない。それまでは一枚の布地にすぎず、油と絵具との汚いかたまりにすぎないのです。塗つてなければ売物になるんだがな、といふのは、なにもヘッポコ絵かきのばあひだけではありますまい。タブローそのものは芸術ではない。それは商品です。だから芸術品といふのはまことにうがつたことばです。それは芸術といふ人間精神の活動状態を喚起するための道具にすぎません。といふのは、芸術は状態であつて、実体ではないといふことにほかならない。

ぼくはずゐぶん乱暴なこじつけを言つてゐるやうですが、かならずしもさうではないのです。絵の場合を例にとりませう。画家が絵を描くといふのはいつたいどういふことを意味するか、そのへんのことをよく考へてみてください。画家の手が絵を描く。もちろんこの手を操るものは画家の精神であります。一枚のタブローを作りあげるといふしごとは、この精神の運動過程そのものであります。が、音楽や文学と異なつて、空間芸術である絵画の場合には、この運動過程そのものが、出来あがつた絵のうちにそのまま残されてゐるといふやうなことはない。そこには一定の運動の終熄した結果だけが残ります。鑑賞者はこの結果だけを与へられて、とはうにくれてゐる――ぼくは現代の展覧会でさういふ奇怪な情景をしばしば経験する。

まづ、一枚のタブローはある精神の運動に則してできあがつたひとつの結果であつて、それはあくまで運動の結果にすぎず、そのなかにけつして精神は存在しないといふこと。いひかへれば、画家の精神はたえず自分の絵に裏切られてゐるのです。いや、さういつては誤解をまねくかもしれない。そもそも画家は自己の精神を絵のなかに表現しうるとおもつたことも、また表現しようとおもつたことも、おそらくないに違ひありません。かれの精神はあくまで描くといふ運動の主体であつて、描かれた対象ではない。もしかれの精神が生理的に同一の運動のくりかへしを要求したならば、あるいはその運動以上の振幅をもつた運動への生理的欲求をもつたならば、かれはふたたびべつのカンヴァスのまへに新しい絵具をもつて立ちむかはなければなりません。といふのは、もはや、まへのタブローはかれにとつて存在しないも同様だといふことであります。

芸術は描くといふ運動それ自体のうちに、そしてまたそれを鑑賞するといふ運動自体のうちに、はじめて存在しうるのであつて、その他のところではただカンヴァスにすぎず、石のかたまりにすぎず、紙とインクとにすぎません。

にもかかはらず、ヘッポコ絵かきの絵が、塗りたくつてなければ売物になるのだがといふ気もちを起させ、すぐれた画家の絵が材料以上の高値を呼ぶゆゑんのものは——いつぱうが描くて、いつぱうがうまいから、といふやうな単純な判断でかたをつけてしまつてはならないので——じつは出来あがりのタブローがある精神の運動の結果でしかないにしても、その結果から逆に運動の主体にまで遡れるかどうかといふことが問題になるからにほかなりません。展覧会場で鑑賞者がとはうにくれてゐる理由もそのへんの事情にかかはつてゐるやうです。

今日の展覧会場で見られる多くの絵は、その意味において、けつして運動の主体たる画家の精神になど遡れないのであります。あたりまへです。かれら画家のうちにさういふ精神がないからだ。かれらの精神は運動しない。が、運動しない精神などといふものはこの世にありえぬのです――運動しない肉体がありえぬごとくに。画家は眼があれば、そして見さへすれば、それで絵が描けるとおもつてゐます。で、かれらは見たものを描く。美は描かれたもののなかに、カンヴァスのうへに排列されてゐるとおもひ、また排列しうるとおもつてゐる。かれらにとつて、カンヴァスも絵画も材料ではなくて、芸術なのでありま す。おかげで、それらの絵は芸術ではなくなつてしまつた。芸術といふひとつの心理状態を成立させるための、材料ですらなくなつてしまつた。芸術がカンヴァスのなかに移されることになつて、そのおかげでカンヴァスは芸術品ではなくなつてしまつたといふ、まことに珍妙な事態が起つてゐるのであります。

一枚のタブローがある精神の運動の結果でしかないにしても、それが鑑賞者のまへに一個の芸術品たりうるためには、それは結果としてひとつの精神運動の公式にまで到達してゐなければなりません。画家にとつてこの公式はすでに用のないものであります。かれには創作過程にすべてがあります。結果はどうでもよろしい。ただし、公式の完璧にまでいたりつかぬ運動過程は、すでに運動としても不十分であることを知るべきです。ところで鑑賞者にとつては結果だけしか与へられてゐない。にもかかはらず、このばあひにも結果はどうでもよろしい。といふのは、その結果が公式である以上——そこまで運動が昇華されてゐる以上——鑑賞者は逆にその運動の過程を遡行して、画家の精神にまでふみいることができ、そしてそのことのみが芸術鑑賞における最大の要諦なのであります。

いひかへれば、鑑賞者が与へられた公式に運動の方向や振幅を発見しうるかいなか、いやその運動の波やうねりにのれるかいなか、それによつて、かれにとつてその作品は芸術品であるかどうかがきまるのです。もしその波やうねりにのれるとすれば、かれは画家の精神の本質にまで遡行でき、逆に今度はおなじ道を画家とともに戻つてくる。すなはち、一枚のタブローはそこから画家の精神にはいつてゆく入口であると同時に、ふたたびそこから出てくる出口でもあります。一枚のカンヴァスを材料にして、ここに画家とその鑑賞者とは心をひとつにするのです。鑑賞者からすれば、自分ひとりでは不可能な振幅度の大きな運動を、画家の力を借りておこなふのであります。いかにりつぱな絵であらうと、もしあるひとがその運動の波やうねりにのることができなければ、それはかれにとつて芸術品でもなんでもない。かれのまへにその絵は芸術品として成立しえなかつたのだ。

演劇において、この間の消息はもつとも端的に現れます。絵画にくらべて、それはなによりもまず時間芸術であります。それはタブロー〈見られるもの〉ではなくて、ドラマ〈為されるもの〉であります。われわれは芝居を観るといひ、観客とか見物とかといふ。これはまちがつてをります。〈為されるもの〉といふのはたんに舞台のうへで、なにかが為され、おこなはれてゐるといふだけのことではありません。それだけのことなら、その為されたものを観客が見るのだから、依然としてそれは〈見られるもの〉タブローであるわけです。為されるといふのは舞台のうへのことだけではない。なにごとかが劇場のなかにおいて為されるからドラマなのだ。

御承知のやうにギリシア悲劇はバッカス神に捧げるディテュラムボス合唱歌から生れたといはれてゐます。喜劇もやはりこの神をめぐつての狂喜乱舞から発生したやうであります。踊り狂ひ、歌をうたふ一群の人々のなかから、中心にゐるひとりの頭唱者が分離し、それが今日の俳優の先蹤《せんしやう》となつた——これがふつういはれてゐる定説であります。なるほど俳優といふギリシア語は〈応へるひと〉といふ意味だ。頭唱者が俳優として一団から分離しても、あとの群集はただ口をあけてぽかんとしてゐたのではない。俳優が答へるひとなら、そのほかに問ふひとがゐたはずです。それが観客だ。いや、自分たちのうちから頭唱者をはぢきだしたところの合唱団が、今日の観客の起源なのであります。

俳優は神事や縁起について説明し、神秘のかぎを解くひとだつたのですが、それなら他のひとたちはそれについて説明を求めるといふ受動的な存在だつたかといふとさうではなく、問ふといふのは、とりもなほさず精神の運動開始にほかならぬのであります。芸術家自身、問ひを発するひとであります。もともと、問ひを発し、答へを得たいがために、精神は運動を開始するのではなかつたか。劇の筋にたいする問ひなど、どうでもいいことです。問ひは精神の可能性について精神みづからが発するところのものでなければならない。当然それはクェスチョン・マークづきで無為に相手のことばを待つてゐるといつたものではなく、精神は精神の可能性を知るためにまづみづから運動しなくてはならないのだ。運動できたところに、そしてそれ以上の運動が不可能なところに答へが現前します。問ひがそのまま答へになるのです。

劇場とは、さういふ運動のいとなまれる場所でなくして、なんでありませうか。ドラマは為されるものではありますが、なにごとかを為すのは俳優ではなくして、観客でありま す。劇場の主体はけつして舞台のうへ、プロセニアムのかなたにではなくて、そのこちらがは、すなはち平土間にあるのです。演劇の主役は観客であります。かれらの笑ひ声が、また胸をつまらせるやうな脈搏の鼓動が――いひかへれば観客の精神的、肉体的運動が――劇場の主役なのであります。

演劇のリアリティは舞台にあるのではない。劇場のうちにあります。もしさうでなければ、劇団は自分たちの欲望を満足させるために――経済的なそれをべつにしさへすれば――なにも劇場を必要としなくていい。舞台稽古だけでたくさんだ。あたかも裏むきにアトリエの壁にたてかけられた絵のやうに、稽古場の扉をかたく鎖して、内側で深遠にして完璧な演劇美をひそかに創造することによつて満足してゐればよろしい。が、俳優の演戯といふものは芸術ではない。芸術への手がかりにすぎない。それが芸術であるためには、劇場のなかで観客のまへに演ぜられ、そしてそれが観客の歓心を買はなければだめなのでありました。劇団の経済的自立のためではなく、そのまへに劇団は芸術的自立のために観客を、多数の観客を必要としてをります。

近代劇はこの平凡きはまる事実を忘失してしまつたかにみえる。一言でいへば、リアリズムの弊害であります。リアリズムとはつまり認識の偏重であります。見た眼にありのままに、といふのがその金科玉条になつてゐます。芸術はつねに見られるために存在する。芸術家はつねに現実を見、その結果を報告する。ところで、さういふ習慣はいつのまにかわれわれに、見るといふ作用は見られる対象のためにあるのであつて、見る主体のためにあるのだといふことを忘れさせてしまつたのです。そこに見られてゐるものがはたして現実をよく写しえてゐるかゐないか、それが芸術においても価値判断の基準になつてしまつた。が、問題は、見られてゐるものが、見るものに見ることの楽しみを与へるかどうかにあります。なにが見えるかが重大なのではなく、それを見ることが精神の運動を喚起しうるといふことが重大なのです。

リアリズムといふことばは近代劇に、現実をそつくりそのまま演ずるといふ愚にもつかぬものまね根性を教へてしまつた。なるほど舞台では、多少の詐術はほどこされながらも、とにかくいちおうは、それがほんとにどこかで起つてゐる事件であるかのやうな錯覚を観客に与へつつ、よどみなく時間が流れてゆく。たとへばひとつのせりふに観客がどつと笑ふとします——するとそのすきに重要なせりふが矢つぎばやに語られ、観客はそれを聴きのがしてしまふ。俳優たちはそれでいいのだとおもつてゐます。自分たちは現実のありのままを演じた。現実では——たとへば茶の間では——観客などゐない。ゐないから笑はない。笑はないから聴きのがしはない。いや、はじめから聴き手を予期してしやべる必要はない。舞台の演戯が迫真的であるのは、聴き手のなきがごとくに——すなはちそこが劇場ではないかのごとくに——演じられるからだと信じこんでゐます。観客の問ひに答へもしなければ、観客に話しかけようともしません。かれらがわづかに観客を意識するのは、劇場のいちばんうしろのひとにも声がとほるやうにといふ発声術ぐらゐなものであり、また劇場のどこからでも見えるやうにといふ演出的技術ぐらゐなものでしかありません。

有名な、少々古典的なたとへ話があります。ジェイムズ・バリーの書いた『ピーター・パン』といふ童話劇のなかでティンクといふ妖精が死ぬ場面がありますが、このときピーター・パンは観客席の子供たちにむかつて、もしきみたちが豆妖精の存在を信じるならティンクは生きかへる、妖精がゐるとおもふなら手をたたいてくれと懇願します。子供たちはティンクを生かしたい一心で夢中になつて手をたたくのです。この一事でおわかりでせう。劇をはこんでゐるものは、観客なのです。俳優ではありません。演劇のリアリティは舞台にあるのではない。それは劇場のなかに、芝居小屋のなかに、平土間にあるのです。俳優たちを助けて観客が芸術の創造に参与するといふこと、いや、逆に俳優が観客の創造行為を助けるといふこと、それが大事なのです。さうしてはじめて、劇場のなかに、そのそとにある日常生活とは異なつた次元の現実が生れるのです。舞台上に演ぜられる現実のまねごとなど、これにくらべればつまらぬままごとにすぎない。日常生活の現実のはうがよつぽど厚味があるではありませんか。観客席のうへの空間に立ちのぼるふんゐき――ここに演劇芸術が存在します。今日そのことを知つてゐるのは浅草や新宿のアチャラカ芝居の俳優だけです。

近代劇はそれを忘れてしまつた。いや、かならずしも忘れてゐないのかもしれない。ストリンドベリだつて、イプセンだつて、チェーホフだつて、ゴリキイだつて、みんなそれをこころえてゐました。ただ日本の新劇だけがそれをすつかり忘れてしまひました。忘れたといふより、はじめからそれに気がつかないでゐるのです。自分をけつこう芸術家だとおもつてゐる新劇俳優のはうが、河原乞食とさげすまれた歌舞伎役者よりも、芸術家でありえぬわけがそこにあります。かれらは自分たちの演戯を完璧にしようとし、舞台のうへに芸術をうちたてようとして、劇場から芸術を追放してしまつたのです。かれらは観客におとなしく舞台を見てをれ、と命ずる。舞台は映画館のやうに真暗になり、観客はひとりぽつちでとりのこされ、眼だけ生きてゐるやうに強制されます。となりの人間の笑ひ顔など見てはいけない――見るのは、見るべきものは、舞台だけです。

近代劇は、新劇は、いまこそ劇場を自分の手にとりもどさなければならない。そして劇場の主権を観客に手わたさなければならない。日常生活の現実を写すといふ糞リアリズムの悪習をすつぱりすててしまふがよろしい。観客は劇場まで足をはこんで、現実を認識することなど欲してはゐません。かれらが望んでゐることは、現実をそとから認識することではなくて、劇場のなかに作られる新しい現実のうちに没入することです。昨今では、らくに見られるホーム・ドラマに気のきいた味つけをした芝居がはやり、それを気楽にみてゐることが、舞台と平土間とのあひだのカーテンを取り除くことだと思つてゐる。が、それは馴れ合ひに過ぎません。観客は自分以上のもの、あるいは自分以外のものにならうとしてゐるのではなく、平生の自分のままでゐられるから安心なのです。舞台と平土間とのあひだの鉄のカーテンをとりはらふこと――このことはいままで何度もいはれてゐながら、いまだに実現されない。それはあたりまへです。何度もいはれてゐながら、ほんたうに理解したうへではけつしていはれてゐないからです。

劇作家も演出家も俳優も、自分たちは観客が芸術創造に参与するための道具にすぎぬと自覚してゐない以上、それは当然です。それどころか、かれらは観客を、自分たちが芸術創造をおこなふための道具とこころえてゐる。稽古場だけではなりあひがないから、お客を呼んできて鏡にしようといふのです。今日の俳優はどうやらことごとくこの種の自我狂におちいつてゐるらしい。俳優ばかりではない、小説家も政治家も革命家もみんなさうだ。また芝居の観客も、小説読者もさうであります。みんな孤独になつてゐる。そしてなによりも重要なことは、かれらが自分たちの孤独に気づかずにゐるといふことです。気づかずにゐながら、舞台の上と下ではおたがひに心をとざしあひ、自分だけの自己陶酔にふけらうとして——すなはち俳優も観客もめいめいで自分が主役にならうとして——いたづらに焦つてをります。

俳優はその性格からいつて、もつとも自己陶酔にふけりがちな人間であります。同時に自分を殺し他人の顔をたててやることの名人でなければならない。演劇は演劇みづからのために、近代のリアリズムから自己を解放する必要があると同時に、他のあらゆる芸術の、そして政治の、生活の、社会の、いはば現代文明の孤独な自己閉鎖症状からわれわれを救つてくれねばならず、またそれをなしうる可能性をいちばんもつている芸術形式であります。演劇はタブローになつてはなりません。活人画になつてはいけません。もしタブローであるならば、活人画であるならば、観客席をも含めて、そのそとにはひとりの観客もはみでないタブローをこしらへあげるべきだ。孤独を求めるものは劇場に来ぬがいい。孤独であつて孤独から脱出したいと欲するもののみ劇場にくるがよい。劇場はひとりの孤独者もつくつてはならない。そして現代人はいまもつとも孤独から解放される必要があり、それをしてくれるものを求めてゐるのです。演劇こそはまさにそのものであります。

劇場への招待

今度は観客の立場に身をおき、芝居の、とくに新劇の味はひかたについて書いてみようと思ひますが、といつて、私には、これを読んだら、あすから芝居がおもしろく見られるといふやうなものを書く自信はありません。私のできることは、「さうか、芝居とはさういふものか、それなら、今度の機会に、そのつもりで観にいつてみよう」さういふ気をみなさんに起させること、つまり劇場への招待といつた程度のことです。

それには、まづ最初に、劇とはなにかについて語るより、姉妹芸術である映画や小説と、劇がどうちがふかといふことについて話してみようと思ひます。

一　劇と映画

多くの人が犯しがちな誤解は、劇と映画との血縁関係であります。両方とも、眼に見える人間の肉体が登場します。そして、それが肉声をもつて会話します。ちがふのは、劇は直接的でありますが、映画は一度フィルムにをさめられ、スクリーンの上に写しだされた映像であるといふことです。さらにいへば、映画のはうが、くらべものにならぬくらゐ、時間や空間の処理が自由です。ある場所の十秒間の事件のすぐあとで、地球の反対側に起つた他の出来事を写しだすことができます。つまり、カメラは自由自在にあらゆる地点を駈けまはり、あらゆるものをうつしとることができるのです。

そこで、うつかり考へると、映画は劇から出発して、しかも劇よりずつと進んだ芸術であるといふ結論が出てきさうです。もちろん私はさうではないといふところにみなさんを導いていかうとしてゐるのですが、ひとまづみなさんは、ここで本を閉ぢて、この結論を否定しようとしてみてください。お家の人や友だちと議論しあつてみるのもおもしろいでせう。そのあとで、つぎの私の考へを読んでいただきたいと思ひます。

まず、この結論は、映画が劇から出発したといふ断定にまちがひがあるのです。出発したといふことばの意味が問題なのです。なるほど、映画は最初、劇から思ひついたものでせう。また、はじめのうちは劇のまねをしてをりました。極端にいへば、劇をそのままスクリーンに写したりしたこともあります。さういふ点では、たしかに映画は劇から出発しました。しかし、それが近々五十年のうちに、今日のやうに発達し、映像のうへに音や色まで加つたとき、その出発点となつた劇をふりかへつてみると、両者の間の本質的なちがひがはつきり出てきてしまつたのです。すなはち、劇と映画とは、古いものと新しいものといふ縦のつながりで考へられず、それぞれ別個のものとして横に並んだ二つの「芸術」ジャンルと見なされるやうになつたのです。

第一に、時間と空間の扱ひかたにおいて、両者の間に大きな差があります。しかも、すでに申しましたやうに、その差は、一方が自由で新しいものであり、他方は不自由で古いものだといふやうな簡単な考へかたでは割り切れません。まづ、映画の空間的処理について考へてみませう。私たちはスクリーンの上に、飛行機から俯瞰された東京の街々を見ることができると同時に、次の場面では、その一隅にある音楽会場の建物を、さらにそのステイジで演奏中のピアニストを見ることができる。いや、それどころか、キーの上をすばやく走るかれの指さきや、緊張した眉根の皺や、こめかみの汗まで、スクリーン一杯に見てとることができるのです。

芝居のばあひは、舞台で演じられてゐることを、これほど細部にわたつて見ることはできません。主役に気をとられてゐる観客は、端役の表情を見おとしがちなものです。映画の観客は、その点ではたしかに自由であります。どんな細部でものぞくことができる。が、ちよつと待つてください。おそらくみなさんのうちには、私のいま用ゐた論理が少々変だと気づいたかたがゐるでせう。

映画の観客はどんな細部でも自由に見ることができる――私はさう申しました。が、これらは自分が見たいことを自由に見ることができるのではなく、映画の製作者が見せたいことにかぎり、どんな細部でも見ることができるといふのにすぎないのです。ですから観客の側にとつては、それは自由ではなく、不自由なのです。映画の自由といふものは、結局、製作者の自由を意味するものにほかなりません。観客は製作者の見せたいと思ふものを、確実に忠実に見なければならない。それを見る時間の長さも、空間的な場所もはつきり指定されてゐるのです。といふことは、その見せられた対象から観客が受けとる意味まで完全に指図されてゐるといふことです。製作者は自分の欲する程度に対象を観客の心に刻みつけ強調しうるといふことです。要するに、観客はまつたく製作者の支配下にあるわけです。

舞台においては、なるほど主役にかまけて、端役の表情を見おとすかもしれませんが、それは映画のやうにスクリーンの外に隠されてゐはしません。見ようと思へば、私たちはそれを見ることができる。もちろん、そのばあひ、主役を見のがして、端役のはうに注意すべきかどうかは別問題であります。やはり、正しく舞台を鑑賞するためには、戯曲と演技と演出とが指定するやうに、それを見なければならぬでせう。が、本質的には、劇の観客はあくまで自由なのです。

その差は、映画館と劇場とにおける観客の姿勢のうちに、おのづと現れてまゐります。

一概にはいへませんが、図式的に割り切つて申しますと、映画館の観客は椅子にもたれて楽な姿勢で見てゐます。疲れてゐるときには首を椅子の背にのせて、伏目に視線を頬の表面にそつて滑らせるやうにして見てゐます。が、劇場の観客はもつと緊張してゐる。場面によつては身をのりだしさへします。うつかりしてゐると、見るべきものを見のがし、聴くべきものを聴きのがしてしまふことをおそれるからです。映画では、その心配はない。製作者は観客の手をとり足をとるやうにして見せてくれます。いひかへれば、映画の場面の展開のしかたは、それ自身のうちに鑑賞の手引きが含まれてゐるのです。映画が大衆的であり、どんな人にもわかりやすい理由の根本は、そのへんにあるのでせう。

映画の観客より劇の観客のはうが緊張度を要求されてゐるといふのは、しかし、たんに程度の差にとどまらないのです。なぜなら、映画館では、観客がどんなに楽な姿勢をとつてゐようと、いや、全部が全部、居ねむりをしてゐようと、そんなことにはお構ひなくスクリーンの画面は展開されていきます。すなはち、観客の緊張度とはぜんぜん無関係のところに、映画芸術は存在してゐるのです。その点では、映画は絵や彫刻や小説とおなじです。居ねむりしてゐても、熱心に見てゐても、スクリーンの「芸術的」価値には、なんらの差は起らない。それは観客の入場を待つて始まる動的な時間芸術でありながら、じつさいには何巻かのフィルムにうつしとられて、すでに出来あがつて存在してゐる静的な「芸術」なのです。

いひかへれば、観客がどんなに熱心であらうと、スクリーンの名優たちは、なんの反応も示しません。が、舞台芸術においては、役者は終始、観客の緊張度に支配されつづけます。そのことは、みなさんが誰かと対話するときの状況を考へてみれば、容易に納得できませう。聴き手が熱心に聴いてくれなければ、みなさんは張りあひぬけがして、話しつづける気をなくしてしまふにちがひない。俗に聴き上手といふのがありますが、さういふ人は、自分は黙つてゐても、たくみに合槌を打つて、話し手の話したいことを十分に吐きださせることができるのです。劇の観客は、この聴き上手にならなければならないのです。

かれは楽な姿勢で無為に聴き流してゐるのではない。かれ自身はほとんど口をきかないかもしれませんが、身をのりだし、合槌を打つて、話し手と無言の対話を交してゐるのです。同様に観客も、舞台の登場人物とことばこそ交しませんが、その緊張した姿勢によつて、ときにはすすり泣きや笑声によつて、舞台の役者に合槌を打つてゐるのです。そして役者はそれに力づけられ、それに反応し自分の演戯に酔ふことができる。それがさらに観客に反映し、観客を劇のなかに誘ひこみ、かれらを陶酔境に導くのです。

劇が映画と本質的に異なるところは、この舞台と観客席との交流といふことであります。その意味で、両者の間に、はつきりした違ひが出て来るのは、客が映画館と劇場とから、陽光の輝く街路に出て来た時に見られる意識の明確度の違ひにあります。映画館から出て来た客の顔は呆然としてをり、頭はいくぶん朦朧としてをりますが、劇場から出て来た客は観劇中の陶酔感にもかかはらず、直ちに日常生活に戻れる顔をしてをり、その間の人格の一貫性は少しも乱されてはをりません。劇の観客は、たんに多少の緊張度を要する鑑賞者といふだけにとどまらず、舞台との交流、役者との対話を通じて、劇の創作に参与してゐるのです。観客の態度によつて、その日の芝居は良くも悪くもなるものです。つめたい観客を前にしては役者はいい気になれず、劇のクライマックスも十分に盛りあがつてこないでせう。新劇の初日など、劇評家や作家や無料の招待客の多い日に見うけられることですが、そんな夜は、舞台で役者がいくら観客の気を引いてみても、観客席はすつかり冷えてしまつてゐます。さうなると、舞台と観客席のつながりは断たれ、役者はますます自信を失ひ、しらじらしい芝居がくりひろげられるものです。なぜなら、初日のお客は劇の創作に参与しようとして来たのではなく、まづそれを批評しようとして来てゐるからでありま す。

　役者と観客との間に交流があるといふのは、いふまでもなく、役者どうしの間に、そしてまた観客どうしの間に、それがなければなりません。劇は映画や小説と異なつて、孤独な芸術ではないのです。といふのは、孤独な人が見る芸術ではないといふ意味ではありません。むしろ孤独なればこそ、それを棄てて連帯感を求めにくるところなのです。その意味で、私はみなさんにおすすめしたい、劇を見るときには、できるだけ気の合つた身うちや友人と一緒に見るやうにしたはうがいいのです。西洋の劇場で見かける光景ですが、舞台でおもしろいせりふが語られたときなど、観客は隣席の友人をかへりみ、ときには肩をたたき膝をつつきなどして喜びあつてゐます。日本でも、観客の笑ひは、たんに役者に聴かせるものであるよりは、そのまへに隣席の友人に聴かせて共感を求めるものであるばあひが多い。一人だけでは、笑ひは声になつて出ないのです。

そのことから考へてみても、観客が劇の創作に参与してゐるといふことがわかりませう。笑ひは孤独で自然発生的なものであるよりは、親しい友人の前に自分の感情を示すものなのであります。すなはち見せるものであり聴かせるものなのであります。観客もまた演戯してゐるのであつて、その演戯は隣席に友人といふ観客がゐなければ容易に見せたり聴かせたりする気にならないでありませう。この観客の創造的役割こそ、劇と映画とを本質的にちがつたものにしている第二の点であります。

右に述べた第一の点と第二の点とは、結局は一つのことであります。さらに、これから述べようとする第三の点も、究極においては右の二点に帰著すると思ひます。ただ今まで述べたことは、観客の側からの差異でありますが、第三の問題は役者の側にあります。それはどういふことかといふと、一口にいへば、映画における役者は被造物であつて、創造者ではないといふことです。劇では劇作家といふものがあるにしても、あくまで役者が創造者であります。さういつてわかりにくければ、映画における役者の役割は完全な技術者であり、劇におけるそれは芸術家でなければならぬといひなほしませう。

その間の事情は両者の製作過程を見ればわかります。映画では、監督が「芸術家」であります。役者はかれの命令にしたがつて行動します。製作の都合によつては、終りの場面が最初に写されたり、雨の場面やロケの部分が一まとめに撮られたり、せりふは画面がすつかりできあがつてからアフ・レコで挿入されたり、手さきだけ写されたり、といふわけで、役者は自分の役を、最初からそれに成りきつて、心理の必然性のままに演じる自由が許されないのです。いひかへれば、役の人格全体を自分のものにすることはできないし、その必要もないのです。

時間的にいふと、物語の開始から終末まで、そのときどきに、ただ部分として存在するだけであります。笑つてゐる現在と、観客の眼にはその一秒後に映る泣いてゐる瞬間と、この二つの場面の間には、製作のさいには数日が経過してゐることがままあるのです。したがつて、役者はその二つの表情に脈絡をつける心理的持続を必要としません。そんなものがなくても、部分部分さへ監督のいひなりになつてゐれば、観客がその間をつないで見てくれるのです。

このことを空間的にいへば、手さきだけ写されるとき、その手の表情に監督の命令で恐怖感を表現してゐても、顔は苦笑してゐてもさしつかへないし、自分でその手を冷静に眺めてもゐられるのです。すなはち、空間的にも役者は部分部分ばらばらに演じてゐるのです。またピアノを弾いてゐる場合など、その実際に弾いてゐる人と、その役を演じてゐる人とは違ふのです。結論をいへば、映画における役者は部分品であります。

それに反して舞台の役者は、たとへ端役でも、その人格全体を把握してゐなければならぬし、戯曲の全体性をみづから意識し理解しそれを背負つて登場し、自分が引つこむまでの心理的持続に堪へねばならないのです。文字どほり「引つこみがつかない」のです。心理的持続が切れたからといつて、「待つた」をかけて撮りなほしをしてもらふわけにはいきません。舞台に出てゐるあひだは、その役の人格に成りきつてゐなければならないのです。ある場面を盛りあげるための必然的な演戯を、相手役とともに展開しつづけなければならないのです。

結論としてかういふことがいへます。映画の役者は自分の役の喜びや悲しみを、一つの人格として十分に味はひつくすことができません。芝居の初日に劇評家たちを前にして演じる舞台の役者に似て、つめたい監督の眼やカメラの前で、反応なしの芝居をやらねばならないのです。尾籠なたとへで恐縮ですが、それは小用を中途で打ち切るやうなもので、カタルシス（排泄）の快感をつねに禁じられてゐる状態の連続であります。一方、劇の役者はその快感を最後まで味はひつくすことができます。登場するすべての役者に、すくなくとも主要な役を演じるものに、その快感を与へえぬ戯曲は、いい作品とはいへないのです。

役者が自分の役に陶酔できるといふことは、劇においては、もつとも重要なことがらであります。それは、観客もまた創造者であるといふ事実と表裏一体のことなのです。観客のうちに役者が棲んでゐるやうに、役者のうちにも自分の役を鑑賞して楽しんでゐる観客が棲んでゐるといふことなのですから。そのことによつて、舞台と観客席との交流はますます強化されるでせう。

二　せりふについて

劇が映画と本質的に異なる点は、すでに十分におわかりいただけたと思ひます。今度は、劇が小説と違ふ点についてお話しいたしませう。一口に劇は総合芸術と申しますが、装置や照明や音楽は、なんといつても第二義的なものであつて、無ければならぬものではありません。劇において、なによりも無くてかなはぬものは役者の演戯であります。そのつぎに戯曲です。もちろん、製作の順序としては、戯曲がさきであります。が、役割としては、役者が亭主役であり、劇作家は女房役といへませう。前節において、映画との違ひを、観客と役者を通じてお話ししましたが、小説との違ひといふことになれば、主として戯曲を中心に述べなければなりません。

戯曲は舞台のための脚本でありますが、読みやうによつては、それ自身、独立した文学作品でもあります。そして、誰の眼にもはつきり解る特徴は、せりふのみによつて書かれてゐるといふことであります。いふまでもなく、小説のなかにも、会話は出てまゐります。が、戯曲はせりふのみによつて書かれてをり、したがつて、小説のやうに文中たまに出てくる会話とは、本質的に異なつた性格をもつてゐるのです。

まづ、小説中に現れる会話についてお話ししませう。本当にいい小説は、会話がごく少い。小説は本来、会話に頼るべきものではないのです。小説の生命は作者の文体にあります。どうしてさうなのか、それについて述べてゐると、本論からはみだし、小説論になつてしまひますので、ここでは、その考察は省きます。ただ、逆のばあひを考へてみませう。つまり、よくない小説、あるいは通俗小説の場合を例にとると解りやすい。大衆小説とか新聞小説とかを読んでごらんなさい。もちろん、例外はあります。会話が多くても、いい小説もあり、会話が少いからといつて、かならずしも立派な小説とは申せません。しかし、概して、新聞小説などでは、会話が多く用ゐられ、しかも、それがごく手軽く扱はれてゐる、いひかへれば、筋や状況を読者に理解しやすくするために、安易に、説明的に、書かれてゐるのです。

誰にとつても、文章を読むより、会話を聴くはうが、ずつと楽であります。同じ内容なら、「だからさ」とか、「さうなのよ」とか、「困つたなあ」とか、さういふ合ひの手を入れ、さらに聴き手の合槌を入れて説明したはうが、説明の時間はかかつても、第三者としては楽にはいつていけるといふものです。それに生きた人間が喋つてゐる言葉ですから、なんとなく、生き生きした感じがし、「……のよ」とか、「……ですわ」などといふ語尾で、いかにも女らしさが出てゐるやうな錯覚に陥りがちなものです。

かうして話を運んでいく方法は、小説としては邪道であります。もちろん、戯曲としても邪道であります。ただ、戯曲のばあひ、小説とは違つて、せりふによつて書く以外に手はないのです。小説は会話によらなくても、文章によつて説明も描写もできますし、そのはうが正攻法なのですが、戯曲においては、せりふ以外に手はない。幕が開くまでの事件の経緯も、人物同士の関係も、すべてせりふによつて説明し、描写しなければならないのです。が、たんにそれだけでは、いい戯曲とはいへません。戯曲におけるせりふは、事件や状況の説明であると同時に、それ自身、独立した魅力をもつものでなければならないのです。

といふのは、第一に、耳で聴く言葉として快いリズムをもつてゐなければなりません。第二に、それを喋る人間の性格を現し、その主張を伝へるものでなければなりません。その意味では、やはり、いい小説のなかで、たまに現れる会話も同様であります。その場合も、その言葉自体が美しくなければならないし、それを喋る人物が、そのときどうしてもさういはざるをえない切迫した思想感情を表し、いかにもその人物らしいおもかげを伝へてゐることによつて、読者ははつきりとその人物の映像と心のなかまでのぞく想ひがするのです。ただ、くりかへし申したいことは、戯曲は、始めから終りまでせりふによつて書かれてゐるといふことであり、したがつて、そのせりふの一つ一つが、さういふものでなければならぬところに、難しさがあり、それだけに、それに成功すれば、緊迫した人間関係が描けるといふことであります。

私は、かういふ戯曲のせりふの性格を、言葉の二重性と呼びます。事件や筋の展開を説明する面と、人物の性格、主張を表現する面と、この両面が一つせりふのなかに含まれてゐなければならないのです。

例をあげませう。AがBに向つて「けふはずゐぶん暑いな」といつたとします。それによつて、私たち観客、あるひは読者は、その会話が密室のなかでおこなはれてゐても、季節が夏であり、ことに暑い日であることを知ります。これは明かに状況の説明です。それだけなら、戯曲のせりふとして、大した意味はない。しかし、その事前に、たとへば前の幕でBがAに向つて、そろそろ暑くなるから、そのうちに山へでも連れて行つてやると約束してあつたとすれば、「けふはずゐぶん暑いな」は単に状況の説明ではなく、Aのうながしであり、主張であります。もちろん、前の幕でそれがわかつてゐなくてもよろしい。そのすぐあとのBのせりふで、その約束があつたことがわかつてもいいのです。たとへば、

Bが「さうだ、約束してあつたね」といつてもいい。

いづれにせよ、このばあひ、Aのせりふは、単なる状況の説明ではない。特殊ないひかたがあるはずです。それが二重性といふものですが、もしこの二重性がないと、すなはち、状況の説明だけですと安手な新聞小説同様、せりふとしての深みは無くなり、役者の喋りかたにも、なんの工夫も必要ではなく、そんな戯曲は、舞台で見るより、活字で読んだはうが手つとり早いし、効果も同じになつてしまひませう。

右の例はごく簡単なものですが、次にシェイクスピアの『ハムレット』から例を引きませう。開幕から間もなく、ハムレットの父親を殺した叔父のクローディアス王が、ハムレットの実母ガートルードと結婚し、戴冠式を挙げて、城内の会議の間に出てまゐります。周囲には廷臣たちが並んでをります。王はレイアーティーズのフランス留学の希望を許したのち、ハムレットに語りかけます。

王　気ままに遊んでこい、レイアーティーズ。来る春はおまへのもの、その気性だ、むだにはしまい。ところで、ハムレット、甥でもあるが、いまはわが子。

ハムレット　(横を向いて) ただの親戚でもないが、肉親あつかひはまつぴらだ。

これは劇中、ハムレットのいふ最初のせりふであります。これは明かに作者が王とハムレットとの人間関係を説明するために書いたせりふです。『ハムレット』ほど有名になれば、今日ではそんな説明は不要です。が、このせりふは単なる説明ではなく、この劇の全体を通じて流れる王とハムレットとの対立といふ主題を、はじめて明かすものであり、さらに、押しつけがましい王の態度のうちに、その不安と猜疑とを、同時に、それに皮肉な肩すかしを食はせるハムレットの憤懣とを表現してゐるのです。単なる説明的な会話なら、その劇の筋が解つてしまへば、張りを失ひ、色つやも消えます。が、話し手の感情をになふせりふは、つねに劇的な緊迫感をもちえるのです。

戯曲のせりふはすべてさういふ二重性を含んでゐることが望ましいのですが、全部が全部、さうであるわけにはいかないかもしれない。が、すくなくとも、さういふせりふが多い戯曲ほどいい戯曲だといふことはいへます。さうでない、つまり二重性を含まぬ説明的なせりふが続くと、どうしても劇がだれてしまふのです。

それと関聯して、劇のリアリズムといふ問題が出てまゐります。本当の意味では、劇はあくまでリアリズムでなければなりません。が、それはたんに現実生活の引き写しであつてはならないのです。

たとへば、いま舞台の上にある家の客間を見てゐるとします。そして、そこには主人夫妻がゐる。呼鈴がなつて、女中が取次に現れそれから客がはいつてくる。この順序を現実生活のとほりやられては、観客はたいくつします。戯曲の読者としても、「今日は」「しばらく」「お元気ですか」「いいお天気でございます」等々の会話は、読みやすいかもしれませんが、少しもおもしろくない。戯曲の読者も、舞台の観客も、さういふ描写を現実の生活どほりに演じてもらひたいとは思はないのです。早く劇が見たいのです。すなはち、事件が、心と心とのぶつかりあひが見たいのです。劇作家は、無意味な「今日は」「さやうなら」を避けねばなりません。が、ぜんぜん無視するわけにもいかない。そのばあひは、さういふ無意味な棄てぜりふみたいなものにも、せめて喋り手の明るい性格とか、投げやりな口ぐせとか、そんなものを現しうる余地を残しておかねばなりません。しかし、それだけでは劇のせりふとして上乗とはいへないのです。

劇は単純な現実描写と違ふといふことは、せりふについてばかりでなく、しぐさについてもいへます。登場人物の職業、身分、年齢、あるいは時代の風俗、さういつたものを写実的に表すことも、劇のおもしろみの一つかもしれませんが、けつして第一義のものとはいへないのであります。よく芝居通といはれる人たちが、そんな写実に感心するものです。また役者も玄人ぶつて、さういふことに精をだしたりする。そしてそれだけで安んじてしまひかねないのです。

日本では新派がさういふ傾向をもちやすかつた。車引きの酒の飲みかたと、株屋の酒の飲みかたとを演じわけることに、演技の妙味があるかのやうに思ひこんでゐたものです。

新劇においてさへも、いはゆる巧いといはれる人たちのあひだでは、それこそ演技の要諦であるかのごとく信じられてゐるやうです。が、それはまちがひです。

　私は前節に、たとへ端役でも、その人格全体を把握してゐなければならない、のみならず、戯曲の全体性をみづから意識し、それを背負つて登場し、自分が引つこむまでの心理的持続に堪へねばならないと申しました。どんな端役にもそれだけの演じがひを与へぬ戯曲は、いい作品とはいへぬとも申しました。たとへば、女中の役ですが、全幕を通じてただ一回か二回、取次として登場するだけなら、その女中はその家の階級を現すための、あるいは新しい人物を客間に招じ入れるための、単なる材料にすぎなくなる。さういふ役を与へられた役者は、なんとかして女中らしさを演じようと努める以外に手はなくなります。せめて会社の重役の、もしくは商家の女中に成りきることしか考へなくなります。それは役者にたいする劇作家の人権蹂躙《じゆうりん》だといへませう。

　一つの役が、たとへどんな端役でも、さうなつてしまつてはならない。さういふ場合、劇作家の努めねばならぬことは、単なる職業、身分の解説役、あるいは客の取次役以上の、なにものかを現すせりふを、その女中に与へることです。さきほど、喋り手の明るい性格とか、投げやりな口ぐせとかを現しうる余地を残せと申しました。が、それは窮余の策でことに女中役のばあひなど、その余地さへないでせう。そんなことより、もつといい方法は、同じ取次にしても、その瞬間だけは、女中が主役になれるやうな状況を造るか、あるいは機智にとんだせりふをいはせるかです。さうすれば、観客の注意が、そのときだけは女中に集中するでありませう。

といつて、私はなにも作劇術を説いてゐるのではありません。あくまで、観客としてのみなさんに劇の楽しみかたを暗示してゐるのです。さういふ楽しみのない単純な取次のせりふは、役者にとつてつまらないばかりか、観客にとつてもつまらないのです。そして、さういふ楽しみが多いか少いかといふことは、みなさんが劇を見るばあひ、鑑賞の目やすになるのです。

劇的な緊迫感のない芝居を、物真似的な描写でごまかされてはなりません。あるいは時局の解説とか、時代の風俗描写でごまかされてはなりません。いや、もう一つ、劇的なるものの欠如をごまかす方法があります。それは舞踊劇、あるいは音楽劇といつたものであります。もちろん、さういふものも、それ自身として完成すれば、立派な芸術であります。舞踊劇としては、日本の能があります。音楽劇としては、西洋のオペラがあります。しかし、それらは、むしろ「劇的舞踊」「劇的音楽」と呼んだはうが正しいのではないでせうか。

歌舞伎は舞踊劇、音楽劇、および浄瑠璃に基づいた物語劇、新派の母胎としての風俗劇、さらに視覚に訴へるスペクタクル等々の要素を含み、それぞれの作品によつて、そのいづれへかの傾きを見せてをりますが、同時に、本格的な劇としての契機をも含み、その方向に沿つた立派な作品をも残してをります。

さて、本論は、戯曲が小説とどう違ふかといふことを出発点としたのですが、それについて述べきれぬうちに、舞踊劇や音楽劇の方向に話がそれてしまひました。次には、ふたたび出発点にもどらうと思ひます。しかし、私はけつして道草を食つてゐるわけではないのです。要するに、私のここでいひたかつたことは、戯曲はせりふ文学であり、そして劇は戯曲の上に組みたてられてゐるといふことであります。「せりふ文学」としての戯曲の弱点を、他のいかなる要素によつても補ひごまかしてはならぬといふことであります。説明も描写も劇ではない。同じ身体的表現である舞踊もパントマイムも劇ではない。そして、そのことは、戯曲と小説とが違ふといふのと同様な前提のもとにいへるのであります。それについては、なほ戯曲の構成について、さらに戯曲と役者との関係について、お話ししていかねばなりません。いや、話は逆で、それをお話ししたいために、つまり劇の本質がどこにあるかをお話ししたいために、映画だの、小説だのをもちだしただけにすぎないのです。

三　行動といふこと

戯曲と小説との根本的な違ひは、小説では説明ができるが、戯曲ではそれが不可能だといふことであります。いひかへれば、劇作家は登場人物をただ外面からしか捉へられぬといふことになります。なるほど、せりふは、それを喋る人物の内面心理を表してゐるかもしれません。が、それはあくまで外に表れたものであります。第三者の眼に、いひかへれば、その語り手と同時に舞台に登場してゐる他の人物、あるいはその舞台を見てゐる観客に、はつきり読みとれるものなのです。

が、そのせりふが果して、その喋り手の内面心理を表してゐるかどうか。たとへば、「もう、きみの顔を見るのも厭だ」といふせりふがあるとします。この場合、相手の「きみ」なる人物は、そして観客は、そのせりふを文字どほり喋り手の内面心理の表白と受けとつていいかどうか。つぎに、その「きみ」が「おたがひさまだ」と答へたとします。が、その言葉にしても、観客はこれを文字どほり「きみ」の内面心理として受けとつていいかどうか。

最初のせりふは、じつは「こんなことを私にいはせるほど、きみが好きなんだ。これだけいつたら、きみは自分の非を認めて和解の手をさしのべてくれるだらうね」の意味かもしれない。第二のせりふについても、この「きみ」なる人物は相手の裏の意味を察したうへでの言葉か、それとも文字どほりに受けとつて怒つてしまつたのか、これだけではわかりません。

その意味において、せりふのみによつて書かれる戯曲は、終始一貫、外面から見た世界の描写であつて、説明は許されないのです。劇はもつぱら行動の世界を描くといふのは、そのことであつて、なにも役者が肉体的に暴れまはることとか、そこに扱はれた事件が行動的であることとかを意味しはしません。戯曲においては、せりふもまたそれ自身行動的なのです、それが真の意味のせりふであるかぎりにおいては。といふのは、悪い戯曲では、すぐ前のせりふの裏を種明しししてしまふやうなせりふばかりが続くか、あるいは、もともと種明しするだけの裏もないせりふが並んでゐるからであります。

前に、せりふの二重性といふことを申しましたが、ここでもそれがいへます。戯曲におけるせりふは、その喋り手が、そのほかなんとでもいへる言葉のなかから、すなはち無限の可能性のなかから、その状況によつて選びだされた唯一のものであり、いはば水面に現れた氷山の一角にすぎないのであります。したがつて、一つ一つのせりふは、その水面の上と下との、二重の意味をもつてゐなければなりません。

さらに、この二重性は、つぎのことによつて、ますます複雑なものとなります。さきの例でいへば、「もうきみの顔を見るのも厭だ」において、じつはその裏にひそむ愛情が隠されてゐるばあひですが、この隠れた愛情が、ただ相手や観客の眼に文字どほりには理解されないとしても、喋つてゐる当人だけは、はつきりそれを意識してゐるのです。つまり、意識化された言葉は憎悪ですが、その裏の愛情も同様に当人には意識化されてゐるわけです。当人だけは、相手や観客より、氷面の下に隠れた氷山の、より大きな部分が見えてゐるるのです。ところが、それが当人にも解つてゐないばあひがあります。その言葉を口にした瞬間には、あるいは、その後もずつと、自分は相手を憎みきつてゐると思ひこみながら、その自分も意識できない無意識の領域では、相変らず相手に愛情をもちつづけてゐるといふことが、しばしば起ります。

もちろん、その逆のばあひもあります。当人は、あるいはその相手も、たがひに相手と愛しあつてゐると思ひながら、じつは心の底に憎しみをいだいて暮してゐる夫婦もありませう。それればかりではない。そろそろ、その隠された憎悪を意識しはじめたころには、さらにその底に、より強い愛情が隠されてゐるといふこともありませう。かうなると、せりふは二重どころか、三重、四重の陰翳をたたへたものとなります。

いふまでもなく、さういふ深みをもつたせりふに満ちている戯曲ほどいいのであります。また、さういふせりふほど行動力をもちます。なぜなら、一つ一つのせりふにさういふ深みがないとしたら、登場人物どうし、自分のいふことはもちろん、相手のいふことも、みんな底の底まで解つてしまひませうし、誤解もいきちがひも起りません。事件も行動も起きようはずはありません。

そのいい証拠として、へたなラジオ・ドラマを聴いてゐてごらんなさい。あるいは子供相手の連続冒険漫画をのぞいてごらんなさい。さういふ深みのないせりふの連続であります。極端にいへば、一つ一つのせりふは、次のせりふが聞えないうちに、もうそれだけで十分理解できるものばかりであります。二度とふりかへる必要のないせりふ、つぎつぎに読み棄てていけばいいせりふ、さういふもので出来あがつてをります。

ここで疑問が起きませう。それなら、ラジオ・ドラマや連続漫画は、シェイクスピアの戯曲より、なぜ事件や行動に富んでゐるのか。理由は簡単です。前者のせりふは、じつは事件や行動の説明として用ゐられてゐるといふことです。「あ、あいつは黒頭巾だな」とか「うわあ、斬られた」とかいふ言葉は、それぞれ、次に出てくる人物が黒頭巾であることを、そしてその黒頭巾に斬られたことを説明するためのもの、それだけのものであつて、べつにその登場人物だけに必要なせりふとして発せられたものではありません。いひかへれば、せりふから事件や行動が造りだされるのではなく、はじめから造られてある筋書を補足説明するため、合ひの手にせりふが使はれてゐるのです。したがつて、ラジオ・ドラマや連続漫画では、誤解やいきちがひの大部分は、せりふの底にある隠された心理から生じるのではなく、たとへば東京駅での恋人同士の待ち合せが表口と裏口との食ひちがひで会へなくなつたといふやうな外面的な事件から生じるのです。

なるほど、そこには豊富な事件や行動はありませうが、それを行動的と称することはできません。劇における行動は、動きがありさへすればいいといふことではない。その行動が人物の内から生れてきたものでなければなりません。行動は行動でも自由意志的な行動でなければなりません。あるいは自分でも意識してゐない自分の無意識の衝動にうながされたものでなければいけません。そのいづれの場合にせよ、自分の内部から発してくる自主的なものであります。

さて、ふたたび小説に話をもどしませう。戯曲とちがつて、小説はいくらでも内面描写、あるいは内面心理の説明が可能であります。「かれの愛情が相手に憎悪の言葉を投げつけさせた」などと書くこともできます。さういふことが際限もなくできるのであります。外面に表れたせりふの裏に、じつはどういふ気もちがひそんでゐたかを、文章によつて説明するわけですが、そればかりではなく、ぜんぜんせりふにならなかつた世界についても、小説は自由自在に描くことができます。

「憎しみに燃えた胸をいだいて部屋を出ていく彼の眼に、戸口のそばの壁の汚点が映つてゐた」と書けば、その汚点が見えたことによつて、「彼」の自失の状態がかへつてまざまざと伝へられることがあります。が、こんなことはせりふのみによつて書かれる戯曲には表せません。とがきに書いたところで、舞台のうへでは、それをどうにも表現しやうがない。まさか、役者は戸口で立ちどまつて壁に手を触れるわけにはいかない。そんなことをすれば観客はとまどひませうし、自失状態どころか、変に意識的になつてしまひませう。映画なら、それが可能です。その点、映画と小説との関係のはうが、映画と劇との関係より深いともいへるのです。

ここに戯曲、あるいは劇の短所があり、小説の長所があります。さうだとすれば、劇が、そして劇文学としての戯曲が、一般の文学や芸術において主導的な位置を占めた時代が過ぎて、そのあとに小説といふ表現形式が出現し、十九世紀の小説全盛時代を迎へたのでありますが、これはまことに当然のこととといへませう。十八世紀、十九世紀は自然科学的な実証主義の時代であります。いひかへれば分析の時代であります。人間心理の陰翳をこまかく描きわける小説が、世人の好尚に合つたのだといへませう。

ここに問題があります。なるほど、小説は劇にとつて立入禁止ともいふべき世界を、たんにせりふにならぬのみか、当人のぜんぜん意識してゐない心理の奥底を、読者の私たちにまざまざと見せてくれる。小説の地の文は、登場人物の無意識の領域を縦横無尽に描きつくすことができるのです。しかし、その結果、小説はなにものかを、それも非常に重要ななにものかを失つてしまつたやうな気がいたします。一口にいへば、それは行動であります。

ふつう、文壇では、純文学と大衆文学との二つを分けて考へます。両者にどういふ違ひがあるかは、いろいろ説明のしやうもありませうが、この行動といふ面から論じるのが一番適確ではないかと思ひます。大ざつぱにいふと、純文学は非行動的であり、大衆文学は行動的であります。ただし、大衆文学の行動性は、前述のラジオ・ドラマや連続漫画の行動性に近いものです。話を解りやすくするために、ここに能動的行動と受動的行動との別を立ててみませう。たとへばシェイクスピアの戯曲における登場人物は、ことごとく能動的行動の持主ですが、大衆小説におけるそれは受動的行動しかもちえないといへませう。シェイクスピアと大衆小説とでは、同じ大衆性、同じ行動といふ言葉を用ゐても、それだけの差があります。

能動的、受動的といふのを、自動的、他動的といつてもよろしい。つまり真の行動はみづからの欲求にうながされた能動的行為であり、大衆文学の行動性は他によつて動かされた受動的反応にすぎないのです。つまり、待ち合せの場所や時間のいきちがひが、登場人物を動かし、かれらはそれに反応して動くだけにすぎません。

小説が劇に代つて主導性を握るにいたつたのは、小説のはうが劇より内面心理に深入りできるからだと申しましたが、そのほかに、もう一つの理由が考へられます。といふのは、主人公の相違です。叙事詩や劇の主人公は王侯貴族や英雄でしたが、小説において、はじめて平凡なる市民が主人公として登場してまゐりました。このことから、劇と小説とにおける行動の差を説明することができませう。英雄の行動は自然、能動的であり自動的であります。といふより、さういふ行動をするものを、英雄ないしは非凡人といふのです。その逆に外界にたいして、受動的、他動的な反応しかできないのが平凡人であるといへませう。

平凡人を主人公とした小説が、必然的に外面的行動性を失ひ、動きのない内面心理に深入りしていつたのか、それとも内面心理の分析に専らでありすぎたため、分析にとつて効果の多い受動的な平凡人を好んで描くやうになつたのか、その因果は鶏と卵との関係のやうなもので、はつきり断定はできません。しかし、とにかく、分析のメスをふるへばふるふほど、純文学は袋小路に追ひこまれ、枯渇していつたのです。

なるほど、私たちは平凡人であります。そして風波のない生活に愛著をもつてをります。が、心の底では非凡人を憧れ、波瀾に身を投じそれを乗切つていく喜びを感じたいのです。そこで、大衆文学が、純文学の与へられない喜びをひつさげて登壇してきたといふわけです。

さきほど、私は大衆文学の行動性は、受動的であり、他動的であると申しましたが、この大衆文学もさらに細別すると、また二つに分けられませう。一つは、強い勤王の志士が活躍する時代物であり、もう一つは、弱い男女の恋愛を描く現代物であります。この両者の混合形としてギャング小説やスポーツ小説があります。一見すると、時代物は英雄が登場してまゐりますので、能動的、自動的に見えますが、所詮、現代物と同一のものにすぎますまい。なぜなら、その主人公の強い英雄性は、かれ自身のものでなく、作者と読者の要求が、無理にでつちあげたものだからであります。このでつちあげを可能にするため、現代を避けねばならぬのです。その証拠に、現代に英雄をだすと、どうしても空々しくなりがちです。

　空々しくないためには、リアリズムに終始せねばならず、さうなると、平凡人の敗北を、すなはち環境や偶然に支配されて、受動的にのみ動いて、打ち負されていく過程を描かねばならなくなります。さらに、このリアリズムを徹底させれば、動かぬ人間を書くよりしかたはありません。なぜなら、たとへ周囲の事件に他動的に動かされるにしても、それはよほど無智な人間であつて、多少とも常識を備へた読者は、そんな主人公の不幸には、ばかばかしくて同情できますまい。が、常識的に同情できる範囲内で動くといふのは、つまりは、ほとんど動かぬことです。平板な、風波のない生活を、レールに乗つたやうに滑つていき、なんの主張も要求もなく、またなんの事件にも捲きこまれず、幸も不幸もない生涯の幕を閉ぢることです。純文学は、さういふ物わかりのいい人物を対象にして、しかも平板ならざる物語を描かうと苦労してゐるわけです。純文学ばかりではない、戯曲でもさういふ小市民的なものがいくらもあります。

　さういふ小説の苦しさは、二十世紀にはいつて、第一次大戦後、その頂点に達したやうに思はれます。ことに日本人のばあひ、第二次大戦のまつたく他動的な受苦を通じて、そのことがはつきりしてきたのではないでせうか。ただ現実に引きずりまはされるだけで波瀾万丈の物語を造るといふことにかけては、小説はたうてい戦争といふ現実そのものにかなひはしない。

が、私たちが真に求めてゐるのは、物語における受動的な主人公になることではなく、劇における能動的な主人公になることです。その意味で、小説の衰弱しきつた今日、ふたたび劇への郷愁を感じるのは、人情の自然であると思ひます。すなはち、小説の長所が短所と化した今日、劇の短所を長所と化することが考へられないでせうか。が、遺憾ながら、かういふ私たちの欲求を、すべての劇場が満してはくれないのであります。私たちは自分の欲求がどこにあるかを、はつきり意識して、劇場に赴かねばなりません。そこで、どういふ劇が、この私たちの欲求を、小説やその他の芸術形式には求められぬ欲望を、どうして満足させてくれるかといふことになります。

四　劇場の美学

「劇場への招待」といふ題で、いろいろな角度から劇の魅力について語つてまゐりましたが、多くの読者は表題から、芝居の鑑賞法について、なにか具体的な知識が与へられることを期待してゐたかもしれません。が、それが少しも与へられなかつたからといつて失望しないでいただきたい。もちろん、私にも、役者の演技術とか、演出技術とか、装置や照明について、具体的な解説ができないではありません。が、私のもつともいひたいことは、劇の魅力といふ本質的な問題からいへば、それらは第二義的なものにすぎないといふことです。いや、それだけではありません。それらは第二義的なことにすぎぬがゆゑに、さういふ面から劇のおもしろみを理解していく習慣をつけると、いつのまにか、劇本来の魅力をないがしろにしがちであり、つまらない芝居に感心するといふ結果になりかねません。

たとへば、ある役者が、「男に棄てられた女」の役を、いかにもそれらしく演じてゐたとします。せりふやしぐさに、自棄やさびしさが出てゐて、それが私たち見物の心にしみじみと伝つてきたとします。もちろん、それだけでも大したものであります。ときには、それは完璧な演技かもしれません。が、以上三回にわたつて私が述べてきたことからいへば、それだけでは、重要ななにかが欠けてゐるのであります。

もし、ものまねのみごとさが、それだけが唯一最高のものとして求められるならば、私たちは劇を必要としません。黙劇や舞踊でたくさんです。といふより、黙劇や舞踊のはうが、その点では、はるかにすぐれてをります。なるほど、芝居では、黙劇や舞踊の十分に現せない時間的変化や環境的の説明が可能であります。が、ものまねに関するかぎり、それだけで劇のはうがすぐれてゐるとは申せません。といふのは、時間や空間の説明が加れば加るほど、ものまねは不純になるからです。たとへば、いまの「男に捨てられた女」でありますが、これには時代と場所との別を問はぬ永遠不変の姿があります。それを演じきれば、みごとな象徴となりませう。が、これに時代や場所や、それから捨てられるにいたるまでの経緯を盛つていくと、さういふ個々の限定に妨げられて、「男に捨てられた女」

そのものにまで到達できず、どういふ場合に、どういふ理由で、すなはち女のはうにどういふ弱点があつたからとか、男のはうがどういう性質の持主だつたからとか、さういふ説明の必要な、特殊なものになつてしまふのです。したがつて、「男に捨てられた女」の真の孤独な姿を表現するといふ点では、劇は黙劇や舞踊にたうてい及ばないのです。

ここで、私たちがふつう役といつてゐるものについて、よく考へてみる必要があると思ひます。それがもつとも平俗に用ゐられるとき、それは婆さん役とか、娘役とか、あるいは王様役とか侍女役とかいふやうになります。が、それらは、いふまでもなく、人生における、すなはち家庭や社会における役割であります。ものまねは、それらをいかにもそれらしく、型によつて表現するわけです。その点では、「男に捨てられた女」といふのも同様で、ただこのはうは、王様とか娘とかいふものより、少々内面的になつてゐるだけのことです。しかし、実人生における役割といふ点では、同じことであります。

が、劇における役割は、それとは本質的に違ふものであり、また違はねばならぬものであります。たしかに登場人物は、実人生におけるなんらかの役割をになつてをります。ハムレットはデンマークの王子であり、マクベスはスコットランドの王であり、オセローはヴェニスの傭兵隊長であります。が、同時に、かれらは劇のなかで、それ以上の役割をはたします。ハムレットは父王を殺した叔父クローディアス王に復讐する。マクベスは善王ダンカンを殺して復讐される。オセローはイアゴーの讒言で、嫉妬にかりたてられて無実の妻を殺す。さういふ役割をもつてゐます。が、それらも厳密にいへば、実人生における役割であります。かれらの背負はされてゐる劇の役割は、もうすこし別のところにあるのです。

婆さん役とか娘役とかいふのとは別に、主役とか端役、あるいは立役、二枚目、道化役といふ言葉があります。このはうが、ずつと明かに劇における役割を示してゐることは、申すまでもありません。そして、この主役とか端役とかいふ言葉は、劇全体において、ある登場人物が占める位置に関するものであり、したがつて、劇の主題とどういふ関係をもつかによつて決定されるものなのであります。実人生ではデンマーク国の主であるクローディアスが、『ハムレット』劇においては主役たりえぬことはいふまでもありませんが、されぱといつて、王子ハムレットが主役であるのは、実人生における、独裁者が一国の主役であるのとは、だいぶ意味を異にしてをります。主役は独裁者ではありません。主役もまた劇全体の主題に仕へるものであります。その点では、端役とすこしも変りがなく、ただ仕へ方が、すなはち主題との関係がちがふといふだけのことです。

この意味において、劇を建築にたとへることができます。それが寺院の建築であるとすれば、主役は本堂でせうか。人によつては尖塔こそ主役だといふかもしれません。比喩はどうでもいい。が、それぞれの役は、建築におけると同様、つねに七堂伽藍全体にたいして、それぞれ部分の立場を守つてゐるのです。そしてまた各役はそれぞれの小場面において、欄間や柱頭の彫刻を造りあげていきます。それらは部分における、そのまた部分といへませう。

　かうして、本堂、五重塔、廻廊等の部分は、全体たる七堂伽藍の構成にたいして、緊密な調和を保つてゐなければなりません。そしてまた、それらの細部である彫刻や柱や屋根なども、本堂は本堂としての、五重塔は五重塔としての全体的調和を保つと同時に、それを通じて七堂伽藍の全体的調和につながつてゐなければならないわけです。劇においても同様で、各登場人物は、表に現れた形においては主役と端役との別はありませうが、それらが共に仕へる全体としての主題は一つものであります。端役といふのは、主役にたいして端役なのではなく、劇の全体的構成において端役なのであります。それは主役に仕へるものでもなく、主役の引立役でもない。引立役といへば、主役も端役も、ともに劇の主題の引立役にほかならないのです。

　読者のなかには、なぜ、こんな解りきつたことをいふのかと反問されるかたがあるかもしれない。が、それは実際問題としては、なかなか解りきつたことではないのであります。私は自分の戯曲が上演される場合、よく役者たちから、その役についての質問を受けてとまどふことがあります。どんな質問かといひますと、「この男の家庭はどのくらゐの生活程度なのか？」とか、「この女は性格的に強い女なのか？」とか、「この男と女との愛情はどのくらゐの深さなのか?」とか、およそさういつたたぐひのことであります。なるほど、さういふことが解らなくては、舞台に立てませんし、見物も納得しにくいかもしれません。しかし、さういふことだけが解つてもなんにもならない。「男に捨てられた女」を表現しただけでは劇にはならないのです。問題は、登場人物のある男とある女との愛情の深さではなく、そのある深さの愛情が、劇全体の主題とどういふ関係にあるかといふことであります。そして、愛情の深さとか、男と女の性格とか、さういふものが解り、それが舞台のうへで表現されただけでは、劇全体の主題は生きてこないのです。

が、役者の多くは、自分の役の性格や、それが写しとられてゐる元の実人生上の役割を理解することと、それを表現することで手一杯といふ形です。台本が与へられると、その戯曲にざつと眼を通します。そして自分の役のせりふに赤鉛筆で印をつけます。勉強はそれからです。かれは、勉強家であればあるほど、それらのせりふの隅々にまで眼を通し、その役の性格や心理の分析をします。つまり百なら百のせりふがあれば、その百を土台にして、一個の人物を抽象しようといふわけです。

が、前に申しましたやうに、戯曲は外面描写しかできない。第二に、場所と時とが限定されてゐる。ですから、小説のやうに、個人の性格を完全に近く描写し解析することはできないのです。占者ではあるまいし、その場かぎりの百や二百のせりふから、どうして一人物の全体像を描きだせませうか。そんなことは不可能です。

したがつて、役者にとつてもつとも重要なことは、自分の演じる人物の性格ではなく、劇の主題がなんであるかを見きはめること、そして、自分の役がその主題とどういふ関係にあるかを理解することであります。建築の比喩でいへば、五重塔を造るまへに、まず七堂伽藍の配置をのみこみ、それが本堂や廻廊とどういふ距離にあるかを知らなければなりません。

このやうに、全体の造型性といふことが、つねに問題になるところに、劇場の美学があるのですが、それは次の諸要素が介入することによつて、ますます強調されてまゐります。まづ第一に、劇は時間芸術であるといふことによつて、建築や彫刻のやうな純粋な空間芸術と異なつてをります。造型美術はあくまで静的であり、劇は流動的であります。一つの場面で、それを構成するせりふとしぐさとは、その場面を一つの全体として、それに奉仕してゐますが、さらにその場面は、劇の発端から終結までの時間的経過を一つの全体として、それに奉仕するのです。

このことはそれだけにとどまりません。第二に、劇の流動性といふものは、ただたんに時間の面においてだけでなく、空間的にも現れてくるのです。舞台の世界は、舞台だけのものではない。すでに劇と映画との差について述べたとき、そのことは指摘しておきました。舞台は舞台だけで完成するものではなく、つねに見物の反応を待つてゐるものなのです。役者は役者どうしだけで対話を交してゐるのではなく、見物も対話を交してゐるのでゐるのです。劇の舞台は、造型美術のやうに完全に閉ぢられた世界ではなく、見物の前に開かれてゐるのです。すなはち、劇の全体性は、見物席をも含めてとらへられなければなりません。

いひかへれば、見物もまた劇全体の主題にたいして、たえずそれに問ひかけながら、つまり一つの端役として問ふものの役割を演じなければならないのです。その意味で、劇はおなじ時間芸術である映画や小説とも異なつてをります。

要するに、劇においては、作者も役者も見物も、すべてが部分でありながら、全体に通じてゐるといふことが、他の芸術と本質的に異なるところでありませう。前節において、劇における行動の能動性について述べましたが、それもまた、この部分でありながら全体に道を通じてゐるといふ造型的性格から説明できると思ひます。

私たちは、すぐれた悲劇において、共感を寄せてゐる主人公が敗北していくのを見る。そして、それに喝采を送る。なぜでせうか。共感をよせてゐる以上、私たちはかれの自己主張のうちに、私たち自身の欲望を見てとつてゐるのです。そして、私たちが日常生活ではできない能動的な行為を、かれがみごとに実現していくのに快感をおぼえてゐるのです。それがなぜ最後に敗北し死んでいくのを喜ぶか。矛盾といへば、矛盾ですが、これが悲劇の美学なのであります。

さきに述べたやうに、劇の主役は独裁者ではありません。劇は絶対者の登場をきらひます。もし絶対者があるとすれば、それは劇の主題であつて、登場人物ではありません。そして登場人物は、その絶対者の存在を証明するために敗北し死ぬのにほかなりません。悲劇の主人公はいかに英雄であらうと、所詮、部分にすぎないのです。いや、悲劇の主人公にかぎりません。人間はどんな立派な人格であらうと、どんなに強烈な個性であらうと、やはり部分なのです。部分でありながら、自分ではわからぬ全体に通じてゐるのです。

悲劇は、この部分の死滅によつて、全体の回復を暗示する。その回復の希望に、私たちは無限の安心感を得るのですが、それなら、なぜそのまへに、たんなる部分にすぎない個人の自己主張に快感をおぼえるのか。『ハムレット』を例にとりませう。ハムレットは劇の発端において、自分を中心とする世界の秩序が崩壊したことを感じる。すなはち、自分と全体とのつながりを失つてしまつたことに苦痛を感じるのです。かれはその全体を回復しようとする。悲劇の主人公たるにふさはしい強い性格の持主であるかれは、中心を失つた世界において、みづからその統一のための中心とならうとするわけです。そのかぎりにおいて、私たち見物はかれの行動力に自己主張の喜びを感じます。

ところで、受動的な弱い性格の持主こそ、自分が世界の中心となり、独裁者、絶対者になることを夢みるものですが、たとへ邪な独裁者といへども、その立場に置かれれば、ただ他人を操る快感にひたつてばかりもゐられず、その快感の裏では、一度独裁者として得た地位を保持しなければならぬ苦しさ、よくいへば、一小世界の中心としてその秩序を維持しなければならぬ責任感、さういふものがあるはずです。ましてハムレットのやうにすぐれた人格においては、それはいつそう切実に感じられませう。いかに善意と正義にもとづくものであれ、全体の中心といふ役割は、けつして個人のものではなく、個人はあくまで部分にとどまるべきものなのであります。

ハムレットの能動的な激しい自己主張を、私たちがそのまま自分のものとして喜ぶのは、最初のうちだけであります。芝居を見てゐるうちに、私たちは右のやうな個人の限界を、部分たるべきものの不安を感じはじめるのです。あるいはまた、私たちは自分の意識の世界では自己主張とその勝利に、ひたすら快感を感じて、『ハムレット』劇を最後まで見てしまふかもしれませんが、無意識の底では部分たるべきものの不安を感じてゐるといへませう。私たちの意識は悲劇の終末において、主人公の死を悲しみますが、私たちの無意識はそこに全体が回復された大きな安心感をおぼえるのであります。

それは矛盾でもなんでもありません。もし矛盾とすれば、それは人間そのものの矛盾であります。個人は他人や全体からの容喙をうるさいと感じ、それを排しようといふ欲望とともに、全体なしには生きられぬことを感じ、部分として全体に仕へることによつて生きようといふ欲望をもつてゐるのです。

劇はその矛盾した欲望を同時に満してくれるものでなければなりません。悲劇は主人公たちの敗北によつて、間接に全体を暗示しますが、喜劇においては、多くの個々の欲望のいきちがひのあとで、それらがめでたく調整され、舞台のうへに如実に全体が回復されたことを示します。

結論をいへば、劇場の美学は、この部分と全体との両立にあるといへませう。さて、それが一つ一つの戯曲において、役者の演技において、どういふふうに現れ、私たち見物はどういふふうにそれに反応するかが語られねばならぬわけですが、そこまでお話しする余裕は、つひに得られませんでした。が、おそらくその必要はありますまい。たびたび芝居を見ることによつて、それはおのづと会得されることでせう。

II

戯曲読法

地方に住んでゐるひとは、新劇といふものを観る機会にほとんど恵まれてゐません。さういふひとたちに向つて新劇の観かた、楽しみかたをお話ししたところで、大して意味はないでせう。ですから、私はここで戯曲の読みかたについて、もつとも本質的なことを述べてみようとおもひます。

さういふと、戯曲だつて小説だつて、同じくことばを素材とした文学作品である以上、読みかたのちがひはあるまいと考へるひとがあるかもしれない。しかし、小説の読者と戯曲の読者とを較べると、その差は大変なもので、大部分のひとが、戯曲は読んでつまらないものとおもひこんでゐます。なるほど戯曲は、もともと舞台にかけられ、役者の肉声を通じて聴くものですから、ただ読むだけなら小説を読むに越したことはありますまい。小説は読まれるだけで、その本来の機能をはたしますが、戯曲はただ読まれただけでは十分に享受されないのです。が、それだけに読みかたの技術が必要であり、それがあれば読んだだけでも舞台にかけられたのと同じ効果を発揮しうるでありませう。いや、なまなか下手な役者がやるよりも楽しいものとなりうるのです。

小説の場合は、はじめからをはりまで作者といふ一人の人間が喋つてゐるのですが、戯曲では二人以上の人間が会話をおこなひます。すなはちせりふを喋る主体がそのつど変つていく。そこで読者はそのたびにそれぞれの主体の心の動きに即応しなければならない――これが戯曲を読むむづかしさであります。

もちろん小説でも、ある程度までさういふことはいへます。小説は事実をありのまま描いてゐると考へるのは間違ひで、一つ作品のなかでも作者の主観が色濃くにじみでてゐる場所と、かなり客観的に描いてゐる場所とがあります。また作者の精神がここぞとばかり緊張してゐるところもあれば、ただ筋を運んでいくだけの程度にをはつてゐるところもあります。小説をほんたうに読みこなす読者はただ書かれてある事柄だけではなく、作品の展開にそつて、その作者の主体的な心の動きをも読みとりうるでせうし、さうしなければ、小説のおもしろみはないわけです。『チャタレイ夫人の恋人』に性的描写があるから、これは猥褻文書だと断じ、春本あつかひしてしまふといふのも、つまり書かれてある事柄だけを読んで、それを書いてゐる作者の主体的な心の姿勢を読みとりそこなつてゐるからです。

たとへば「その夜は雨が降つてゐた」といふふうに最小限度の必要なことを書く書きか

たもあるが、同じことを「その夜はしとしとと雨が降りつづけてゐた」とも「その夜は雨だつた」とも書けます。その書きかたによつて、たんに雨が降つてゐたといふ事実にたいする作者の心の動きが読者に伝つてきます。

が、小説は右のやうにいくら色々の文体があつたとしても、文章はあくまで黙読されるべきものであります。それに対して、戯曲のせりふは声をともなひ、それをいふときの表情やしぐさをともなひます。小説では「その夜は雨が降つていた」と書かうと「その夜は雨だつた」と書かうと、それを書いてゐる作者は静かに机に向つてペンを走らせてゐるだけです。しかし、戯曲となるとさうはいきません。身ぶり表情はげしく喋る人間も登場すれば、あるいはその反対に眠つてゐるやうに喋る人間も登場する。たとへ同じ人物でも、時には立つて喋り、時には坐つて喋り、ときには去りながら喋るといふぐあひに、時々刻々ちがつてゐます。しかもそれがたんに肉体的な姿勢を現すばかりでなく、じつに端的に内面心理の動きを現してゐるのです。戯曲の読者は一つ一つのせりふから、その動きを読みとらねばなりません。それを読みとることによつて、単純なせりふからも、じつに大きな真実を受けとりうるのです。戯曲を読みつけないひとは、それをしないから、戯曲といふものがつまらない薄つぺらにみえるのであります。

戯曲のせりふが読みかたによつてどんなにちがつてくるかについて、具体的な例をあげて説明しませう。

いま舞台に二人の男女が登場してゐるとします。そして次のやうな会話が行はれたとする。

女　雨が降つてきさうね。
男　ぼく、帰ります。

これだけ抜きだして前後の関係なしで、この二人の間にわれわれは無数の関係を想像できるでせう。「雨が降つてきさうね」といふ女のせりふはなんの底意もなく偶然に、あるいは話題を探すためにいつたのかもしれません。それに対して男のせりふは、雨に降られぬうちに帰らうといふ、それだけの気もちでいつたとも考へられるし、女のことばを誤解して、帰れと催促されて答へたとも考へられるし、また女は女、男は男で別々のことを考へてゐて、男には女のせりふが耳に入らず、頭のなかで自分の想念だけを追つてゐて、ひよいと出たとも考へられます。女に底意がなければ男のせりふのあとで女があわてる表情が眼に浮ぶでせう。

また女は男を帰したくなくて、しかも雨が降つてきたので相手が帰るといひだすのを牽制する気もちでしぶしぶいつたのかもしれません。そして男もしぶしぶ答へたのかもしれない。さうなると、これを演出する場合、女がしぶしぶ椅子に腰をおろし卓上の編物かなにかをとりながらいへば、男の帰りを促すやうにはみえずはつきりそのまま対談をつづけたい気もちを現せます。男のはうも椅子に掛けたまま立ち上る気色も見せずポケットから煙草とマッチをとりだしながらいへば、いよいよ二人の気持ははつきりするでせう。さらに二人のせりふの間に適当な間をあければ、男のせりふが女のせりふに対する直接の答へにならず、観客は二人の会話から、会話の意味する以外の二人の関係を、すなはち語られざる二人の会話を聴きとることができます。

演出者とすれば、同じことを現すのにも、また別のやりかたがあるでせう。女のことばにはじかれたやうにして立ちあがり、すこしも間を置かずに男が喋つたとしても、それだからといつて、その喋りかたひとつで、かならずしも女のことばを帰れと誤解した上での答へとしてではなく、やはり帰りたくない気もち、しかも女も帰したくない気もちだと知つての上でのせりふとして喋ることができます。すなはち、間をおかず、女のことばにすぐ続いても、男が自分の帰りたくない気もちをおさへるやうにいへば、かへつて帰りたくない気もちが強く現れるでせう。この場合は、男は女のせりふに答へてゐるのではなく、帰らなければならないぞといふ自分の促しに答へてゐるのです。またこの場合でも、喋りかたひとつで、男がこつけいにも深刻にもみえるでせう。

かういふことをいつてゐれば、この二行のせりふから、無数の状況が考へられ、きりがありません。といふのは、戯曲のせりふはどう読んでもいいといふことではなく、そこだけ抜きだしてくれればどうにでも読めるものだけに、よほど注意して読まぬと作者の意図をとりちがへるといふ結果になります。なぜなら、作者はどうにでも喋れるやうな片々たるせりふに、ただ一つの正確な喋りかたを予想して書いてゐるからです。読者はそれを前後の関係からつぎつぎに発見していかなければなりません。言ひかへれば、名優が最初にその台本を受けとつたとき、一読して的確に受けとつたやうにせりふを読みこなさなければならないのです。舞台で俳優がやつてくれることを、あるいは演出家がやつてくれることを、戯曲の読者は自己の読書力、ないしは読心力をもつて、作品からじかに感じとらねばならないのです。

戯曲を的確に読みこなすためには、われわれはまづみづから演出家たり、俳優たりうる能力をそなへていることが必要です。さういふと、だれしもそれはむりな注文だとおもふかもしれない。しかし、それはさほどむづかしいことでもないし、また専門的な習練を必要とすることでもないのです。問題はわれわれの生きかたといふことにかかつてをります。

戯曲のせりふの陰翳を読みとりうる力といふのは、とりもなほさず、われわれが日常生活において、さういふ陰翳や深みのあるせりふをしやべる能力から発生するものです。せりふばかりではない、表情でも、しぐさでも、その他あらゆる表現や行為において、われわれが芝居をする能力をもつてゐなければ、戯曲を読んでも、せりふの陰翳をつかむことはできないでせう。いや、戯曲など読めなくてもよろしい。しかし、さういふ能力をもたぬ人は、あるいはさういふ能力をもたぬ社会生活では、往々にして他人のことばに、その真実を読みそこなふといふ結果になりがちです。

たとへば、戦争が終つて、軍部に「だまされた」といふ。それから今度はさかんに進歩的な言辞を弄する人が輩出しましたが、最近では、それもいきすぎ、やはりまた「だまされた」といひたさうな顔つきがあちこちに見うけられる。が、もしわれわれが他人のことばから意味内容を読むだけでなく、あたかも戯曲を読むやうに、その状況や、声音や、表情や、態度から、しやべられてゐる意味とは逆の真実を読みとることができたら、いひかへれば「ぼく、帰ります」といふせりふから「ぼくは帰りたくない」といふ気もちを読みとれたなら、さうさう「だまされた」といふ事態は発生しないでせう。そのために、われわれはまず、ことばとそれを口にする主体の心との二重性を読みとる眼力を養はねばなりません。

さらにわれわれはそれを読みとるだけではなく、この二重性を逆に利用して自分の生活を深く豊かにする演戯力を自分のものとしなければならない。それは、だまされないで、逆にだましてやれといふことでは、もちろんありません。いま私はことばのもつ二重性について申しましたが、人をだまさうとするばあひのみならず、むしろ逆に自分の心を誠実に語らうとすればするほど、さういふ人ほど、ことばといふものがいかに不完全で、自分の心を裏切るかといふことを切実に感じるはずです。深く自覚して生きてゐればゐるほど、ことばだけに頼りきれない不安を感じるはずです。さうすれば、われわれはその不完全なことばを補足して、間違ひなく相手に真意が伝はるやうな工夫をこらさうとするにちがひない。表情とかしぐさとかがそれです。もつと手つとり早い方法は、せりふのいひかたについての工夫をこらすことです。それが私のいふ演戯力です。

そして、これはたんにことばだけにかぎりません。二重性をもつてゐるのはことばだけではない。行為も同じことです。われわれの行ふ行為は常にわれわれの真意を誤りなく表現してゐはしない。私がある行為をする。すると、それは世間からある意味に解される。ところが、私はそのつもりではない。さういふことがよくあるでせう。この場合には、行為そのものの限界を補ふためには、やはり演戯力が必要です。

最近、学生や職場の人たちの間に、演戯熱がだいぶさかんなやうですが、その傾向が右に述べたやうな生活から溢れ出た演戯力によつて支へられてゐるならばよろしいが、たんに現実の気の利いたもののまねなら、意味はないでせう。

ことばの二重性

一

　私たちはことばにたいして、つねに無意識の信頼をいだいてをります。ことばを通じて、自分の意図が他人に伝り、また他人の意図が自分に伝るとおもひこんでゐる。もつともさうおもはなければ、うかうか口をきく気にもならぬでせう。なるほど、さういふ信頼感のうへに安心してよりかかつてゐて不自由を感じない世界といふものはありうる。すなはち、ことばといふものが、はたして自分の、あるひは他人の、意中を正確に伝へうるものかどうかなどといふ疑ひを起さなくてもすむほど、正確に通用してゐる世界といふものはたしかにありえます。

　たとへば、私たちは駅の出札口に立つて、かういふ会話をする——

「東京三枚……、いくらですか？」

「はい、二千二百二十円」

かういふ会話では、ことばにたいする疑ひとか不信とかのはいりこむ余地はありません。

といふことは、逆に、もしかういふ会話が活字で書いてあつたとき、私たちはそれを読みまちがへる余地がないといふことでもあります。私たちはその会話をかはしてゐる乗客と駅員との声音や表情や動作を、ほとんど的確に読みとることができます。いひかへれば、そこには、ほとんど無表情に近い、むだな動きのない、最小限度に必要な声音・表情・動作があるだけです。いふまでもなく、この会話を必要とするにいたつた事態、すなはち電車の切符を買ふといふ出来事が、なんら個人的な性格や心理の関与しない、したがつて、だれにでも、いつでも、起りうる客観的な情勢だからです。

しかし、こんな会話でも、もしこの乗客がその一瞬前に、駅頭で友人と喧嘩わかれしたあとだつたらどうなるか。「東京三枚、いくらですか?」といふことばには、その個人的な感情が混入して、当然つつけんどんな調子になるでせう。また電車がホームにはいつてくる音がきこえてゐるとすれば、それはせかせかした調子になり、早くしてくれといふ懇願の調子がまじるでありませう。それにたいして駅員の答へは、後者ならば、電車がホームにはいつてきたことが同時にわかつてゐるはずですから、親切にそれに応じて、さも急いでゐるやうに――じつさいに急いでゐるのでもありませうが――おなじやうにせかせかした調子になるか、さもなければ、いぢわるくゆつくり答へるか、まづどちらかでありませう。またもし前者ならば、客がどういふわけでつつけんどんにいふのかわからぬままに、不快感を露骨に現して、おなじくつつけんどんに答へるか、あるいはかれがいくらか繊細な感情の持主だつたら、いつたいどういふわけだらうといふ疑惑の表情をその声音にまじへ、さうすることによつて、表面は「はい、二千二百二十円」といふ一般的な答へに、軽い抗議をこめていふでせう。

ここまでくると、もはやことばは単純にその客観的な意味だけを現してゐるものではなくなります。そして、ことばははたして自分の、あるいは他人の、意中をそのまま伝へうるものと信じていいかどうかが、そろそろ問題になりはじめるのです。文学の、ことに戯曲のことばは、ほとんどすべてかういふ会話でなりたつてゐるといつて過言ではありません。戯曲のことばは、そのまま信頼しうる、いはば貨幣のやうに額面どほりにしか通用しない客観的な効用価値と、同時に、それを喋る人間の性格や、しかもそのときどきの心理を伝へる主観的な効用価値と、この二つの面をつねに担つてをります。それがことばの二重性であります。

自分の作品を例に引くのはいい気なものですが、たまたま私の『龍を撫でた男』から例を引き、それに則して話をすすめてみようとおもひます。私の作品のなかには家則と和子といふ夫婦が出てまゐります。家則は精神病医であり、和子はその妻で、精神病の血統をひいてゐる女であります。その両者の性格はここでは伏せておいて、つぎの開幕最初の夫婦の会話を読んでいただきませう。時は元日、家則は正月もどこ吹く風と原稿を書いてゐます。奥からは和子の母の歌がきこえてくる。母はすでに狂つてゐます。そこへ和子が登場します。

和子　また雪が降つてきたわ。

家則　うん……。

和子　お母さま、けふはばかにはしやいでゐるのよ。さつきから歌ばかりうたつて……、お正月がわかるのかしら。

家則　なんとなくわかるのさ、あたりのふんゐきで……。

和子　でも、お正月つていやね、なんにもすることがなくて。

家則　うん……。

和子　時間がとまつてしまつたやう……。

家則　うん……。

この和子の最初のせりふは、開幕と同時に季節を示してゐるのであり、第二のせりふはそれが正月であることをはつきり現し、同時に母親が異常であることを暗示してゐるといふ点で、たしかにことばの客観的価値によりかかつてをります。が、それだけでは、この戯曲を、あるいは和子の性格や心理を読みとつたことにはならない。「また雪が降つてきたわ」といふのは、たんに事実を示すだけではなく、正月だといふのに机に向つてゐる家則、自分が部屋にはいつてきたのにその存在を完全に無視してゐる家則、さういふ夫にたいしてなにかを話しかけ、自分と共同の世界へ夫を引きいれようとするためのきつかけとして語られたことばであります。同時に、それまで正月で無為に放つておかれた女のいらいらした気もちが現れてゐなければなりません。第三のせりふも同様で、和子は自分がいらいらしてゐるといふ自覚において、狂つた母親の歌を耳にききとめたのであり、いつか自分も母親のやうになるかもしれぬといふ不安をかすかに感じながら、その不安を夫の家則に押しつけようとする心理から出てゐるものであります。

その感じはただ棒読みしただけでは出てまゐりません。役者はいはば理想的な読者なので、あらゆる読者が、この戯曲を読んで、すぐそれだけの内容を読みとつてくれるとはかぎりません。といふのは、戯曲のせりふは、さきに述べたことばの二重性においてとらへられねばならぬにもかかはらず、たいていはその一面、すなはち貨幣のやうにだれにでも共通の客観的効用価値を通じてしか伝へられないといふことです。

私の作品について、この点をもうすこし深くさぐつてみませう。家則の「うん……」といふせりふのいひかたについて考へていただきたい。これはよくある「うん……」で、私たちは仕事に熱中してゐるとき、相手のことばをろくにきいてゐないで、いいかげんなま返事をする、あの「うん……」です。自分のなかに閉ぢこもつてゐる人間が、深い井戸から引きあげられるやうに、やつとのどの奥から洩れてくるやつで、相手がそれをうまく引つかけなければ、ふたたびすとんと井戸のなかへ落ちてしまふやうな返事です。だが、私はそれ以上のことを考へてゐました。それはこれだけの引用では不十分で、私の作品を全部、読んでみなければ納得いかぬといはれるかもしれません。ここではさうもいきませんので、いちおう私のいふことを信じていただくよりしかたありません。

この家則といふ男は寛大な男で、したがつてつねに寛大さの裏面ともいふべき冷たさをもつてゐる。妻の和子との関係をも含めて、あらゆる人間関係といふものに諦めをいだいてゐる。しかもさういふ諦めのもとに、けつして自分にも他人にも絶望はしてゐない。さういふ人間を現すのに私は精神病医といふ職業がいちばん適当だとおもつたのです。精神病の患者は、自分のはうから他人との結びつきのために橋をかけようとはしない。が、医者は相手をさういふ人間と知つたうへで、なんとか患者と普通の世界との橋わたしをしようと努力してゐる人間であります。そこで、家則は妻の和子にたいして、医者としても夫としても、諦めと同時に、いたはりをもつてゐなければなりません。

家則がふつうの夫なら、そして和子がふつうの妻なら、いひかへれば二人が人間と人間との結合の可能性といふものを安直に信じてゐる人間なら、役者は「うん……」といふことばを、ごくありふれたなま返事として喋ればいいわけですが、このばあひはそれだけではいけないのです。さういふと大変複雑なやうですが、じつはかんたんなことなのです。たとへば子供が推理小説かなにかおもしろい本を一所懸命読んでゐるとき、父親に呼ばれるとする。この父親がふだん返事といふものをやかましくいふ人だつたとします。すると子供は自分の名を呼ばれたとき、「何か用があるな」といふことと同時に、返事を要求する父の平生の性格をも、その声のうちに読みとります。「うん……」といふなま返事だけではすまされないことを直感する。なま返事ですまされるのは、父子の関係が非常にだらしないか、あるひは安易な信頼感のうへになりたつてゐるときだけでせう、さうでなければ、昔から「立つより返事」といふ諺がありますが、まことにそのとほり、子供はきげんよく、はきはきと「はい」と答へるにちがひない。しかも、じつはうはの空で、腰はなかなかあがらず、眼も頭も推理小説のつづきを追つてゐるといふことがありませう。

家則の「うん……」はそれでなければなりません。ただ父子の関係ではなく、夫と妻、医者と患者、いたはるものといたはられるものとの関係ですから、「はい」といふことばにはなりませんが、もつと鷹揚に、上のはうから、しかも習慣的に「おれはおまへの話に耳かたむけてゐるよ、安心おし」といつた調子で、「うん……」といはなければならない。つまり、明るい、かなり大声のなま返事であります。

もちろん、これらのことは役者にとつて大してむづかしいことではなく、役者といはれるほどのものなら、だれでもできることでせう。といつて、だれでもさうかんたんにいへることではありません。ことに役者でないわれわれは、わかつてゐても、なかなかうまく表現できません。表現できないどころか、戯曲を読んだだけで、そこまでせりふの陰翳を読みとつてくれるひとは少い。一般人はもちろん、たとへ小説家でも、批評家でも、戯曲をあまり読みつけないひとは、かういふことばの二重性をなかなか把握できないのであります。いや、戯曲を読みつけてゐるひとでも、往々それをつかみそこなひます。劇作家ですら、他人の戯曲については、ほとんど色盲や音痴に近い薄弱な感受性を示すことがまれではありません。

二

ことばの客観的効果は主として論理に頼つてをり、その主観的効果は心理に根ざしてをります。とすれば、ことばはつねに論理的側面と心理的側面との二重性を担つてゐるといへませう。私たちの現代語がほとんど収拾すべからざる混乱状態に陥つてゐるとすれば、その主なる原因は、ことばのもつこの二つの働きのあひだに大きなギャップがあるといふことになります。私たちの日常生活における誤解とかいきちがひとかいふものは、よく考へてみれば、たいていこのギャップから生じてゐるのです。たとへば、さきに引用した私の作品の冒頭で、「また雪が降つてきたわ」といふ妻のことばにたいして、「うん……」といふ夫のことばは、論理的には正しい。妻にはなんら文句をいふべき筋あひはない。しかも妻に不満が残るといふのは、妻の「また雪が降つてきたわ」といふせりふが、論理的な意味よりも、「二人で話がしたい」といふ心理的な発言であるからです。

ところが、世のあらゆる夫婦げんかにおいて、おたがひが相手のいつたことばを検討しあひ、「きみがああいつたから」とか「あなたはかういつたぢやないの」とか、いさかふばあひ、ほとんどつねにといつていいほど、このことばの心理的効果を無視し論理的効果のみを問題にしてゐます。いひあつてゐるうちに、相手のそれを無視するばかりでなく、うかうかすると自分のことばについてさへそれを見うしなつてしまつて、口でいひまかされ、しかも「自分のはうが正しいのに」とくやしがる。それでは勝つたはうも後味がわるいといふことになります。

最初に私がいつたことばにたいする無意識の信頼感といふのは、ことばの論理的効果と心理的効果とが一致するといふ安易な考へのうへになりたつてゐるといへませう。いひかへれば、ことばの論理によつて、自分の心理を過不足なく他に伝へるといふ錯覚でありま す。私たちのあひだに、この錯覚がなぜ根強く植ゑつけられてしまつたかについては、いろいろ原因がありませう。私にも意見はあります。しかしそれをここで詳しく述べる余裕はありません。ですから、ここでは原因を歴史的に遡つて探求することはやめて、現状についてありのままに解剖することだけでとどめておきませう。

私たちは、ことばといふものが制御しなければならぬものだといふことを忘れてゐる。ことばにとくに習熟しなくても、自分の内心は自然に、自由に、口の端にのぼせうると考へてゐるらしい。おもつた以上は、おもつたとほりにいへるといふ安易な考へかたです。さもなければ、逆にかう考へてゐる。すなはち、おもつたことをおもつたとほりにいふのは大変むづかしいから、黙つてゐるにしくはない。前者はことばに自分の本心を裏切られたことがないひと、すくなくともそれを自覚しないひと、後者はことばに本心を裏切られて、こりごりしてしまつて、ふたたびその愚を犯すまいとしてゐるひと、私たちはたいていそのどちらかであります。が、この両者は相反するやうでゐて、じつはある点で共通なものをもつてゐるのです。両方ともに、ことばの二重性をまたにかけて生きようとする自覚が欠けてをります。

　ことばは、前者にとつては、制御を必要とするほどの難物ではなく、後者にとつては、制御のたうていおよばぬ難物といふことになります。いひかへれば、格闘するに値しないものか、格闘しても勝ちえぬものか、どちらかになつてしまひ、いづれにしても、この二つの態度からは、ことばを操らうとする意志は生れてまゐりません。前者の場合は、万人が古貨幣のやうに使ひならしてしまつたことばの客観性にすべてをゆだね、それから食《は》みでる自己といふものを自覚せぬばかりか、自己がいつのまにかことばの額面どほりにしか評価しえぬものになりさがつてしまふ。すなはち、完全にことばに操られる人間になつてしまふのです。いつぽう後者はことばの額面を拒絶するところまではいかにも颯爽としてゐるが、それを自分の意のままに操らうとする努力を抛棄してしまつた以上、自分ひとりいかにいさぎよしとしようとも、けつきよくはことばを額面どほりにしか使つてゐない世間の力に押し切られ、大切なはずの自己の本心も額面以下の評価しかえられないのです。

かれら（後者）は、沈黙こそ誠実への唯一の道だとおもつてゐるかもしれない。弁明は男らしくないとおもふかもしれない。が、かれらのいだいてゐる誠実の概念は、なんといふ甘いものか。それは自分のおもつてゐることはなんでもことばに託せると考へてゐるひとたちと同様、なにかを安易に信じてゐるからです。だれにもわからなくても自分の誠意はかならず通じると信じこむことは、一見りつぱでもあり悲壮でもありますが、またずゐぶん呑気だともいへないでせうか。ことばを額面どほりの世界で取り引きして平気でゐられるひとは、あまりに他人を信じすぎてゐるのと反対に、かれらはあまりに自分を信じすぎてゐる。

きたない弁明はききぐるしいが、ききいい弁明をなしうるといふことは、じつにりつぱなことであり、沈黙によつて至誠を天に通ぜしめようとする態度とは較べものにならぬ誠実さを必要とします。なぜなら誠実とは、他人のままに自己を育てることでもなく、また自分の意のままにならぬ他人を突き放してしまふことでもなく、なんとかして他人と自分とのあひだに通路をこしらへあげようと努力することだからです。ことばのうへだけなら、どんなりつぱなことでもいへるぢやないかといはれるかもしれませんが、それなら逆に、腹のなかでだけなら、どんなりつぱなことでも考へてゐられるともいへるではありませんか。

今日、私たちにもつとも必要なことは、ことばのうへだけのうそを見破り、ことばには現せない真実を読みとる眼と、さらに本心を索引として附けあはせにしなくとも、それだけで十分に通じることばを使ひうる力と、この両者を身につけることであります。といふのは、心理的な質量を欠いてゐることばの論理的形相にだまされぬ用心が必要であると同時に、ことばの心理的側面と論理的側面とのギャップを縮める技巧が必要でもあるといふことです。もちろん、これはたんに技術の問題にとどまりません。誠実といふ、あくまで倫理の問題であります。ただ倫理の問題といふと、ひとはとかく技術を無視しがちです。ですから、私はむしろかういひたい――それはたんなる倫理の問題にとどまらず、ものいふ技術の問題である、と。

いまさらいふまでもなく、明治以後、そしてまた今度の敗戦後、私たち日本人の受けた生きかたの変革は大変なものであります。フランス革命など比較にならぬ大変化であります。江戸子は「カつていへばつていふ」勘のいい人種であつたかもしれませんが、もはやさういふ片言で通じあふ狭い家族的な交際社会、江戸子にかぎらず明治以前の日本人がたがひに肌を温めあひ、許しあつてゐた同族社会、いまやそれが徹底的に崩れ去つたのです。西洋流の生きかたと同時に、西洋流の表現方法が日本にはいつてきました。私たちはさういふ生きかたをし、さういふ表現方法を用ゐてきました。その結果、さきに申しましたやうに、他人のことばに操られて自分を失つてしまつた人間と、さういふことばでは自分を表現しえぬと諦めてしまつた人間と、極端にいへば、この二種の人種にわかれ、その間にさまざまな両者の混合型が介在し、生活もことばも混乱してしまつたのです。

しかし、すでに述べたとほり、ことばは、つねに客観的効果と主観的効果との二重性をそなへたものです。ことばどほり信じえぬと同時に、ことばを信じる以外に道はないのです。とすれば、私たちのことばがいかに混乱し、二重性のギャップがいかにはなはだしくとも、いや、それだからこそ、ますます技術を必要とするのであります。といふよりは技術をつくりあげる演戯力を必要とするのであります。演戯力とは、ことばを客観的に用ゐる力の不足を、声音や表情の心理的効果によつてごまかす詐術といふことではありません。詐術といふのはいひすぎで、不完全な現代語においては、それもときには必要でありませう。が、逆に、ことばの客観性のまへに、自己の心理的個性の膝を屈せしめ、その虚偽に堪へるときにこそ、ほんたうの意味の演戯力が必要となるのであります。自分の本心から自然に溢れてくることばがそのまま客観的価値を生じるのを手ぶらで待つてゐたのでは、今日のやうな激しい混乱をただすことはできません。いや、潔癖な誠実や小心翼々たる反省癖にいい気になつてもたれかかつてゐる個人主義的倫理感こそ、現代におけることばの混乱を助長してきた責任者ではないでせうか。

シェイクスピア劇のせりふ

一　言葉は行動する

今まで折にふれて何度も言つてきた事ですが、私がシェイクスピア劇を翻訳し、日本の役者によつて上演したいといふ気を起したのは、昭和二十九年、ロンドンのオールド・ヴィック劇場でマイケル・ベントール演出によるリチャード・バートンのハムレットを観た時です。幸運にも私の願望は直ちに実現され、翌三十年、文学座により戦後始めての『ハムレット』が上演されました。ハムレットは芥川比呂志です。それが切掛けとなり、続いて『じやじや馬ならし』『マクベス』『リチャード三世』『夏の夜の夢』の五冊が河出書房から出版され、その後、河出書房が一時倒産し、私のシェイクスピア全集翻訳の計画は頓挫しましたが、再び三十四年に新潮社によつて採上げられ、その年の十月から四十二年の四月まで掛つて第一期計画十五巻が完成し、その後、今日まで三巻が追加されたので、既刊十八巻といふことになります。なほその他にも訳して置きたいものが五、六巻、ないし七、八巻ありますが、私は何もシェイクスピアの為に生きてゐる訳ではないので、後は自分の健康と寿命と相談の上、訳して行かうと思つてゐます。

私がオールド・ヴィックの『ハムレット』を観て、なぜシェイクスピア劇の翻訳と上演を思ひ立つたか、それは一口には言へないものの、最も消極的な理由は、その演出と演技、せりふの喋り方に接して、これなら自分にもシェイクスピア劇が訳せると思つたことであります。言ひ換へれば、それは現代日本の新劇にシェイクスピアを取入れる事が出来るといふ事であり、またさうしなければならぬと思つたからです。もつともさうしなければならぬ事は初めから解つてゐた。築地小劇場で薄田研二のハムレットを観てゐた私は、それが原文に比していかに間のびのしたものであるか、シェイクスピアの人物の意志と行動力を抹殺し、彼等をいかに無気力なものにしてしまつてゐるか、その事に不満を懐いてゐたのですが、シェイクスピアはしよせん読む為の戯曲に過ぎないのか、昔はともかく今日では上演不可能なものなのか、私はさう思ひかけてをりました。それがさうではない事を教へてくれたのがオールド・ヴィックであり、ベントールであり、当時のリチャード・バートンであります。一番私を驚かせたのはそのせりふの喋り方でした。シェイクスピアの人物の意志と行動力とは、とりもなほさずそのせりふが意志的であり、行動的であるといふ事に他ならない、とすれば、すべては翻訳に懸つてゐる、逍遥訳ではどうにもならない、私はさう思ひました。逍遥一人が悪いのではない、またそのシェイクスピア訳だけが悪いのではない、言文一致の運動が、あるいはその精神が間違つてゐるのです。それは意図としては西洋化、近代化を目ざしながら、結果としては膠着語《かうちやくご》としての日本語の弱点をさらけ出してしまつたのであり、今日の散文小説も斉しくその被害を受けてゐると言へませう。

一歩譲つて、小説はそれでもいい。が、戯曲となると、少くともシェイクスピア劇の翻訳においては、それではどうにもなりません。シェイクスピアにおいては、せりふが行動的なのであり、言葉が行動なのです。言葉は断定する、断定すれば責任が生じます。が、膠着語では、語尾の屈折によつて断定と責任を先に延し、あるいは曖昧に回避する事が幾らでも可能であり、微妙な心の動きや詠歎の表現には長けてゐても、言葉が言葉を生んで行くリズム、人物が言葉によつてある結末に追込まれて行く行動のリズムを作り出す事は容易ではありません。といつて、日本語は情緒的であつて論理的ではないなどといふ迷信を私はもともと信じてはをりません。ただ、さう思込みたがる日本人が多く、その思込みが日本語を論理的でなくしてゐるだけの事に過ぎますまい。言葉によつて断定する事は一つの行動にほかなりません。行動すれば間違ひを犯す、間違へばその責任を取らねばならない、それを恐れる為に言葉に行動性を持たせぬ様にしてゐるだけの事なら、そこに生じる情緒、詠歎はいづれも偽りの感傷に過ぎません。そこに安住する為の思込みを捨てればいいのです。さうすれば、シェイクスピア劇の日本語訳は可能であります。そこまで理屈ぽく考へた訳ではありませんが、オールド・ヴィックのシェイクスピア劇を観、そのせりふの喋り方に魅力を覚え、これなら私にも訳せると思つた事だけは事実です。
が、現代日本の新劇の役者が喋れる日本語といふ私の言葉が人々に誤解を与へ、出版社が逍遥訳に対して現代語訳といふ事を強調したせゐもありませう。といふのは、逍遥訳が古くなつたのは、言文一致によつて日本語がやさしくなり、今の若い人にとつて逍遥の訳語は理解し難くなつたからだと思はれてゐるからであります。これは逍遥訳をよく読んでゐない為に生じた固定観念に過ぎません。逍遥訳が古くなつたのは、彼が難しい言葉を用ゐたからではなく、当時としては平俗な、あるいは平俗に過ぎる江戸方言、歌舞伎、黄表紙などの用語を用ゐたからであり、また歌舞伎のせりふの抑揚に附合ひ過ぎたからであります。その意味では逍遥訳はその時代の現代語訳なのです。小田島雄志氏はその後継者と言へよう。

私が目ざしたのは現代語訳ではありません。勿論私は現代の日本人の一人であり、現代の日本語しか喋れもせず書けもしません。だからあへて現代語訳を目ざす必要は無い。大事な事は先に述べた様に寝そべつてゐる様な現代日本語を起上らせ、シェイクスピアの躍動的なせりふの力をどうしたら生かせるかといふ事であります。そして、それはシェイクスピアの為でも、英文学、英語の為でもなく、現代日本の文学、および現代日本語の可能性の為なのです。格調があるなどと言はれるとくすぐつたい、私が狙つたのはシェイクスピアのせりふに潜む強さ、激しさ、跳躍力、そこから出て来る音声と意味のリズムであります。ハムレットが言つてゐる事を伝へるのではない、ハムレットは今、この時、なぜ、かういふ言葉で、かういふ事を言ふのか、その気持を伝へなければならない。しかも、一つの行動が他の行動を生む様に、言葉が言葉を生み、喚び起す様に、その必然性が目に見える様に耳に聞えてこなければならない。ハムレット自身の耳にも聞えてこなければならないのです。さもなければ、ハムレットは言葉の継ぎ穂を失つてしまふでせう。

二　私の心は火と燃える……

一つの例を挙げませう。マクベスがダンカン王を殺しにその寝室へ向つた後、マクベス夫人が出てきて口にする独白があります。（第二幕第三場冒頭）

㈠　あの二人を酔はせたものが私に勇気を与へた、二人をおとなしくさせたものが私に火をつけた。シーッ、いま鳴いたのはフクロウ、最後のおやすみを告げる不吉な夜番。いまあの人がはじめたのだ、ドアはあいてゐる、飲みつぶれたお附きの二人は任務を嘲笑ふかのやうな高いびき。寝酒には私が薬を入れておいた、いま二人のなかで生と死が生かすか殺すか争つてゐるはず。

(二)　彼奴らを酔はせた酒でわしは大胆になつた。彼奴らは寝入つちまつたが、わしの心の火は煽り立つて来た。おや！　しつ！　今啼いたのは梟らしい、凄い凄い声で「お休み」と啼き立てるあの忌はしい夜番の鳥！　今、やつてゐなさるんだ。扉《ひらき》は開けておいた。侍共はたらふく飲み食ひをして大いびきで眠てゐる。おのが職務を馬鹿にしてるかのやうに。しびれ酒を飲ませたから、生と死が闘つてゐる。あいつらを生かさうか、死なさうかと。

このいづれの訳も夫のダンカン殺戮をじつと見守つてゐるマクベス夫人の緊張と興奮を伝へてはをりません。英文和訳に近い説明的な「文章」としか言ひやうがありません。マクベス夫人がここへ登場して来たのは観客に筋と状況を報告する為ではない。もちろん、劇作家は場と場との間に起つた出来事を舞台で一々観せる訳には行きません、したがつて、せりふの中で時折、観客に筋を解らせ、状況を説明しなければならないのですが、それがそれだけに終つてしまつては意味がありません。過去の説明が現在の心を表すせりふになつてゐなければならず、それがシェイクスピア程の作者になれば、それを逆用してそれ以上の効果を出せる筈です。この場合、マクベス夫人の独白は自分が夫の殺人を手伝つて、事前にダンカン王の護衛の寝酒に眠薬を入れて置いた事、そして今、夫が王の寝室に忍込んだ事、その実況放送を行ふ為に書かれたものではなく、夫に王殺しの野心を吹込んだマクベス夫人、それだけ強い女にも拘らず、いざ、自分で手を附けるとなると、酒の力を借り、不安を追払つて燃上らうとします。その神経の緊張と、同時に夫が失敗せぬかといふ不安とそれを払ひ退けようとする蔭の励しと期待と、さういふ複雑な心の陰翳がこのせりふに凝縮して現れてをります。梟の声は一瞬、マクベス夫人の心を怯えさせるが、直ちにそれをダンカン王の死に結附け、次第に成功への期待へと昂揚して行く、その心のリズムが右二つの訳には少しも出てをりません。野球や相撲の実況放送でも、これよりは激しい緊張と興奮のリズムが感ぜられませう。

㈠の「あの二人」の原文は them であるから㈡の「彼奴等」の方が直訳でありますが、幾ら男勝りのマクベス夫人の言葉としても「彼奴等」では余りに品が無さ過ぎる。といつて、「彼奴」は女言葉ではない、いや、男の言葉としても、せりふとしては好もしいとは言へません。㈠の訳は折角さういふ意訳をして置きながら、続けて「酔はせたものが」と生硬な直訳になつてしまつてをります。もちろん、直訳の方がいい場合もありますが、ここではこの「もの」が「物」ではなく「者」と受取られかねない。「おとなしくさせたもの」の場合も同様です。劇場では、活字の場合と違つて、読み直しが効かない、せりふの終りの方へ行つて「寝酒」の一語が出てくるまで「物」を「者」と誤解してゐたとしたら、たとへ「寝酒」の一語を耳にしたからといつて、観客は最初の一行に頭の中で訂正の朱筆を入れる余裕は無く、そこは理解できなかつたままに終るか、曖昧に聴き流されてしまふか、いづれかでありませう。

次に㈠の「いま鳴いたのは」と㈡の「今啼いたのは」とは、文字遣ひが違ふだけで、観客の耳には全く同じに聞えます、が、原文に「今」といふ言葉は無い、原文に無い言葉を翻訳に挿入するのは結構ですが、「今」と「啼いたのは」と、両者が相乗作用を起して、すこぶる呑気な説明になつてをります。㈡の「らしい」に至つては言語道断と言へませう。原文でははつきり梟と断定してをります。「凄い凄い声で」と、今の若者がどんな場合でもやたらに使ふ形容詞を二度も繰返してゐるのも気になります。この点を見ても逍遥訳は決して語彙難しきが故に古くなつたとは言へますまい。話が前後しますが、その前に㈠の「勇気を与へた」「火をつけた」、㈡の「大胆になつた」「火は煽り立つて来た」は致命的と言へませう。「勇気」「大胆」は原文が bold であるから㈡の方がその一語の意味としては当つてをりますが、自分の事を大胆になつたと言ふのは余りにも冷静な第三者的批評であり、やはり説明的になる、といつて㈠の「勇気」といふ言葉も殺人行為には妥当ではありません。が、それより問題なのは㈠の「与へた」「……をつけた」、㈡の「……になつた」「煽り立つて来た」である。やはり説明的であるといふ点では、今までと同様でありますが、かういふ場合に膠着語としての日本語の弱点が露出してしまふのです。動詞が後に来、またその後に助動詞が来る、お蔭で、右のそれぞれの言葉の前にある㈠の「勇気」「火」、㈡の「大胆」「火」の影が薄くなつてしまひ、これを喋る役者の心は文末に向つて激しく燃え上つて行けないのです。なほ「煽る」は他動詞であるから、「煽り立てる」とは言へても、「煽り立つ」といふ風に自動詞には使へません。

㈠の「最後の」といふのは恐らく誤訳でありませうが、それはいいとしても、「おやすみを告げる不吉な夜番」、㈡の「お休みと啼き立てるあの忌はしい夜番の鳥」といふのは、英文和訳の答案と同じで、関係代名詞が出て来た時、その後から訳して行つて夜番に掛ける手で、これを平気でやるから間のびのしたせりふになり、シェイクスピアのダイナミズムが殺されてしまふのです。その点、㈠の小田島訳は㈡の逍遥訳を継承したものであり、いづれも文字通り「現代語訳」の名に値する。それに児童劇ではあるまいし「おやすみ」とは何事だと言ひたくなります。原文が good-night となつてをり、good-night は現代英語においても夜の挨拶に使はれているから、「おやすみ」でいいと考へるのは間違つてをります。英語の good-night は独立語でありますが、日本語の「おやすみ」は「やすむ」といふ動詞の連用形であつて、その後の「なさい」を省略したもの、すなはち命令形でありま す。しかも敬語「お」が着いてゐる。一語だけでは休日の意味になりうるもので、そこに独立語と膠着語との相違があり、必ずしも good-night ＝「おやすみ」にはならないのです。そんなことが解らなくては英文学は固より英語も教へられない筈です。

㈠の「いまあの人がはじめたのだ」は明かに㈡の「今、あの人がやつてゐなさるんだ」の和文和訳としか思はれませんが、それも改悪です。原文は He is about to. であるから改悪にしても間違ひではありません。が、これは good-night を「おやすみ」と訳すのと同じで、be about to は「……するところ」「……せんとしてゐる」と受験英語の授業で教はつてきた知識をそのまま適用したもので、文学作品の翻訳の場合、何もそれほど馬鹿の一つ覚えで押し通す法は無いのです。王を殺す所業を「やつてゐなさるんだ」「はじめたのだ」は呑気過ぎる。殊に文末の「んだ」「のだ」のお蔭でますます説明報告調になつてしまひました。また、㈡の「扉《ひらき》」はまだしも、「ドア」とは何事か。ホテルや三ＬＤＫではあるまいし、中世の石を積上げた城塞に「ドア」といふ言葉を使ふ神経は理解できません。「お附き」といふ敬語もをかしい。原文では grooms で、やや相手を見下した言葉です。それとも日本語の場合、敬語の方がいいと思ふなら、その二十行位後に出てくる「二人の王子がいつしよにゐたはず」は「いらしたはず」にしなければなりますまい。最後に㈠の「生かすか殺すか」は目的語不明で、これでは意味が解らない。他人の訳を批判した以上、私自身はどう訳したか、それを示して置かねば無責任といふものでせう。右㈠㈡と比較して、どちらが日本語として、芝居のせりふとして優れてゐるか、読者に御検討いただきたい。

二人を酔はせた酒が私を強くした。それで二人は静かになつたが、私の心は火と燃える。（間）お聴き、黙つて。あれは梟、不吉な夜番、鋭い声で、陰にこもつた夜の挨拶。さうだ、今、あのひとが。戸は開けてある。二人の護衛は酒に飲まれて高いびき、己れの任務を笑ひとばして。あの寝酒には薬が。今頃は二人のなかで、死と生とがもみあつて、たがひに鎬《しのぎ》を削《けづ》つてゐよう。

序《つい》でに言ひますが、私の訳は㈠に較べて今の若者には解りにくいでせうか、㈡に較べて果して現代語らしく平俗になつてゐるでせうか。行数はほとんど同じであるのに、㈠の方が間のびして聞えるのはなぜか。役者諸君にあへて問ふ、右三例のうちどのせりふを喋りたいと思ふか、日常会話では味はへぬ芝居のせりふを喋る快感を今の役者は全く知らないのか。

三　意味の伝達は二の次

小田島氏はシェイクスピア劇の新訳を始めた動機、ないしはその基本的態度について、大要、以下のごとき氏のシェイクスピア観を述べてをります、といふのは、シェイクスピアはエリザベス朝時代において最大の人気作家であり、大衆が彼の書いた芝居を観て楽しんだ、自分はその当時のシェイクスピアと大衆との距離の近さをそのまま維持し、自分の翻訳が現代日本の大衆に楽しまれる様、平易な現代語に訳し直したいといふのであります。

が、小田島氏はシェイクスピアの翻訳者である前に英文学者であり、東京大学の教授であります。いかに大学教授の資格が年功序列で簡単に手に入る世の中にもせよ、この程度の知識でシェイクスピアが講じられては学生が気の毒であるばかりでなく、官立大学の教授達に給料を支払つてゐる納税者の国民大衆が気の毒であります。大衆を楽しませようといふ氏の動機がたとへ純粋なものであらうと、結果としては大衆に贋物を売り附け、彼等から搾取してゐる事になる。氏のシェイクスピア観は事実に反してをります。第一に、シェイクスピアはエリザベス朝時代の文盲にも等しい大衆を楽しませたと同時に、彼のパトロンである王室や貴族を、すなはち選ばれた知識階級をも楽しませた。第二に、シェイクスピアの語彙はおよそ二万一千、同時代の他のいかなる作家も遠くおよばず、論理や文法よりもレトリックが優先し、構文も他の誰よりも複雑で難しく、当時の日常会話とは遠く懸け離れてゐます。平易といふ点では、シェイクスピアと大衆との距離は同時代の劇詩人の誰に較べても遥かに遠かつたのです。その意味で小田島氏の無智は、『源氏物語』は平安朝時代の話し言葉をそのまま口うつしに書き綴つたものと言つた金田一京助氏の無智に匹敵します。吾々翻訳者はシェイクスピアの日本語化といふ作業において、いかに頑張つて見ても、語彙、構文、いづれの面でも、シェイクスピアが同時代の大衆との間に保つてゐた大きな距離をそのまま維持する事はできません。それどころか、ドナルド・キーン氏も言つてゐる様にシェイクスピアを劇場で楽しんでゐる今日の英米の優れた大学出の知識階級にとつてもその英語はかなり難しく、その程度に難しい日本語版シェイクスピアは吾々の教養では作れつこない。心配する必要は毛頭ありません、シェイクスピアに関する限り、吾々は幾ら努力しても平易な日本語訳しかできないのです。

それにも拘らず、今日、英本国のシェイクスピアが原文のままで多くの観客を引寄せられるのはなぜか。もちろん、ある程度の予備知識を学校教育で与へられてゐるといふ事もありませう。が、シェイクスピアの芝居を楽しんだエリザベス朝時代の大衆にはその予備知識が無かつたばかりでなく、文盲さへかなりゐた筈であります。が、彼等は気楽にシェイクスピアの難しいせりふを楽しんだ。そこに文学の、殊に劇文学の秘密がある、といつて、それは何も深刻な事ではありません。

げにや安楽世界より、今この娑婆に示現して、我らがための観世音、仰ぐも高し、高き屋に、のぼりて民の賑ひを、契り置きてし難波津や……（と、この調子で、恐らく今の若い人には勿論、当時の大衆には全くの珍糞漢が原稿用紙七十行位続いた後で、漸く本筋に入り）立ち迷ふ浮名をよそに、もらさじと包む心の内本町、焦るる胸の平野屋に春を重ねし雛男、一つ成る口桃の酒、柳の髪も徳々と呼ばれて粋の名取川、今は手代と埋木の、生醬油の袖したたるき恋の奴に荷はせて、得意を廻り生玉の社にこそは着きにけれ。出茶屋の床より女の声、ありや徳様ではないかいの、これ、徳様々と手をたたけば、徳兵衛、合点して打ちうなづき……
と、これは近松門左衛門作『曽根崎心中』（お初徳兵衛）の出だしであります。大衆はこれを大いに喜んで聴いてゐたのです。義太夫の語る調子に乗つて、自づとその意味を理解してゐた、いや、一字一字の語の意味が解る以上に、それを理解してゐたと言ふべきでせう。

二十年も前、どこかに書いた事ですが、戦後の愚挙の一つは聖書の口語訳です。聖書を読むのは一応知識階級と見てよいでせう。教会に通ふ信者もほぼ同様でせう。が、テレビ映画の西部劇では日本語の吹替を使つてゐますが、私の見た限り、聖書からの引用、祈禱に口語訳を用ゐたものは未だ一つもありません。西部劇のファンの中には知識階級もゐませうが、さういふ聖書を読んだり使用したりしてゐる人達より大衆の方がずつと多い事は確かでせう。が、日本のテレビ映画のプロデューサーは絶えず視聴率に気を配りながらも、大衆が「神よ、私をお救ひ下さい、大水が流れて来て、私の首にまで達しました」といふふやけた実情報告よりも「神よ、願はくは我を救ひたまへ、大水ながれきたつて、わがたましひにまで及べり」といふ切実な祈りの表情の方を、あるいは「一粒の麦が地に落ちて死ななければ、それはただ一粒のままである。しかし、もし死んだなら、豊かに実を結ぶやうになる」などといふ天気予報のごとき他人事めいた表情よりは「一粒の麦、地に落ちて死なずば、唯一つにて在らん、もし死なば、多くの果《み》を結ぶべし」と強く言ひ切つたイエスの頼もしさを信ずると考へるだけの見識を持つてゐるらしい。心の表情よりも平易な意味伝達を考へる教会や新劇人は宜しくテレビの西部劇に学ぶべきであります。同様、テレビドラマで先頃連続物として受けた講談調『鳴門秘帖』では「殿はその功を嘉せられ……」とか、「あの時、助けて下さらなかつたら、今頃は黄泉の国」とか、私のシェイクスピア程度の「難しい」言葉を使つてをります。大衆の好みを訳者の低い教養にまで引きずり降さぬ方がいいでせう。

芝居のせりふは意味伝達を第一目的に考へるべきではないにしても、だからといつて言葉などどうでもいい、間違つた言葉遣ひをしても一向構はぬといふ事にはなりません。『オセロー』を観てゐた時、「耳に中傷を注ぐ」とか「中傷をでつちあげる」とかいふ言葉が私の耳に注ぎ込まれ、すこぶる気になりました。その後、東京新聞の記者が去年から今年に掛けてのシェイクスピア劇流行に関し、その訳者の訳と私の訳とがそれぞれ三本づつだといふ事で、二人共別個に会見を求められた事があります。その時、「中傷」とは誰かを陥れる為に事実無根の事を他人に語る行為そのものを意味するのであるから、さういふ行為を耳に注ぎ込んだり、でつちあげたりは出来ない、あそこは「中傷の言」「中傷の言葉」でなければならないと言つたのに対し、その訳者は紙上で「あれでをかしくなく通用したらそれでいい」と答へてをりました。あれは必ずしも負け惜しみの放言ではない、といふのは、その他にも「あの女が飼ひ馴らしえぬ鷹とわかれば、たとへおれの心の琴線がその脚をつなぎとめてゐても、口笛を吹いて解き放つてやるぞ」など、をかしな日本語が幾つもある。「心の琴線」はそれに「触れる」ものであつて、それで何かを縛る事ができるといふ話は始めて知りました。やはり翻訳は日本語の問題であり、翻訳者は言葉を正しく自由に操れる日本語の「専門家」に限ります。もつとも戦後の国語改革を断行した当事者が、言葉は間違つて使はれても、それで相手に通じればいいと、さうはつきり私に言ひ切つた事があり、今、改めてそれを憶出しました。これは読者や観客が間違ひと気附きさへしなければ、どんな間違つた言葉遣ひをしてもいいと言ふ事になり、下手な訳でも、それが下手と気附かれなければ、下手な訳とは言へないと言ふ事になり、訳者としてすこぶる都合のいい遁辞と言へさうですが、それは言葉の否定であり、翻訳者に限らず、あらゆる文筆業者にとつて自殺行為に等しきものとなりませう。役者が勝手に自分の訳を変へて、といふのはさらに改悪して喋つても、劇場でほとんど誰もそれがをかしいと気附かなければ、それでいいと了承しなければならなくなる。それでは何の為の本読みか、なぜせりふを覚えなくてはならぬのか、なぜプロンプタまで附けて自分の訳で役者を金縛りにしようとするのか。もしあるオセロー役者が最後のオセローの名せりふを私の訳で喋つてしまひ、観客の誰もその文体の急激な変化に気附かず、をかしいとも思はなかつたら、それを黙つて見過すといふのでせうか。

もっとましな男かと思つたら、とんだお門違ひだ。（「見込み違ひ」の間違ひ）
ひとはし（「一端＝いつぱし」の読み違ひ）一人前の学者面してゐやがる。
京なら目と鼻の様だ。（「先」の間違ひ）
お言葉には十分な配慮をお願ひしたい。（「気をつけてくれ」の意）
親身で（「に」の間違ひ）面倒見てやつてくれ。
いい面の皮をひんむく。（「いい面の皮だ」と「面の皮をひんむく」の合成）
朝がけ夜廻り（「夜討ち朝がけ」の間違ひ）
今度こそ（くらゐ）反省させられた事は無い。

右はいづれもテレビ・ドラマに出て来た「せりふ」ですが、大抵の人にそのメモを見せてもすぐにはそれがをかしいとは思はない。それなら劇場では「中傷を注ぐ」と同様、いづれも聴き流されてしまふでせうが、大部分の人がをかしく思はぬなら、右の諸例についても間違ひとは言へぬ筈です。若者に媚びる位なら、シェイクスピアなど訳さぬ方がいい。が、オセローが終幕でデズデモーナを殺さうとして出て来た時の最初のせりふを「そのためなのだ、そのためなのだ」と役者は喋つてをりましたが、私には最後までそれが何の為なのか解りませんでした。これは今の若者にだけ解る「今、生きてゐる日本語」なのか。

ハムレットの第三独白の「このままでいいのか、いけないのか」といふ持つて廻つたまだるこい言ひ廻しも、今の若者の感覚に合ふ「今、生きてゐる日本語」なのか。が、原文のTo be, or not to be, that is the question. は最後の question だけが一音節余りの女性終り《フェミニン・エンディング》（シェイクスピアのブランク・ヴァースは一行十音節）で、弱い余韻を残し、たゆたひの効果を出してをりますが、この行はその他すべて一音節語で書かれてゐるので、幾ら今の日本の若者が間伸びした喋り方をしてゐやうと、さういふ彼等よりハムレットの性格に附合つた方がいいと私は思ひます。

四 「ぞ」の有無

一つのせりふは一つの想念によつて成り立つてをります、たとへそれが十行、二十行に亙るものであつても、想念は一つであり、ただそれを一語によつて表現し得ないから十行、二十行を要するだけの事に過ぎません。が、その一つのせりふを発する前に話し手の脳裡にあつた想念は、その思ひの丈を言ひ尽さうとして最初の一語を発した瞬間から、言葉が言葉を喚び、言葉が想念を支配し始めます。そしてその一つのせりふを言ひ終つた時、彼は話し始める前に脳裡にあつた想念を十分に表出し得たとは決して思つてゐないばかりか、時には言葉によつて裏切られたとさへ思ふ事があるでせう。いづれにせよ、一つのせりふはそれだけでは不十分です。同様にそのせりふを発せしめた想念が、彼の過去に支へられてゐながら、そのすべてを表してゐるのではなく、限定されたその場の状況によつて刺戟され、喚起されただけのものに過ぎない以上、その想念自体が、すでに彼の全生活にとつて不十分であり、往々にして彼自身を裏切るものなのです。が、不十分であつても、裏切られても、彼の存在は揺がず、深化し、無限に完成に近附く、さういふ人生があり、さういふ人物の登場する芝居があります。シェイクスピア劇の優れたものはすべてその様に書かれてゐる。オセローは自分の思込みが間違ひだつたと知つた瞬間、それまでの自分の行動によつて一つ一つ断ち切つて行つたデズデモーナとの間の信頼の絆を一挙に恢復するのです。彼のデズデモーナに対する愛情は二人が始めて結ばれた時よりも遥かに大きなものになつてをります。彼は心底に潜む勝利感の故にイアーゴーをあへて殺さなかつた。リアやハムレットについても同じ事が言へる。最後の死が彼等の錯誤、蹉跌、破綻のすべてのマイナスを一挙にプラスに転じるのです。マクベスでさへ、死によつて、それまで病める自分を看護してきた心身の疲労から漸く救はれます。

彼等は自分の想念に、そこから生じた言葉や行動に裏切られなかつたなら、決して到達し得ない自分を獲得する。だからこそ、シェイクスピアのせりふは最も行動的な行動なのである。何を言つてゐるかではなく、その時、なぜ、それを言ふか、それが見える様な言廻ししか彼等はしてをりません。

『オセロー』の観劇中、パンフレットにメモを附けて置いたのですが、その中に「[A]剣を収めろ、[B]夜露で錆びる」とあり、「A、B同等、フレイジングがダメ」とあります。その「剣を収めろ」と「夜露で錆びる」ですが、改めて小田島訳の本を取寄せてその箇処を見たら、「錆びる」ではなく「錆びるぞ」になつてをりました。おそらく役者の方はその「ぞ」を言つたのでせう。ただ私は自分も多少苦労したところでもあり、幸四郎のオセローを演出した事もあつて、それが頭に残つてをり、自分の訳をそのまま「ぞ」なしでメモに残したのに違ひありません。が、実に微々たる事ですが、この「ぞ」の有無で演技が決定的に変つてしまふのです。松緑の喋り方はその他の長ぜりふでも、一つは体調のせゐもあり、一つは訳のせゐもありますが、すべて一本調子でした。それはさて措き、この場合「ぞ」がある以上、聴き手に掛けなくてはなりません。前の「剣を収めろ」は命令であるから、強く相手に掛けて当然ですが、「夜露で錆びるぞ」と、これまで外向きに相手に掛けてしまふと、押し付けがましく剣を収める理由を説得してゐる様に聞えてしまひ、オセローが小さく、あるいは愚かに見えて来ます。もちろん、原文ではこのA・Bの間にforがあるのですが、これを何も英文和訳式に「何となれば」と考へる必要はない。殊にシェイクスピアではforは極く軽い意味しか持たぬ場合が多い。私が訳者、演出家であつたら、その命令を厳しく言ひ放たせ、といふのは相撲にたとへれば、突張りか押しで行き、後の「夜露で錆びる」は引きの手を用ゐる様にしてもらふでせう。つまり気持の上では一歩引退り半ば独りになつてもらひたい処です。なぜなら、オセローは実際に剣が夜露で錆びると思つて注意してゐるのではなく、これは飽くまでレトリックであり、そこにオセローの良い意味での気取りがあり、歌舞伎の見えに似たものがあるからです。

しかし「ぞ」があると、幾ら引きで行かうとしても、それが出来ない。いや、引きでも行けるが、さうなると、嘲笑、冷やかし、悪ふざけになつてしまふ。押しにせよ、引きにせよ、この場合は同等の対立者との揉合ひではありませんが、さういふ場合でも、押しと引きとがあり、それがまたリズムを作る。押し引きの相違はあつても相手と取組んでゐる点では同じであり、劇中人物はたとへ独白の場合でも、決して独り相撲をしてゐるのではありません。したがつて常に相手方との心の間合を計りながら、せりふを言はねばならず、書き、訳さねばならない。そこに話し手と言葉との距離が絶えず変化流動し、リズム、抑揚といふ具体的な形となつて現れてくるのです。右の例で言へば、Aの部分は厳しい命令、あるいはほとんど無意識に出た言葉ですから、話し手と言葉との距離は短い、が、Bは意識的なレトリックですから、その距離は大である。一般的に言つて、話し手が言葉を意識的に操る場合、言葉との距離は大になる。意識の度と距離の大小は正比例すると言へよう。

五　芝居は造型美術である

シェイクスピアが弱強五歩格、一行十音節といふブランク・ヴァースの作詩法に忠実であつた為に、構文の上で日常会話とは全く違つた無理な工夫をしなければならず、その為に全体が難しくなるのは当然ですが、その無理と難しさとを逆用して、密度、凝縮度の高い文体を創造した処に彼の天才があつたと言へませう。無理と難しさを逆用したといふのは、飽くまで文法的構文に関する事で、前に述べた様に想念が想念を喚び、言葉が言葉を喚び心理的には常に一貫性があつて、聊《いささ》かの無理も難しさも無く、観客の心理に唐突な転換を強要し、とまどはせる様な事は決して無い。が、観客は強要はされませんが、絶えず緊張してゐなければならない。いや、「絶えず」といつても、それは全幕を通じての意ではありません。シェイクスピアは作詩法に忠実であると同時に、作劇術にも忠実であつたからです。緊張の前後には解放といふ具合に全体を構成するリズムを心憎いほど心得てをります。が、さういふ解放の場合でも、彼のせりふは常に高い密度と凝縮度を保つてゐるのです。かうして説明、説得に苛立つてゐるこの私の文章ほどにも寝そべつてはをりません。一語一語、一句一句が独立し、粒立つてをります。そして、諄《くど》い様ですが、それが話し手の心の形、すなはち、その意味だけではなく、それを言つてゐる話し手と言葉との距離、関係と、その刻々の変化流動を明確に伝へてをります。しかも、節、句が一塊りづつ、独立し、かつ関連を保ちつつ、話し手の言ひたい事の意味内容と、それを言ふ心の動きとが最も効果的に相手役の、そして観客の頭に叩き込まれる様に書かれてをり、最後まで行かねば何を言ひたいのか解らぬ様なせりふは一つもありません。構文が難しく、日常的な寝そべつた喋り方では済ませられない密度の高さといふのは、山脈にたとへれば、峰から峰への跳躍を意味します。とすれば、その二つの峰を繋ぐ稜線の部分がある筈であり、それも常に一定の長さで一定の曲線を描くとは限らず、時には峰、峰、峰と急激に上昇して行き、その間を繋ぐ稜線部を、吸ふ息一つで埋めなければならない事さへあります。役者はさういふ風に喋らねばならず、翻訳者はさういふ風に訳さなければならないのです。

すべてを翻訳のせゐにして逃げる訳には行きません。問題は新劇の歴史始つて以来今日に至るまで、役者も演出家もせりふが目に見える物体であり、それが力学の法則にしたがつて動くものであるといふ事実に一向気附かず、作者の思想だの、人物の性格、心理だのと、目に見える内面的な「掘下げ」と称する曖昧模糊たる領域で自己欺瞞を続けてきたといふ事にあります。芝居造りは建築術に最もよく似てをります。建造物において大事なところに手抜きがあつたら、たちまち崩壊します。芝居は一晩、一月で終るから、地震の襲来に備へる必要は無いと考へたら大間違ひです。地震で倒れる前に、そもそも建物としてでき上つてゐるかどうか、芝居が造型美術であるといふ意識があるかどうか、演劇に携る者はまづその事を自らに問うて見る事です。台本は設計図です。それにしたがひ、一つ一つのせりふ、一つ一つの場面、登場人物一人一人の役割、さういふものの積重ねによつて土台、柱が、正面入口が、窓が造られて行き、一晩の芝居を観終つた後、装置を排除した舞台の空間に配置よろしく堂塔が聳え立つて見えるかどうか、それが見えねばならぬ筈ですが、それを見せる事が芝居の目的ではない、芝居は造型美術ではありますが、いはゆる造型美術と異なる点は造形する過程、すなはち工程そのもののリズムを楽しませる事にあります。劇作家、演出家、役者が、そして出来る事なら劇評家もその事に気附いた時、いはゆる新劇は始めてそのスタート・ラインに着いたと言へませう。

Ⅲ

演技論

一　せりふに動きを合はせ、動きに即してせりふを言ふ（ハムレット）

過去数年、わが劇団昴《すばる》の演目からシェイクスピアを追放した事で、劇団員のうちに不満を持つてゐる人がゐるらしい、それは当然で、十五年前、現代演劇協会創立当時、「シェイクスピアに還れ」と声明したのは私ですし、今日の軽薄なシェイクスピア・ブームの源は私の言葉を素直に信じた彼等のシェイクスピア劇だつた事を考へれば、本当に無理も無い話だと思ひます。同時に、私は演劇はエンタテイメントである事を強調し、それも声明書の中に明記してあり、皆はこれまた素直にその事を早くから実践に移してきた、それなのに一時はイデオロギーや前衛にうつつを抜かしてゐた劇団、演出家、役者がここ数年、急に「右旋廻」して抜け抜けと、同じく軽薄なお遊びに熱を挙げてゐる。それを見れば、昴の諸君が、元来、エンタテイメントは軽薄でもなければ、遊びでもない筈だと苦り切つてゐるに違いない、その気持はよくわかります。彼等の考へる通りです。つまりシェイクスピアもエンタテイメントであり、ロンドンの新聞に出てゐる芝居の案内欄には、エンタイ、テイメントとして、シェイクスピア、レストレイション・ドラマ、ワイルド、ショウ、イプセン、チェーホフ、そしてモーム、カワード、ラティガンは勿論、ピンター、シェイファー、ベケット、ヨネスコ、ストッパーヅ、エイクボーン等々が五、六十も目白押しにならんでゐます。いづれもエンタテイメント、すなはち「もてなし」なのです。歌舞伎、新派、新劇などといふ差別は無いし、商業演劇などといふ言葉を英語に直訳して見たところで通じません。商業演劇と言へば、すべてが商業演劇です。損してまで「もてなし」をしようといふ物好きはゐない。

だからこそ、私は日頃から新劇だの、商業演劇だのといふ差別を無視し、芝居はひとしく芝居だと思つて附合つてゐるのですが、新劇にも新劇通と言ふのがあつて、新劇の世界は歌舞伎好きには解らぬ、文士にも解らぬといふ閉鎖的性格があり、その通人的閉鎖性といふ点では歌舞伎、新派と新劇と結局は一つ穴の狢である事をつくづく思い知らされます。商業演劇を軽蔑し、それを自分達と別世界のものと見做すに至つては言語道断と言ふべきでせう。その反省の好例として、昭和五十四年の一月歌舞伎座公演のパンフレットに野口達二氏が「鑑賞のポイント」として、『三千歳直侍』について書いてゐる一文を左に紹介します。

お数寄屋坊主の河内山宗俊の一味に加わり、ゆすりかたりを働いていた直次郎は、捕吏に追われる身となって、入谷の寮に出養生に来ている遊女の三千歳に別れを告げに来る。上野の鐘の音も凍るような雪の夜である。道すがら、直次郎はそば屋に立ち寄り、そこで、大口の寮に出入りしている按摩の丈賀に三千歳への文を托す。やがて寮に辿り着いた直次郎は、三千歳との久方ぶりの短い逢う瀬を楽しむ。が、そこへも捕吏の手が伸びて来る。

そば屋の、また遊女の寮のスケッチが楽しい。とくに五代目菊五郎が工夫を凝らしたというそば屋の、直次郎の、こまかな生世話ふうな芝居は、ただただ見ものといえる。股火鉢をし、そばをすすり、酒を呑み、禿筆を借りて女への文をしたため、外へ出て文を托し、丑松と出会つて「渡りぜりふ」を決め、足駄の雪を気にしながら花道を入るまでの芝居は、一点一画もおろそかに出来ぬ巧みな手順だ。心の動きが自然に絵の様な表現となっている感じだ。

次いで寮での三千歳との色模様も「濡れ場」の典型といわれる程の見どころだが。胸にしみ込むような、「〽一日逢はねば千日の思ひに私やわずらうて……」の清元の、情緒てんめんの旋律に乗せたさまざまな濃艶な姿態が、振りが、色模様のなかにも、はかない淋しさをただよわす。名場面といわれるゆえんだ。

傍点は私が附けたものです。私は歌舞伎界の術語、「見どころ」とか「渡りぜりふを決め」とかいふ言葉は、先に述べた通と閉鎖性に通じ、所謂「見巧者」なるものを生む一因として好まないのですが、それは今のところ仕方無く、野口氏の「批評」は、歌舞伎通にとつては常識的のものでせうが、それだけに、真に見事なものです。

　さう言つただけでは、あの『三千歳直侍』を観てゐない諸君には解りますまい。ですから、次の二点だけ取上げ、もう少し詳しく述べませう。一つは直次郎、丑松、両人の「渡りぜりふ」の決めといふ箇所であり、もう一つは直次郎が「足駄の雪を気にしながら花道を入るまでの芝居」といふ箇所であります。これはいづれも私が口をすつぱくして言つてゐるリアリズム＝写実の核心に関はる事であつて、それが歌舞伎では型として様式化されてゐるだけの事に過ぎません。歌舞伎の型、様式美は写実から出たものであり、その点では踊りも同じで、日本舞踊はすべて日常生活における一つ一つの具体的なしぐさの連続からなり、それを一つのムーヴメント＝流れとして様式化したものに他なりません。それに反して、西洋のバレーは同じく具体的なストーリーを持ちながら、踊り手が最も力を入れる所はどこかと言ふと、日常生活では絶対に起り得ない、いはば肉体の動きの限界を試すに等しい、そしてその多くはストーリーを超え、それとはほとんど無縁の抽象的なアクロバティックスであります。この様に歌舞伎の型が写実から離れず、しかも典型にまで昇華せねばならぬといふ点に、型の難しさがあり、下手をすれば実の無い空疎な類型に堕してしまつたり、逆にそれを惧れて型から逃げようとすれば、歌舞伎台本そのものの中途半端な写実の脆さを露出してしまつたりといふ事になります。

その点、シェイクスピア劇は決して中途半端な写実どころか、最も写実的な近代劇より遥かに写実的なのですが、ただその世界がデンマークの王子とかブリテンの老王とか黒人将軍とか、すべて吾々の日常生活と余りに懸け離れてゐる人物である為に、これを演ずる日本の役者は下手な歌舞伎役者同様、型と写実のディレンマに陥り、しかも歌舞伎程に伝統的な型が無いだけ、どちらにも逃げられないといふ悩みを自覚し得ず、好い加減なごまかしを事大主義で自他に蔽ひ隠して済ませられる、さういふ点では、日本のシェイクスピアは写実から逃れる為の駈込寺になつてしまひました。本国のシェイクスピアには少くとも弱強五歩格のせりふといふ型がある、が、日本ではそのせりふまで日常会話の平俗にまで幾らでも引きずり落し、崩してしまへます。その結果、非日常的な高貴、高潔、偉大な人物を、型、すなはち典型とは称し難い類型に堕せしめ、平俗な言葉で高邁な怒りを表すといふ非写実的な演技に誰も疑問を懐かぬといふ奇現象が生じてしまつたのです。

さて、話を「渡りぜりふ」に戻しますが、野口氏の言つているのは次の只の九行です。

直　祝い延してこの儘《まま》に、別れて行くも降る雪より、
丑　互いに積る身の悪事に、
直　氷柱《つらら》のような槍にかかるか、

丑　または氷の刃にかかるか、
直　襟《えり》に冷《つ》めてえならい風、
丑　筑波おろしに行く先の、
直　見えぬ吹雪が天の助け、
丑　そんなら兄貴、
直　丑や、達者でいろよ。

諸君のうちで歌舞伎を一度も観た事の無い人でも、言葉、せりふの感覚を正常に持った人なら、これが観客を酔はせる默阿弥お得意の名調子である事は十分に解る筈です。もちろん、それは観客を酔はせるだけでなく、このせりふを口にする役者を酔はせるものであり、さらに当の役者ばかりでなく、それぞれの役の直次郎、丑松の二人で組んでの自己陶酔でもあります。その意味ではオセローの最後の独白に見られる自己劇化と少しも変りは無く、窮地に陥つた人間が自分を美化する為に大いに芝居気を発揮してゐる訳ですが、それは実人生にもよくある事で、写実の本質から少しも離れてはをりません。オセローと違ふ処は、二人はいづれも同じ立場、同じ心境にあり、それぞれ一人で言ふべき一つのせりふを二人で交替に支へながら組立ててゐる点で、それ故「渡りぜりふ」と呼び慣はしてゐるのですが、それは恐らく作者も意識してゐた事でせう、少くとも結果としてますます芝居気、洒落気の豊かなものになつてをります。その効果を出す為に一番注意しなければならぬ事は、「降る雪より」で直次郎は丑松にせりふを渡す。といふ事は詰り相手が受取り易い様に投げてやる事であり、丑松はそれを「互ひに」と巧く受取り、直ちに「身の悪事に」と投げ返す、その繰返しであります、が、それが各行同じ調子で終りまで行つたのでは、時計の振子の音の様に単調で観客は退屈し、じれつたい思ひをするだけです。一口に投げと言つても、速球あり鈍球あり、直球、カーヴ、ドロップ種々様々の投げ方がありま す。また、受けの方も、両手を突出し、グローヴ越しに掌に痛みを感じる様な受取り方もあれば、少し体を斜めに捻りながら、左肘を脇腹に沿つて引く様な受取り方もありませう。そして最後の二行で世話に返る時も、丑松の「そんなら兄貴」の「そんなら」は「渡りぜりふ」として「天の助け」を掬ひ取る様に受け、「兄貴」で日常的、写実的な世話に返る、もしこの「兄貴」まで好い気持で謳ひあげたら、直次郎の「丑や」がどうにも出られない、つまり最後まで世話に返れない訳で、幾ら「渡りぜりふを決め」たくとも、それが遂に決らず両人とも文字通り引込みが附かなくなる。

言ふまでもなく、その間、二人はただ棒立ちのまませりふを言つてゐればよいと言ふものではなく、せりふを一つの球として二人の間を往き交ひさせる、その投げと受けの姿勢が形に出てゐなければなりません。「せりふに動きを合はせ、動きに即してせりふを言ふ、ただそれだけのこと」といふハムレットの演技論は古今東西を通じて変らぬ最も普遍的、かつ基本的な原理と言へませう。そしてリアリズムの何のと言つても、結局はこの四百年前の原理に基く極く簡単な原理に過ぎません。ところで、野口氏の指摘してゐる第二点、すなはち「足駄の雪を気にしながら花道を入るまでの芝居」、つまり、せりふ抜きの動きだけの芝居ですが、これこそ歌舞伎と新劇との別を問はぬ共通の写実ですが、雪に足を取られた人はどう足搔くか、さうなるまいとすれば、人はどう用心するか、その動きの力学は飽くまで合理的であつて、嘘の入込む隙は一分も無い筈、しかも、恋しい三千歳に逢ひに行くその「心の動きが自然に絵の様な表現」にすなはち、リアル（自然）で型（絵の様）になつてゐなければならないのです。

再びハムレットの演技論に戻りますが、これは私が演出する時、よく口にする、せりふと動きの美学・力学そのものであり、「心の動きは必ず姿勢や動きに現れる筈である」「相手のせりふを聴いてゐる時の姿勢が生きてゐなければ、次に言ふ自分のせりふに心の動きが出せない」「そのせりふは押しで、このせりふは引きで、あるいは打つちやりで言へ」「その押し引きの呼吸も動きに現れる筈だ、いや、何処かに動きが無ければ、一つのせりふも言へはしない」「気持より形から這入れ」等々、すべてリアリズムを説いたものであり、それはシェイクスピアと歌舞伎の別は無く、何もスタニスラフスキーやリー・ストラスバークの発見したものではないのです。この際、一言附加へて置きますが、私は気持より形が大事と言ひながら、時に一寸も気持が出来てゐないと注意する。これは矛盾でも何でもありません。オリヴィエも自分は形から這入ると言つてゐる。その場合、大前提に心があるのは解り切つた話だといふ役者としての暗黙の了解があるので、諸君の大部分、いや、新劇役者の大部分がまづ気持を作つて、あるいはそれを作りながら、怖る怖る手探りでせりふを憶え、動きや姿勢を拵《こしら》へて行くといふどう見ても時間稼ぎとしか思へない悪癖も、実は人間の心の動きについて日常生活における自他の観察に疎《おろそ》かであり、オリヴィエ達の大前提とする役の心を直観と想像力とを以て大摑みにする自信が無いからであり、その為にとかく理詰めに役造りをしがちになり、それが気持から這入るといふ言葉になるのであつて、私はその非を是正する方法として形が大事だと強調するのです。それでは段取り芝居になりはせぬかと心配する向きもある様ですが、それは役者次第で、私は諸君の観察眼、直観、想像力を誘ひ出す為に、目に見えない心を論ずるよりは、力学上必然の合理的な動きを示唆し、さういふ動きではどうしてもかういふ心しか持てないといふところに追込んで行きたいと思つてゐるのに他なりません。

二　問答・対話

前節で歌舞伎の「渡りぜりふ」について述べましたが、もちろん、その中には四天王や女中達が一つせりふを受け継いで言ふ「割りぜりふ」も這入ります。いはゆる新劇にはこの種の例は全くありません。なぜなら、さういふ事は現実に無いからであり、現実にあり得ない事は写実に背くからであります。もし新劇の台本に「渡りぜりふ」が出てくるとすれば、それは作者が歌舞伎のそれを意識して用ゐた時であり、その狙ひは大抵喜劇的効果にあるものと言つて差支へありますまい。が、「渡りぜりふ」といふものを広義に解すれば、どんなに写実的なせりふ劇でも、すべてが「渡りぜりふ」ででき上つていると言へませう。歌舞伎の「渡りぜりふ」、殊に「割りぜりふ」はそれを口にする前にすでに解り切つてゐる事柄について、たとへば一つの建造物を目の前にして、一人一人が次々に「土台」「柱」「屋根」と語り継いで行く形式です。が、さういふ建物がそれとはつきり目の前にでき上つてゐなくとも、話手二人の間には、その二人から言葉を吐き出させる関係といふ一つの動かしがたい実在物があり、それが二人を協力させ対立させながら、一つの建物を作つて行くのですから、そのダイアレクティク（問答）・ダイアログ（対話）も「渡りぜりふ」と言つて言へない事は無い、なぜなら関係と称する実在物は潜在的には一つのせりふによつて表し得るものだからです。いづれ詳しく後述しますが、舞台では、相手のせりふを聴いてゐなければ自分のせりふが喋れる筈がありません。その意味では、対話も一つせりふと見なし、ただそれを二人、三人で分け持つてゐるだけのことと考へられませう。

さういふ広義の「渡りぜりふ」は、二人の語り手の関係が緊迫してゐる時に、といふのはドラマティック（劇的）である時に殊に明白な形を取つて表れます。が、誤解しないで下さい。緊迫した関係状況においては、人はあらぬ事を口走るものだなどと思つてはいけません。ホーム・ドラマの酔払ひの喧嘩ならいざ知らず、真の意味の劇においては、緊迫した関係においては、意識もまた緊迫し、したがつてそのせりふは、程度の差こそあれ、飽くまでも意識的になる筈です。言ふまでもなく意識が強度になればなるほど、話し手と言葉との距離は大になります、私は日頃、話し手とその言葉との距離が観客の目に見える様に喋れと、諄く役者諸君に言ふのですが、それは自分が扮してゐる役の人物が、その時々に、口にする一つ一つの言葉を、どの程度に意識して喋つてゐるか、その度合ひを役者として明確に把へろと言ふ事に他なりません。

もう少し解り易く言ふと、物に躓いて、「痛い、誰だ、こんなものをここに置いたのは！」と怒鳴る時は、その言葉はほとんど無意識に近く、話し手との距離は極小になる、したがつて緊迫した関係といふのは必ずしも生死を賭けた対立や、恋の告白など、退引きならぬ深刻な形としてのみ現れるとは限らず、皮肉、冗談、諧謔、その他様々の言葉の遊び、レトリックの様な余裕のあるせりふにも見られるものなのです。なぜなら、退引きならぬ深刻な状況を、あるいはその到来を未然に察知してそれを廻避し抑制する為に、人はしばしばさういふ余裕のあるせりふを口にするものだからです。この場合、緊迫した関係といふのは、潜在的に緊張、対立をはらんでゐるのであつて、チェーホフの作品はもちろんの事、カワード、サイモンの様な喜劇についてもさう言へます。繰返して申しますが、話し手とその言葉との距離が大になればなるほど、役者は強度の意識を持たねばならない、いや、さういふせりふが言へてこそ、始めて役者と言へるのです。早い話が、幼児の口からその様な迷彩を施した言葉を聴く事はほとんど無く、成長し大人になつて行くにしたがつて、さういふ言葉が出て来ますし、良かれ悪しかれ、田舎者より都会人の方がさういふ言葉を口にします。真実を語るより虚偽を語る方が、あるいは既存の事物を指示する事より、未だ定かならぬものを手探りしながら創造する事の方が、遥かに難しく、また意識の緊張度、洗錬度を必要とするのです。

関係といふものを一つの実在と見て、それを「渡りぜりふ」、即ちダイアレクティク、ダイアログとして表現する例は枚挙に遑《いとま》の無いくらゐ幾らでもある、いや優れた戯曲は大部分がさういふせりふで構築されてをり、したがつてすべてのせりふは「渡りぜりふ」と言へるのですが、最も適切な、そして最も解りやすい例は私の思ひ付く限り、『ヴェニスの商人』の終幕冒頭に出てくるジェシカとロレンゾーの間に交される二重唱でせう。

ロレンゾー　月が照り輝いてゐる……きつとこんな夜だつた、かぐはしい風が樹々に口づけしながら、音もたてずに吹き過ぎる、そんな夜だつたに違ひない、あのトロイラスがトロイの城壁に立つて、切ない心の溜息を、ギリシアの陣営に、そのクレシダの枕辺に、そつと送つてよこしたのは。

ジェシカ　きつとこんな夜だつた、あのシスビーが恐る恐る夜露をふんで、恋する男に逢ひに行き、ライオンの影におびえて逃げ帰つたのも。
ロレンゾー　きつとこんな夜だつた、ダイドーが荒海の岸辺に立つて、柳の小枝を振りながら、去つた恋人をふたたびカルタゴに呼び戻さうとしたのも。
ジェシカ　きつとこんな夜だつた、あのメーディアが老いたるイースンを若返らせようとして、魔法の薬草を集め歩いたのも。
ロレンゾー　きつとこんな夜だつた、あのジェシカといふ娘が、その父親の金持のユダヤ人の目をかすめ、ろくでなしの恋人と手を組んでヴェニスを逃げ出し、ベルモントくんだりまで落ち延びてきたのは。
ジェシカ　きつとこんな夜だつた、ロレンゾーといふ若者が、お前が好きだと、愛の誓ひをまきちらし、嘘八百の出まかせで、その娘の心を盗み取つたのは。
ロレンゾー　きつとこんな夜だつた、そのかはいいジェシカが、見やう見まねのじやじや馬ぶり！　恋しい男に噛みつくのを、男が黙つて聴いていたのは。
ジェシカ　こんな夜ごつこなら、負けなくてよ、邪魔さへはいらなければ。でも、そら、足音が聞える。

改めて言ふまでもない事ですが、このジェシカ、ロレンゾー、二人の二重唱は「きつとこんな夜だつた、……たのは（も）」のリフレインから成り、最初はロレンゾーが相手のジェシカを不実な女クレシダに擬し、それに対するトロイラスの恋に自分の想ひを託して言ひ寄り、それを受けてジェシカが恋する男の死を知つて後追ひ心中をするシスビーの純情を以て応へ、続いてロレンゾーがそれならとばかりに、神の命にしたがひ恋を捨てて去つた男を呼び戻さうとして叶はず、自ら火中に身を投じて死んだダイドーほどの激しい想ひがお前にあるかとジェシカに迫り、それに対してジェシカは同じ激しさならダイドーのそれよりメーディアのそれを採るといふ当てこすりを裏に包み、裏切つたイースンへの復讐をちらつかせながら、自分の恋の誠を示す訳ですが、ジェシカ、ロレンゾーはいづれも成就した二人の恋に陶酔しながら、言葉の遊びを楽しんでゐるのです。だからこそ、その幸福感に安んじて心を委ね続けて、やや露悪的に自分や相手の悪口の言ひ合ひ、それを同じリフレインの中に織り込みながら、二人の恋を神話の世界にまで高めようとしてゐるのです、これこそ正に「渡りぜりふ」「割りぜりふ」の好見本と言へませう。

その最も日常的な例として、ニール・サイモンの『裸足で公園を』から一例を引いておきませう。結婚したばかりの若夫婦コリーとポールのアパートにコリーの母親が訪ねてくる、戸の向うにその気配を察したコリーが「しっ！　来たわよ」といふ、その後がかうなつてをります。

ポール　一寸、一つだけ約束してくれ、早目にお引き取り戴きたいね。なぜつて、僕は明日の朝……

コリー　裁判があるんだ。（「それを口実に逃げたいんでせう」と言う厭味）

これも「割りぜりふ」の一種、あるいは変種でせう、もちろん、ポールが終ひまで一人で言ふ積りのせりふにコリーが割つて入つて、後半を奪つてしまつたもので、むしろ「取りぜりふ」あるいは、「取上げぜりふ」と言ふべきものです。この場合、「明日の朝」は言ひ差して、しかも急いでゐるのですから、「朝」は語尾サへと調子が上つて行くのが自然であり、それを引つたくる為には、コリーのせりふ「裁判が」のサは「朝」の上つた所から、あるいはそれより一段上の所から出なければなりません。かういふ時、私は役者諸君に、「粒を立てて」と注文する、すると、ほとんどすべての役者が強く、かつ鋭く喋る、をかしな事です。日本語の場合、普通「粒を立てる」といふのはむしろ一音節ごとに区切る様にしてゆつくり喋る事であつて、決して大声で怒鳴る事を意味しません。事実、諸君は日常生活ではさうしてゐるのです。この場合なら**サ**・イ・バンといふ風に太字のサで相手の言ひ差しの調子を引き継ぎ、なぞつて、そこだけにやや丁寧に長めに発音し、後は、一段一段ゆつくり階段を降りてくる、日常生活では誰でもやつてゐる簡単なことですが、この「取上げぜりふ」が舞台では必ずしも簡単な事とは言へません。

第一にタイミング、すなはち間の取り方、あるいは間、髪を入れずに言ふ、その間の取り方が難しく、それは先に述べた様に、「裁判」のサを相手の言ひ差した「朝」のサと同じ、あるいはそれ以上の高さから出るといふ、その出方と不可分の関係があり、それが正しく的確に出られる為には、相手のせりふ「なぜつて、僕は明日の朝……」の最後の方では、少くとも息づかひの上で一緒に同じせりふを喋つてゐなければなりません。また一口に間と言つても、それは時間的な間だけではなく、空間的な間、すなはち間合ひともやはり不可分の関係にあり、相手とどのくらゐ離れてゐるか、最初から向き合つてゐたのか、それとも自分のせりふで始めて相手に向き直るのか、さういふ位置、姿勢の相違によつて同じ「取上げぜりふ」でもそれぞれ取上げ方が違つて来なければなりません。が、原則は飽くまでも一つです。それはせりふも一つの物体であり、行動であつて、今の例で言へば、「明日の朝」と言ひ差したのは、ポールが一つの要求、主張といふ名の品物を手に載せて差出し、コリーの手に預けようとしたのであり、コリーはそれが自分の手もとまで届かないうちに、「裁判が……」と逆に自分の方から手を出して、相手の手にある品物をさつと引つたくり取つたのであつて、さうなれば、ポールは上体をかがめ手を差し出し、重心が前方に移つたところへさらに相手の引きの力が加はつて、当然、つんのめる様に前に一、二歩よろけ、下手をすれば、手を突くか、土俵を割るかしてしまふでせう。明かにコリーの勝ちですが、問題は同じ勝つにしてもそれが綺麗に決るかどうかに懸つてゐます。もしコリーが相手と真正面に向き合ひ、その差出した手から品物を引つたくる時、それが自分の正面に、つまり胸元に抱へ込む様に取つたとすれば、つんのめつた相手の体をもろに受け止め、自分の態勢も醜く崩れてしまふ、下手をすれば、相手より先に自分が尻餅を突いてしまひ、浴びせ倒して相手の勝になりかねません。どうしたら綺麗に勝てるか、言ふまでもなく、相手の差出した品物を摑むと同時に、体を横に開きながら、幾分斜め下方に引つたくつて取れば、綺麗に引倒し、あるいは打つちやりの勝を決められるでせう。

以上の「取上げぜりふ」の要領はせりふの喋り方を比喩的に述べたものですが、必ずしもそれだけのものではなく、それを口にする時、あるいはその前後の間合ひ、姿勢、動きにもそのまま当て嵌る基本的公式の一つであつて、せりふが一つの物体、行動であるならば、その力学の原理が、たとへ右の様に目立つた形ではなくとも、潜在的に、しかし、客の目にはそれとはつきり解る様に働いてゐる筈です。それが欠けてゐる芝居は死んだ芝居であり、観客はリズムの生動、ムーヴメント（流れ）に心地良く身を委ねる事ができません。たとへ部分的にもせよ、せりふに合はぬ動き、動きに合はぬせりふに出遭ふと、観客は「それ、もう一押し」「そこで体を躱すんだ」と客席で思はず独り相撲をしてしまひ、ひどく疲れるものです。役者が心や肉体の力学に則さない喋り方、動き方をすれば、劇場内ではそれを補正しようとする力学的法則がまた別に働き始め、その結果として客の肩や腰が凝るといふ訳です。その適例とも言ふべき例が『裸足で公園を』の終幕近くに出てきます。ポールが酔つて五階建てのアパートの屋根に登る、その姿を天窓越しに発見した時のコリーがそれです。ポールの動き一つで、今にも落ちはしないかと、コリーの足は萎え、竦む、その恐怖に満ちた妻の様子を見て、夫の方も急に酔ひがさめ、必死になつて窓枠にしがみつく、コリーはますます恐しくなり、何とか相手を落ち着かせ、一刻も早く救ひに行かなければならないと焦る、その時のコリーのせりふと動きとは一つになつて、できる事なら天窓越しにポールの手を摑み部屋の中へ引きずり降したいと足搔く、が、そんな事はできつこない、やはり自分も屋根に登らなければならないのですが、この時のコリーは正に身動きの出来ない「下手な役者」ポールを観ながら、どうにも手の出せない「観客」の独り相撲を舞台の上で演じている訳です。もちろん、この場合は肉体的な力を無駄に働かせる事によつて、さうせずにはゐられない心の動きを表現してゐるのですから、力学の法則に則してをり、もしさうしなければ、やはり観客がその重荷を背負はされてしまふでせう。

三　独白も問答・対話

その恰好の例が『マクベス』第二幕第一場の後半ダンカン王を殺しにその寝所へ向ふ前、短剣の幻を見る独白の場とそれに引続き、王を殺して戻つて来る第二場です。

マクベス　短剣ではないか、そこに見えるのは、手に取れと言はんばかりに？　よし、摑んでやる、摑めない、目には見えるのだが。忌はしい幻め、見えても手には触れぬのか？　熱に犯された頭が造りあげた幻覚にすぎぬといふのか？　いや、まだ見える、（自分の短剣を帯から抜く）それ、抜くぞ、同じではないか、まざまざと手に取る様に。さうか、貴様は俺を手引きしようと言ふのだな、俺が行かうとしてゐた所へ、正に貴様なのだ、俺が使はうと思つてゐたやつは！（呆然と立上る）目だけがどうかしてしまつたのか、それとも、目だけが確かなのか。まだ、見えるな、刃や柄に生き血がこびりついてゐる、さつきは見えなかつたが。（我に返り）いや、そんなものがある筈は無い、胸にひそむ血なまぐさい企み事が、この目をたぶらかすのだ……いま、地上の半ばでは、自然は死んだ様に眠つてゐる、その帳《とばり》に包まれた眠りを邪な夢がたぶらかす。魔女たちは蒼ざめたヘカティーに供物《くもつ》をそなへる。そして、痩せさらぼうた人殺し役が、見張りの狼に起されて、かうして抜き足さし足、ルクレースを手籠めにしたタークィンよろしく、獲物に向つて、もの怪《け》の様に忍び寄る。不動の大地、この足がどこへ向はうと、その音に耳を貸すなよ、足もとの小石も、俺の行くへを語りさざめくな、この場にふさはしい恐怖の静けさを破らせてはならぬ。だが、かうして脅し文句を並べてゐる限り、相手はびくともせぬ。

言葉といふやつは実行の熱をさますだけだ。（奥で鐘が鳴る）さ、行け、それで終りだ。鐘が俺を呼んでいる。聴くのではないぞ。ダンカン、あれこそ、貴様を迎える鐘の音、天国へか、それとも地獄へか。（開いている正面の戸口から忍び入る。一段一段、階段をのぼつて行く。間）

続いて第二幕第二場、マクベスが去つた後に夫人が手にコップを持つて登場し、マクベスの独白を受けて夫人の独白が続く。

夫人　二人を酔はせた酒が私を強くした。それで二人は静かになつたが、私の心は火と燃える。（間）お聴き！　黙つて。あれは梟、不吉な夜番、鋭い声で、陰にこもつた夜の挨拶。さうだ、今、あの人が。戸は開けてある。二人の護衛は酒に飲まれて高いびき、己れの任務を笑ひとばして。あの寝酒には薬が。今頃は二人の中で死と生とが揉みあつて、互ひに鎬《しのぎ》を削つてゐよう。

私はこの「短剣の場」を、ギールグッド、ギネスの独白を吹込んだテイプで何度も聴きましたが、前者のほとんど全行を声に出して喋るのと、その反対に後者のほとんど全行を無声化して喋るのとの違ひこそあれ、いづれも見事なせりふ廻し、息づかひに感歎しました。せりふだけ聴いてゐて、その動きが大よそ察せられる、せりふが動いてゐるからです。どこで止つたか、どこで身を引いたか、どこで上体をのけぞらせたか、どこで肩を落したか、それがまざまざと目に見えて来る、最後に階段を一段一段昇り、王の寝所に迫つて行くマクベスの緊張した足取りまでが。しかし、私が日本で見た『マクベス』では舞台をこの目で観ているのに、それが全然解らない、ト書に（我に返り）とあり、「いや、そんなものがある筈は無い」といふせりふも、棒立ちのまま動きが無いので、幻影を追ひ払はうとする意志の表明なのか、ただ幻影が消えた後の述懐なのか、その後の「自然は死んだ様に眠つてゐる」以下も自分の行動の実況説明なのか、それとも自分を何かの行動に追ひやらうとする為の鞭なのか、さつぱり解りませんでした。その結果、殊に致命的なのは、王の寝所に迫つて行く姿、動きが人一人を、それも自分の主君を殺さうとするそれではなく、ただ単なる袖への引込みにしかなつてゐなかつた事です。

　同様の事が夫人についても言へます。マクベスと入れ代つて登場して来た時、最初に口にする緊張した独白、ここは「火と燃える」で昂然と頭を擡げた強気が、梟の一声で急激に身を伏せる様にして体の中心に潜り込む、表には決して大きく現れはしないが、その激しさ故に否でも観客の目を引く強い動き、そして「あれは梟、不吉な夜番、鋭い声で夜の挨拶」と王の運命を不気味に嘲る様に身を起して行き、「さうだ、今、あの人が」と一歩前に出て行く。再び断つて置きますが、以上は実際の動きについて述べてゐるのではなく、せりふ廻し、息づかひ、姿勢について比喩的に使つただけです、が、実際にもこの種の動きは縮尺百分の一といふ具合に、といふ事は、たとへ小さくとも、それだけ彫りが深く密になり、客の目にそれとはつきり見分けられ、その心に強く訴へ掛けて来る筈です。

　この様に一つのせりふもまた「渡りぜりふ」「割りぜりふ」であり、その中にも自問自答のダイアレクティク（問答）、ダイアログ（対話）がある、それが最も凝縮した形で現れてゐるのがシェイクスピアの独白です。右に挙げたマクベス、およびマクベス夫人のそれが正にその典型と言へませう。さらにまた、せりふはそれ自身一つの行動であり、したがつてその前後の姿勢や動きに連続するものであつて、たとへ独白にせよ、といふより独白においてこそ、その前の姿勢や動きのうちに、次に語られる言葉のすべてが、いや、それ以上のものが籠められてをらねばならず、それを語り終へた後の姿勢や動きのうちにも、すでに語つた事のすべてが集約的に現れてゐなければならぬばかりか、時には言葉で語り尽せなかつたものまで尾を引いて揺れ動いてゐなければならないのです。

『双頭の鷲』からもう一つ例を挙げて置きます。第二幕第九場で王妃がスタニスラスに初めて自分の気持を打明ける箇所です。「……した時、私はあなたが好きになつた、それをいけないと思つた心が今は恥しい」、この同じ言葉を王妃は一つせりふの中でリフレインとして続けて三度繰返します。言ふまでもなく、これはあなたが好きになり、それをいけないと思つて恥ぢた事が過去に三度ある、それは「……した時」と「……した時」と

「……した時」とであるなどと、そんな事実説明をしてゐるのではありません、始めて会つた時から好きだつた、その度に自分の恋心を抑へた、抑へたからこそ、それは二度、三度と燃え上り、その度に抑へてきたが、それは今はもう抑へ切れず、王妃の身分をかなぐりすて、一人の女として本心を打明けると言つてゐるのであり、したがつてこの三度の繰返しは、その度ごとに抑制と、同時にそれを突破る情熱の噴出と、その二つが交替して現れ、しかもそれが一段一段、階段を昇る様に高まつて行く過程が、相手の男にも観客にも目に見えぬ様に語られねばなりません、その抑制と噴出とは過去の説明ではなく、王妃にとつては、「今は恥しい」と言つてゐるその今の心の姿でもあり、それ故「今でも恥しい」ことだからです。具体的に言へば、「好きになつた」といふ情熱の表現は最初より二度目、二度目より三度目と次第に昂揚して行き、それを否定する「いけない」といふ抑制の表現は逆に弱まつて行く、さうする事によつて過去を現在に繋げ、現在に化する事ができる。もちろん、この噴出と抑制とが反比例して段階的に表現するといふのは飽くまで息づかひの基本的公式であつて、それを心得てゐさへすれば、さらに微妙な変化に富んだ言ひ廻しができ、それに応じて王妃の心の揺曳が出せる筈です。この様に一人のせりふの中においても情熱とその抑制とは互ひに対立し、自問自答の形でダイアレクティク（問答）、ダイアログ（対話）を成してゐるのであり、一つのせりふを二人、あるいは三人、四人で言ふ「渡りぜりふ」「割りぜりふ」と本質的には何の違ひもありません。

私は稽古中、よく「せりふを余り相手に掛け過ぎない様に」といつた類ひの要求を出すのは、優れた戯曲は常にさういふ風に書かれてゐるからです。今、独白もまたダイアレクティク(問答)、ダイアログ(対話)であると申しましたが、その逆もまた真理であり、相手あつての会話もまた独白なのです。『どん底』に出て来るコスティリョーフの「だがな、クレーシチ、おめえは悪党だぞ!……」といふせりふもさうで、前半を半分以上省いてあるばかりか、その前に二行ばかりクレーシチの悪態がありますが、それを飛ばして、さらにその前の自分のせりふに続く相当長い「独白」と言へませう。そこはかうなつてをります。

コスティリョーフ　(そろりそろりとペーペルの部屋のドアへ近づきながら)月二ルーブルの間代でよ、お前さん、えらく場所を取つてるぢやねえか!　寝台は使ふ……そこにおみこしは据ゑる……いやはや!　五ルーブルがとこはあるぜえ!　とにかく五十カペイカは値上げしてもらはにや……

この最初のト書が明示している様に、コスティリョーフは全く自分の中に閉じ籠つてゐる、少くともペーペルと女房といふ、そこにはゐない二人と自分との関係の中に閉ぢ籠つてゐる、ですから、このせりふの字面は飽くまでクレーシチとの会話であり、クレーシチに文句を言ひ、クレーシチに要求を出してはゐるものの、コスティリョーフは精々自分の制空圏の縁に立つてその内側をぶらついてゐるだけで、決してその外に出て行き、クレーシチの制空圏を侵さうとまではしてをらず、それ故に独白の一種と見るべきだと思ひます。その次のクレーシチの悪態も、また最後の「て、てめえは、おれに……喧嘩売る気か？」といふ短いせりふも、その意味ではやはり一種の独白になつてをります。なるほど瀕死の女房を抱え、それを重荷としてゐる自分の心がまた重荷となつて、屈折した心を持て余してゐるクレーシチにとつて、コスティリョーフの言葉は酷い、が、相手に責められるまでもなく、いや、それ以上にクレーシチは自分を責めてゐる、そしてまた、この木賃宿の住人すべてが、言葉の端々に、あるいは無言のうちに自分を責めてゐるに違ひ無いと思つてゐる、ですから一時は激して自分の中から一歩踏出したものの、直ぐまた自分の中に引返したいと思ふ筈です。さもなければ、両人共、サーチンの唸り声一つで引込める訳がありません。

ここで私が特に言つて置きたい事は、優れた戯曲における大事なせりふはすべて独白と心得るべきで、それを直かに相手に掛けて喋る事によつて、それが自分の中から出て来たものであり、ふたたび自分の中に戻るものである事を忘れてはならないといふ事です。役者はとかくせりふの字面、その意味に引きずられ、相手との表面的な遣取りに終始しがちです。が、いま相手と自分との間に成り立つてゐる関係、距離を正確に把握してゐれば、そして、いまそれを変へようとしてゐるのかどうか、変へるつもりなら、どういふ風に変へる気なのか、それを明確に意識してゐさへすれば、これから口にしようとしてゐるせりふを、自分の心の中のどの部分から、あるいはどの深さから言ひ出すべきか、そしてまたそれをどう言ひをさめるべきか、といふのは、相手のせりふをどう引取り、それを再び相手にどう手渡すべきかといふ事になりますが、それが自づと呑込めてくる筈です。さうなると、これも「渡りぜりふ」の要領であり、また相手のせりふを聴く事が何より大事だといふ持論の蒸返しになりますが、要するに、すべてのせりふにおいて、それ自体の意味内容より関係の方が先行するといふ事、観客に見せなければならぬのは、何よりもその関係なのだといふ事を知つておいてもらひたい。ルカが巧い事を言つてをります。

大切なのは、何を喋るかといふことではなくて、なぜ喋るのかといふことなのさ。

一つ一つのせりふが出て来る状況、すなはちルカの言ふ「なぜ」を無視し、「何」にばかりこだはつてゐると、とかく相手に附合ひ、相手に掛け過ぎることになりがちです。大事な事はまづ相手に掛つてゐるせりふ一つ一つに鉤を付け、その都度、それを自分の心に引掛けながら言ふ、それは必ず動きや姿勢に出る筈のものです。あらゆるせりふは「……しながら」のせりふであり、あらゆる動きは「……言ひながら」の動きであると心得たら間違ひない。

これは「せりふに合はせて動き、動きに則してせりふを言ふ」といふ原則の確認に他なりませんが、といつて、諸君はまさか、このハムレットの演技論が仕方話を意味するものだと勘違ひしはしますまい。仕方話こそ、私の忌避する「相手にせりふを直かに掛ける」最悪の例でせう。私はせりふを自分の心に掛けろと言つてゐるのであり、仕方話はせりふを動きに掛けてゐるのです。シェイクスピアはせりふを動きでなぞり、動きにせりふを背負はせろと言つてゐるのではなく、両者の相補関係を言つてゐるのです。ルカではないが、「何を喋るか」ではなく、「なぜ喋るのか」の「なぜ」を「何」の裏に見せてくれてこそ芝居の面白味があるのです。

四　聴きも問答・対話

前節、前々節で既に触れておいたことですが、相手のせりふを聴くといふのは、自分の喋る番が来るまで、ただ切掛けを待つてゐるだけではなく、実はその間に、次の自分のせりふに盛られてゐる内容以上の事を、あるいはそれ以外の事を喋り続けてゐるのであつて、その「聴き」が十分にできずに自分のせりふが喋れる筈が無く、そのただの切掛け待ちの姿勢を私は「死に体」といふ言葉を用ゐて役者諸君に度々注意を促して参りました。その意味で、昭和五十四年六月、三百人劇場で上演されたエドワード・オルビー作・演出の『動物園物語』においてピーター役を演じたワイマン・ペンドルトンの演技は、海外においてもさう滅多にお目に掛かれぬ見事な手本と言ふべきものでした。大方の人が知つてゐると思ひますが、この芝居の大半は「主役」ジェリーの一人芝居で、最後の数分、ベンチの奪合ひで初めて二人は対等に言ひ合ふだけで、それまでのピーターは自分とは何の関係も無い浮浪者ジェリーの、それも何の為の話か皆目見当も附かず、いつ果てるとも知れぬ饒舌に対して、ほとんど無言のまま聴き役として終始します。が、私が感心したのは、その間、ペンドルトンの姿勢、表情、手脚の動き、顔の向き、そしてそれらと因果をなす息遣ひが小止みなく変化し続け、一瞬の「死に体」も見られなかつたといふ事です。ジェリー役者が余り巧くなかつたせゐもありますが、言葉を噴水の様に撒き散らすジェリーより、黙つて聴いてゐるピーターの方に私は遥かに多く耳を傾けてをりました。終演後、オルビーにその事を申しましたら、ペンドルトンは初演以来常に一度も欠かさずピーター役を演じてきた役者だとのこと、そしてオルビーは私のペンドルトン評に同感し、自分は演出家としていつもスピーチ（話し）よりリスニング（聴き）の方が難しく、かつ重要なのだと役者に強調してゐると言つてをりました。

だが、役者として、ジェリーよりはピーターを演りたいといふ人が何人ゐるか、おそらくほとんどをりますまい。なるほど、ジェリーの方が易しいといふ事もありませう、殊に若い人にとつてはさうです。が、ピーターが単に鼓膜でだけでなく、心で聴き、その聴いた言葉を通して自らに問ひ掛け、自ら答へてゐなければ、といふのは、ピーターがジェリーの言葉によつて自問自答してをり、それが段々相手の話に乗つて来てくれなければ、ジェリーはああも喋り続けられる筈が無い。やはりパートナー、介添役がゐなければ、そしてそれと呼吸が合はなければ、バレリーナは踊り続けられません。いや、この場合のピーターは単なる介添以上のもので、最後に自分と争ひ、自分を殺してくれる男です。ジェリーとピーターとは「陽」と「陰」と役割を分担しながら、一つの「行動」を遂行してゐると言へませう。しかし、あの公演では、ピーターの細かい反応が飽くまで「陰」の役割を守りながら、つまり、自問自答の限界内でほとんど相手に掛けず、自分の中から出て来る様に演じてゐたのに反し、「陽」のジェリーの方が逆に自分の言葉の相手に与へる効果を見届け、陰に相手の顔色を窺ひ、次の出方を計量し過ぎるので、言葉が切れ切れになり饒舌の詩的リズムが崩れてしまひました。これも前節に述べた掛け過ぎの悪例です。大事な事は相手に掛ける前に自分の中で喋つてゐる事であり、聴いてゐる時に自分の中で相手と会話をしてゐるさへすれば、次に出る自分の言葉は自然に相手に掛るのです。せりふばかりではない。動きも姿勢も、相手の言葉を聴いてゐるさへすれば、そして、それに応へて無言のうちに喋つてゐるさへすれば、たとへ後向きで喋らうが、遠ざかりながら喋らうが、間近に面と向つて喋るより、言葉は的確に相手の手に渡るものなのです。

繰返して言ひますが、相手のせりふがただ耳に聞えてゐるだけでなく、その言ひ分を聴き取つてゐるなら、その一語一語に反応を示さずにはゐられぬ筈であり、その都度、自分の言ひ分が脳裡に継起し、時には相手を抑へてそれを口にしたくなる筈であります。つまり、聴くといふ事は潜在的には絶えず喋つてゐる事であり、その反対に、喋るといふ事は前節に独白について述べた如く、潜在的には絶えず聴いてゐる事なのです。そして、それは必ず目に見える形として動きや姿勢に現れます。ダイアレクティク（問答）・ダイアログ（対話）は二人以上の人物の間で替る替る順番に進行するものではなく、一本の柱とその影の様に同時進行するものなのです。舞台の上では、緊迫した実人生の会話と同じく、常に一瞬一瞬が、半ば予期し半ば予期しなかつた現在として展開されなければなりません。

　よく言はれる事ですが、数行のせりふはそれを口にした人物の言ひたかつた事、あるいは言はうとした事のすべてではありません、といつて、それはその三分の一、五分の一しか現してゐないのだといふ風に単純に言ひ切る事も間違つてゐます。その前に、彼が口にしたその数行のせりふは、果して彼が言ひたかつた事、あるいは言はうとした事と言へるかどうか、その点をよく考へて見なければなりません。少くとも次の事実は否定し得ないでせう、といふのは、彼が口に出した数行のせりふは、その前の相手のせりふを聴いてゐなかつたら、多分、口には出さなかつたものかも知れないし、口に出したにしても全く違つたものになつてゐたであらうといふ事です。とすれば、その数行のせりふは彼の言ひたかつた事、あるいは言はうとした事の三分の一、五分の一に過ぎないどころか、それは寧《むし》ろ彼が言ひたくなかつた事、あるいは言はうともしなかつた事であり、それにも拘らず行き掛りから、それを相手に言はせられてしまつた事かも知れないのです。そして本当に、あるいは最も言ひたかつた事は、相手のせりふを聴く前に自分の中にあつたのかも知れず、またそれは相手のせりふを聴いてゐる時のある一瞬に生じ、相手が喋り終つた時には、前に自分が言ひたいと思つた気持はすでに消滅し、別の言葉に刺戟されて、さほど言ひたくもなかつた事を言はせられてしまつた、さういふ事も屢々にあり得るのです。『動物園物語』がその恰好な例です。

この際、特に注意しておきたいのですが、自分に与へられた役のせりふに印を附け、そのすべてが論理的に整合する様に役造りをする悪習を捨てる事です。第一に必要な事は、台本をもらつたら、自分のせりふをどう喋つたら、その人物らしくなるかなどといふ事を考へず、まづ機械的に自分のせりふを全部完全に憶えてしまひ、どういふ風にでも喋れる様にしておく事です。後は相手のせりふを虚心に聴く事、いや、できれば、それを憶えてしまふ事です。それを一語一語聴き取らずにゐて、どう自分のせりふを喋つたらいいかなどといふ事が解る筈がありません。さういふとおそらく諸君は反問するでせう。相手のせりふを聴けといふが、それを聴く人間の性格が問題で、人によつて同じ言葉に異つた反応を示す筈ではないかと。が、その反問に対しては、やや極論とは承知の上で、私はかう答へます。数十日の稽古を積み重ねなければ理解しかねる様な複雑な人間は決して舞台に登場しない、あるいは逆に戯曲を一読して大摑みにその人間像を理解し得ない様では、たとへ数十日の稽古をしても、つひに理解できぬばかりか、かへつてその人物を貫く太い線を見失ひ、ひねくれたものにしてしまふであらうと。大劇作家シェイクスピアの創造したリアでもクレオパトラでも、過去数百年間、その足下にも及ばぬ役者が訳も解らずこれを演じ、見物もまたそれを楽しんできたのです。凡夫凡婦の役者、見物のうちにも、リアやクレオパトラは生きてゐるからであり、その意味では、それらの超人は「アラモの砦」や「七人の侍」の英雄と少しも変らないといふ事もありますが、同時に、あるいはそれ以上に役者にとつて大事な事は、リアやクレオパトラにならうとする前に、といふのは、それぞれのその時々のせりふの喋り方を発見する為には、その性格を理解してからねばならぬといふ誤つた考へを捨てて掛る事です。そんな事をするよりは、シェイクスピアに自己のすべてを委ね、その言葉がどんな息遣ひ、リズム、抑揚、フレイジング（句切り）を要求して来るか、その事に素直に耳を傾ける事です。

考へてもごらんなさい、今日、英本国のシェイクスピアが原文のままで多くの観客を引寄せられるのはなぜか、もちろん、ある程度の予備知識を学校教育で与へられてゐるといふ事もありませう、が、シェイクスピアの芝居を楽しんだエリザベス朝時代の大衆にはその予備知識が無かつたばかりでなく、文盲の方が多かつたのです。が、彼等は気楽にシェイクスピアの難しいせりふを楽しんだ、そこに文学の、殊に劇文学の秘密がある、といつて、私は何も神秘的な事を言はうとしてゐるのではありません。事実、私達は歌舞伎を観る時、さうしてゐるではありませんか。

歌舞伎十八番の中でも昔から民衆に親まれて来た『勧進帳』は今からおよそ百四十年ばかり前の天保十一年初演ですが、その中で、南都東大寺の勧進とあらば、「勧進帳の御所持なき事はよもあらじ、勧進帳を遊ばされ候へ」と富樫に迫られ、弁慶は「心得て候」と応じたものの〳〵もとより勧進帳のあらばこそ、笈の内より往来の巻物一巻取りいだし、勧進帳と名附けつつ、高らかにこそ読み上げけれ、とここへ長唄が入りますが、この「こそ……けれ」の係り結びは当時の大衆には気も附かれずに聴き流された事でせう。それどころか、使はれてゐる言葉の意味といふ事になれば、弁慶即興の勧進帳はその場で耳で聴いただけでは当時、および今日の大衆の理解を超えるものとしか思へません。

大恩教主の秋の月は涅槃の雲に隠れ、生死長夜の永き夢、驚かすべき人もなし。爰に中頃の帝おはします。御名を聖武皇帝と申し奉る。最愛の夫人に別れ追慕やみ難く、涕泣眼に荒く、涙玉を貫く、思ひを先路に翻し、上求菩提の為、盧遮那仏を建立し給ふ。……（中略）……一紙半銭奉財の輩は現世にては無比の楽を誇り、当来にては数千蓮華の上に坐せん。帰命稽首、敬つて白す。

それに続いてこの芝居の一つのクライマックスとも言ふべき富樫と弁慶との問答がこれまた禅問答の如く珍糞漢でせう。その後半を引用します。

富　掛けたる袈裟は。
弁　九会曼陀羅の柿の篠懸。
富　足にまとひしはばきは如何に。
弁　胎蔵黒色のはばきと称す。
富　さて又、八つのわらんづは。
弁　八葉の蓮華を踏むの心なり。
富　出で入る息は。
弁　阿吽の二字。
富　そも〳〵九字の真言とは、如何なる義にや、事のついでに問ひ申さん、ささ、なんと〳〵。
弁　九字の大事は神秘にして語り難き事なれども疑念の晴らさんその為に、説き聞かせ申すべし。それ、九字の真言といつぱ、所謂、臨兵闘者皆陳列在前の九字なり。将に切らんとする時は、正しく立つて歯を叩く事三十六度、先づ右の大指を以て四

縦を書き、後に五横を書く。……（後略）

　これでもう、お解りでせう、先に述べた様に芝居のせりふは語られてゐる言葉の意味の伝達を目的とするものではありません。一定の状況の下において、それを支配し、それに支配されてゐる人物の意志や心の動きを、表情や仕草と同じく形のある「物」として表出する事、それが目的であり、意味の伝達はその為の手段に過ぎぬ、さう言つては言ひ過ぎでせうが、むしろさう割切つておいた方がいい。したがつて語彙や言廻しの平易といふ事はほとんど問題とするに足りません。目的達成の為の劇的効果の方を重視すべきです。『勧進帳』の問答は富樫と弁慶との間に生じる緊迫感といふ効果が大事なのであつて、「九《く》会曼陀羅《えまんだら》」だの「胎蔵《たいぞう》黒色」だの「九字の真言」だの、それぞれがどういふ意味を持つかなどといふ事は、言つてしまへば、どうでもいい事なのです。「出で入る息は」と切込まれたら「阿吽《あうん》の二字」と切り返す、それが声になつて形ある「物」のごとく見えればいい、

「阿吽」の意味は解らなくとも、広母音aを頭に振りかざし鼻音のnで締める事によつて、大上段に振りかぶつた剣が相手の頭上に打ち降された動きが見える、その快さを芝居の観客は楽しんでゐるのです。近松の浄瑠璃にしても同様で、途中のせりふの部分は日常口語で語られてはゐますが、作者が全力を傾注したのは出だしの処であり、途中でも語りの処、そして最後の道行、すべて当時の大衆とは無縁の懸詞に富んだ文語体であります。『曽根

崎心中』を例に取れば、「この世のなごり、夜もなごり、死にに行く身をたとふれば、あだしが原の道の霜、一足づつに消えて行く」男女の死出の旅のあはれさに客の心を引きずり込む事が目的であつて、言葉の意味は大よそ、時々理解できればよく、何より大事なのは、その言葉と意味の背後にある哀切な心の動きを声の形に出す事なのです。

五　即興と写実

大事なのは、どう喋り、どう動けば、そこが芝居になるか、詰り、効果的であるかといふ事です。そして、その効果的であるといふ事と、写実的であり、自然であるといふ事とは決して矛盾しません。なぜなら、芝居はあらゆる芸術のうち最も模倣に頼る芸術でありますから。その模倣といふ事について述べる前に一言、即興といふ事について言つておきたい事があります。普通、諸君は即興といふと、コメディア・デラルテの様なものを聯想し、写実と相反するものの様に考へるでせうが、それは間違つてをります。もつともコメディア・デラルテがどの様なものであり、またどの様なものであつたかは、私には全く想像も附きません。あるいは私ばかりでなく、大方の人がさうではないのでせうか。が、にも拘らず、コメディア・デラルテに対する郷愁が多くの演劇人を捉へてゐる様です。それは飽くまで郷愁であるに止り、夢、理想、観念として人々の頭の中にだけ存在するものであつて、それが過去にどの様なものであつたかが不分明であればあるほど、どの様なものであるべきかといふ形で論議されがちになり、日常生活同様、退屈に陥りがちな写実劇の倦怠期から逃れたいといふ願望から生じたユートーピアのごときものとして祀上げられてしまつた気味合ひが無いでもありません。

昭和五十四年の三月にミラノ・ピッコロ座が来演し、ゴルドーニの『二人の主人を一度に持つと』を観せてくれましたが、この芝居を観た人の多くはアルレッキーノ役者の即興に感心し、何となくコメディア・デラルテといふものが解つた様な気になつてゐる様です。殊に第二幕第十四場、舞台両端に客には見えない二人の主人を配し、その両方に召使として食事を給するアルレッキーノの早業、曲芸が評判になつた様ですが、あれは大道芸人の茶番に過ぎず、芝居とは無縁のものでせう。私は芸人の茶番を軽蔑するのではない、ただあの程度の事なら、いや、もつと巧いのを、学生時代、戦前の寄席で何度も見物してをりますし、またアメリカのサーカスに較べたら、その足下にも及ばない。役者の肉体的基礎訓練と一口に申しますが、役者は何でも出来るに越した事は無いものの、曲芸まで基礎訓練と考へるのは邪道でせう。この評判の第二幕第十四場を素直に読めば、作家ゴルドーニはあの種の曲芸的即興劇を要求してはをらず、寧ろ写実による喜劇的効果を狙つてゐる事は明かです。が、私がこの演出、演技について言ひたい事は、まづ第一に、あのアルレッキーノ曲芸は決して即興ではないといふ事です。即興どころか、動き、タイミング、その他すべてが緻密に計算し尽された打合はせ済みのものだといふ事です。たとへば、日本の庭園に滝を設ける場合、座敷から見れば、それはいかにも高い崖から水が流れ落ちてゐるがごとく自然に見える、が、その裏に廻つて見れば、その高さまで持上げる仕掛けが施してあるので、その意味では不自然と言へるでせう。それと似た様なもので、あのインプロヴィゼイション（即座・即興）→スポンタニイティ（自発・自然）は悉く見せ掛けのものです。もしそれにすべてを任せれば、二人の主人を巧く騙し捌いて給仕する事など不可能事で、芝居の筋にも破綻を来たしてしまふでせう。毎晩、同じ処で皿が飛び出し、同じ処で同じ曲芸をして見せるには、即興とは全く相反する共同作業（謀議）を必要とします。寸劇や小芝居ならいざ知らず、あらゆる一晩物の芝居は即興では片附かぬばかりでなく、それとは相反するものと心得ねばなりません。

では、写実劇に即興は無いのか、台本があり、せりふが始めから終りまで決められた芝居には即興は無いのか。そんな事はありません。もちろん、自分がせりふを忘れた時、あるいは相手が忘れた時、当意即妙に切り抜けたり、その日の客の受け方によつて、台本にはないアドリブを口にしたり、さういふ事も即興の一種には違ひ無い、といふより、それこそが即興だと考へてゐる人が多いと思ひますが、私が今ここで言はうとしてゐる即興とはもつと本質的な事です。ソフォクレス、シェイクスピア、イプセン、チェーホフ、カワード等々のごとき写実的せりふ劇、詰り、台本にある決められたせりふ以外の事を言つてはならぬ、あるいは言ふ必要の無い戯曲においても、いや、さういふ戯曲のせりふこそ、最も即興を要求するのだといふ事に多くの人はなかなか気附かうとしない。言ふまでもなく、即興とは予期しない状況のもとで即座に相手の言葉に応ずる事であつて、決められた通りにしか喋つてはならぬといふ事になれば、即興の入り込む余地は全く無くなります。したがつてコメディア・デラルテもさうですが、先頃、日本でも一時流行した前衛劇、すなはち、役者が役者である前に一個の生きた人間として、自分の生の声を語りたいといふ子供つぽい欲求を持つた芝居（？）においては、決められたせりふを以て役者を縛つてくる戯曲を「文学性」の名のもとに排除しようとする。しかし、その方向に幾ら徹したところで、真の即興、すなはち「出たとこ勝負」といふ点では、つひに実人生におよびません。一定の場所に人を集めたり、一定の時間内で締め括つたりする事、これはすでに実人生とは次元を異にする仮の約束事でしかないからです。また、芝居である以上、たとへ相手を刺し殺したい衝動に駆られたところで、それを即座に実行に移す訳には行きません。この制約がある限り、いかに決められたせりふを徹底的に排除したにしても、実人生におけるがごとき生《なま》の衝動は許されず、その制約内で即興を強調すればするほど、それはかへつて即興の生彩を欠き、その限界を露呈して白々しいものになつてしまふでせう。

　今、私は即興、「出たとこ勝負」といふ点では、どんな芝居も実人生におよばないと申しましたが、即興にせよ、「出たとこ勝負」にせよ、実人生のそれは必ずしも生彩を放つとは限らないのです。言ひ換へれば必ず成功するとは限らない。といふ事は、即興はただ即興であるから潑剌としてゐるのではなく、それが適切であり、成功した場合にのみ生彩を放つのだといふ事を忘れないで戴きたい。たとへば議論の場合、相手の言葉尻を捉へて、寸鉄、人を刺す様な言葉で切り返し、相手が答へに窮した時に、正に即興の面白味があるのですが、実人生においては、滅多にかういふ快感を経験しません。だからこそ、芝居の存在理由があるのではないでせうか。寸鉄、人を刺す様な言葉を決められたせりふとして与へられた役者は、そのせりふが予め決められてをり、その前の相手のせりふも決められてあるからこそ、即興の面白味が出せるのであつて、もし相手が決められたせりふ通りに喋つてくれなかつたら、後は実人生そのままの「出たとこ勝負」で行く他は無く、さういふ「出たとこ勝負」の即興が予め考へぬかれ、作者によつて決められたせりふ以上に成功することはほとんどありえず、そんなもので観客は勿論、役者自身が快感を味はへる筈はありません。なほ、相手をやりこめる即興的なせりふは、たとへ決められたものにしても、役者にとつて痛快である。が、やりこめられて答へに窮する方はどうかといふと、もし実人生でしたら、逆襲して相手を凹ます自由＝即興が許されてゐるかも知れませんが、決められたせりふの芝居では、それは絶対に許されてゐない、稽古中に当の役者がそれだけの名ぜりふを思附いたとしても、それを口に出してはいけない、やはり決められた通りに答へに窮し、へどもどして逃げ腰に取り留めのない言葉を呟かなければならないのです。実人生ではそれだけで終る。即興、「出たとこ勝負」といふ点では、せりふの決められた芝居における「やりこめ役」より実人生の「やりこめられ役」の方が、ずつと「出たとこ勝負」の自由と自然を与へられてをりながら、結果としては、やりこめられた当人は何の面白味も無い負け犬に終るしかない。一方、芝居でしたら、この窮地に陥つた負け犬にも、それを演ずる生き生きした面白味があり、それを相手の勝利者と共有できる。もう一度申しますが、即興そのものに価値があるのではなく、それが生々としてゐる事に価値があるのです。

したがつて、決められたせりふによつてこそ真の即興を生かす事ができるのです。その為には、すでに述べた様に、自分に与へられたせりふを、いかに言ふべきかなどといふ不毛の詮索に時間を浪費せず、できれば本読みの最初の一週間で完全に自分のせりふを憶えてしまひ、後は相手のせりふを聴く事に専心し、それに反応して喋れば、自づといかに言ふべきか、その言ひ方が即興として出てくるでせう。即興とは一度憶え込んだせりふ、自分にとつては耳に胼胝《たこ》ができるほど解り切つた言葉を、次々に生きた現在の言葉として今、思ひ浮んだ様に喋れる様になる事で、それほど自分のせりふに習熟、精通し、したがつて、逆説めきますが、安心して忘れてゐられる位でなければなりません。改めて言ふまでもなく、それに伴ふ動きについても同様の事が言へます。そこまで行つて、相手がせりふを忘れたり、小道具が在るべきところになかつたり、全く予期しなかつた事が起つた場合に、当意即妙のいはゆる即興ができるので、この意味の即興はむしろ二義的、副次的なものに過ぎません。

次に右に述べた事と関係のある事ですが、多くの役者と附合つてゐて、あるいは附合はなくとも、その舞台を観てゐるだけでも、日頃から不思議に思つてゐる事を一つ申し添へます。イギリスの役者は、少くともプロである限り、三種類の声を持つてゐなければならないと言はれるのですが、日本の役者は歌舞伎俳優をも含めて、ほとんどすべての人が一つ声、すなはち平生の自分の声、地声しか持つてをらず、若い人がふけ役を演らされた時以外は、どんな役でも同じその声で片附ける、声ばかりではない、喋り方も大して差が無い、といふ事です。姿勢や歩き方、手の動かし方まで、その役者の実生活における癖をそのまま舞台で露出して、一向省みない様です。その癖、かつらの色とか衣裳とかには目の色を変へんばかりに神経質になります。たとへば、この役は自前の洋服で演つてくれと言ふと、それではいつもの自分から脱け出し、役の人物に成り切れないと言ふ、なるほど御尤もと思ふのですが、それなら、地声で喋つたり、普段の癖を丸出しにした歩き方や笑ひ方では、やはりいつもの自分から脱け出しにくく、役の人物に成り切れない筈ではありませんか。

これとは反対に、私がもう一つ不思議に思つてゐる事は、日常生活では極く自然に喋り動いてゐる癖に、いざ舞台に上ると、それが全くできなくなるといふ事です。それこそ

「出たとこ勝負」、即興の好例と言へませうが、たとへば、往来で、向うからくる人と衝突しさうになり、はつと気附いて、慌てて右に左に避けようとしながら、つひにぶつかつてしまふとか、あるいは危く体を躱して擦れ違ふとか、さういふ、研究生程度の者にでもできなければならぬ筈の簡単な事が、一人前のプロを以て自任する役者でありながら、出来ない人が幾らもゐる。また、せりふの場合でも、日常生活では相当皮肉な冗談を相手に直接ぶつけず、迂廻してその背中にやんはり突き刺さる様に言ひ、正に即興の妙を発揮してゐる癖に、それが舞台で、それを、いざ決められたせりふとして喋る段になると、その言葉の遊びを即興として処理できず、まともに相手を怒らせてしまふ様な直球を投げてしまふ人が実に多い。さらに不思議だと思ふ事は地声、普段の話し方、姿勢、歩き方をそのまま舞台に持込むのとは逆に、その役者はその役者なりの舞台の声、舞台の話し方、舞台の姿勢、舞台の歩き方、等々、舞台用の癖といふものを持つてゐる人が案外に多いといふ事です。この場合も役とは関係無しに、常に同じ一つ癖で押し通してゐるに過ぎず、普段の歩き方の癖を仮に「生理的な癖」と名附けるとすれば、その役者の舞台の歩き方の癖は「職業的な癖」と名附けたらいいかも知れません。が、この両者は表裏をなすもので、「生理的な癖」をそのまま丸裸に出したのでは役に成つたとは言へないと気附いた役者が、何とか役に成り切れたと思込む為の迷彩服として、いつの間にか使ひ始めたものが、この「職業的な癖」に違ひ無いのですが、どの役でもそれ一着で間に合はせるといふ点では

「生理的な癖」と同じ事で、本人にその気はなくとも、自己欺瞞の一種としか言へますまい。

　最後に模倣について一言述べておきます。言ふまでもなく、役者の楽しみは自分以外の何者かに成つて見せる事です。が、それには自ら限界があり、厳密に言へば不可能な事だとも考へられます。第一の障碍は、仮に諸君がハムレットの役を振られた時、そのシェイクスピアの書いたハムレットを諸君がどう受取るか、その受取り方が人によつて異るだらうといふ事です。ハムレットの性格ばかりではない、その身分、つまり王子といふものをどう考へてゐるか、といふより、諸君の心のうちに王子といふ概念が有るのか無いのか、有るとしても、これも人によつて色々違ふ筈だといふ事です。王子となると、今日の平等の世界に育つた諸君にはほとんど取り附く島の無い、お伽話の世界の住人でせうが、それなら現代の芝居に出て来る国会議員、弁護士、警官、刑事、暴力団員、大学教授、建築家、医者、八百屋、魚屋、差物師、女秘書、サラリーマン等々の職業の場合はどうか、このうちの幾つかはデンマークの王子と同様、諸君が一度も出遭つた事の無い人もゐるでせう。しかし、諸君は右のいづれについても一応知つてゐる積りでゐる。が、その場合にも当然、人によつて異つた受取り方をしてゐる筈です。

　問題は、その筈であるにも拘らず、実はさうなつてゐないといふ事にあります。ここに第二の障碍があります。一つには江戸時代は固より、明治、戦前に比して、身分、職業による気質《かたぎ》（形木）の枠が崩れ、大工、左官も背広、ジーパン姿になつてしまつた為と、一つには諸君が実生活において接する人々がほとんど固定してゐる為と、この二つの理由が考へられます。なるほど、一日の生活を振り返ると、諸君一人一人は何十人もの人間と接触してゐる、が、改札口の切符切りも喫茶店の給仕も、一つ共同体の人間として接触してゐるのではなく、近い将来には一種のスロット・マシンに取つて代られるかも知れぬ、人格も顔も無い一つの機能として接触してゐるに過ぎません。皮肉な話ですが、何か不愉快な思ひをして喧嘩でもしない限り、相手は自分の前に一個の人間として姿を現さないといふのが実状です。その結果、諸君の附合ひ相手は演劇界の仲間だけといふ事になります。諸君ばかりでなく、今日では大抵の職業がさういふ閉鎖的な仲間内だけの生活で成り立つてゐるのです。殊に戦後、芝居は新劇のみならず、歌舞伎まで、社会的公共物になりえぬ根本的な事情があるのですが、それだからこそ、その閉鎖性を打破する武器として、あるいはその成否の目安として、芝居の存在理由があるとも言へませう。

　さういふ文化論的議論はここでは十分に行へませんが、困るのは、役者が役者としか人間の附合ひができない事です。その結果、ハムレットにせよ、王子にせよ、あるいは警官にせよ、サラリーマンにせよ、それを模倣する段になると、組合の政党支持同様、役者仲間、すなはち業界一致で「取決めた」型、といふよりは固定観念で万事安易に片附けてしまふといふ事になります。しかし、私は諸君に向つて自分を殺して役に成れ、と要求してゐるのであつて、自分の中の人間を殺して観念のお化けになれと言つてゐるのではありません。一見、大学教授に見える暴力団員もゐる筈で、身分、職業はもちろん、性格にしても、単純に黒と白とに分けて考へる固定観念を捨てて掛らねばならないのです。その為には、自分の中に、善人にも悪人にも、強者にも弱者にも、殺人犯にも聖者にも、そのいづれにも共感し、またそのいづれにも成り得る要素を持つ事、少くともその可能性を自覚する事が必要です。やはり役者修業、即人間修業といふことになります。しかし、すでに言つた事ですが、今の若い役者諸君の生活を見てゐると、残念ながら、新劇役者といふ役しかできさうもない人が多く、これではタイプ・キャスティング（柄による配役）の是非を論ずる余地さへありません。

ここで話を第一の障碍に戻します。役者たる者は自分以外の何者か、すなはち役になつて見せる事を第一義と心得ねばならない、言ひ換へれば、役の人物の蔭に隠れ、努めて自分を殺さねばならない、にも拘らず、人は己れの主観からつひに脱し得ず、同じ『ハムレット』を読んでゐながら、ハムレットといふ人物を、それぞれの主観を超えて客観的に把握する事は絶対にできないのです。そんな事は改めて論ずるまでもない。ハムレットどころか、毎日顔を突き合はせてゐる親子、夫婦の間柄においても、人間は他者を絶対に理解できないのです。もし理解したとすれば、それは自分の理解力の枠内に相手を引入れ、力づくで手籠めにしてしまつたといふ事でしかありません。それを承知の上で、己れを殺して役に成り切れと、なぜそれを強調するのか、それにはそれだけの訳があります。といふのは、人は己れの主観からつひに脱し得ないといふ事を勿怪《もつけ》の幸として、吾々には到達し得ないが、やはり厳として実在する客観的人物としてのハムレットそのものを否定し無視し、あるいはそれに近附かうとする努力を怠り、己れのけちくさい小主観を得意気に観客に押附け、その結果、ますます主観といふ小さな胡桃の殻の中に閉ぢ籠り、安易な「小市民的」自己満足に陥る風潮が、今もなほ跡を絶たないからです。もつとも「己れのけちくさい小主観を得意気に観客に押附け」と書きはしたものの、これは実は「押附け」てゐるのではなく、その程度のけちくさい小主観しか受容れられない同じくけちくさい閉鎖的な小主観の持主である一部の若い観客といふ、それこそ紛れもない現代日本の「客観的現実」に媚び迎合してゐるのに他なりません。さういふ役者と観客との馴合ひを待受けてゐるものは袋小路あるのみです。

役者諸君に真剣に考へてもらひたいのは、役者にとつて個性とは何かといふ事です。その為には役者に限らない、すべての芸術家にとつて個性とは何か、いや、人間にとつて個性とは何か、まづそこから考へて貰ひたい。その手掛りは戦後の教育にあります。それは強制と禁止を排し、個性を尊重した、その結果、個性のある人間はかへつて少くなつた様です。なぜなら、個性は強制と禁止によつてしか生じないからです。人は強制され禁止されて始めて、自分は何を強制され禁止されたら最も辛いかといふ事を、言ひ換へれば、己れが最も欲するものが何かを自覚させられ、その強制と禁止の枠に如何に対処し、如何に抵抗するか、その努力の仕方によつて徐々に個性が形造られて行くのです。教育する者の立場から言へば、真に個性を尊重するなら、むしろ強制と禁止とによつてそれを押し潰さうとすべきで、それで壊滅してしまふ様な個性なら、尊重したり、育てたりするに値しない、ただの性癖か小主観に過ぎません。ところで、この強制、禁止は何によつて是認されるのか。確かに、その結果として強い個性が生じる、が、それは飽くまで結果であつて目的ではない。では、その目的は何か。それを教育者の一人一人が意識してゐるかどうかは別として、そこには在るべき姿の理想的な人間像といふものがあり、誰もそれを明確に把握し得ず、また誰もそこに到達し得るとは思はないにしても、そこに到達しなければならぬといふ大前提のもとに、それに反する言行を抑へる事を目的として種々の強制や禁止を試みるのではないでせうか。

役者が役に対する時の態度は、この教育者のそれと全く同じです。すべての人が共有するハムレット像などは存在し得ない、だから、自分流にどう解しても構はないといふ事にはならず、だからこそ、まづ己れを空しうして掛らなければならないのです。自ら自分を強制し禁止し、自分が演りいい様に、あるいは自分が演りたい様にといふ手軽な欲求を殺して掛る事が肝要です。安心していい事は、幾ら自分を殺さうと努めても、自分は決して殺し切れるものではない、殺さうと努めて殺せなかつた自分、それが始めてそれぞれの役者が自分の個性と呼ぶに値するものなのです。私達はオリヴィエやギールグッドを観に行くのではなく、オリヴィエのハムレット、ギールグッドのハムレットを、あるいはハムレットのオリヴィエ、ハムレットのギールグッドを観に行くのです。諸君は映画にもせよ、オリヴィエのハムレット、ヘンリー五世、リチャード三世、オセローを観る事が出来る、そしてそのハムレットはオセローではなく、ヘンリー五世はリチャード三世ではない、いづれも、これが一人の人間かと思ふくらい違つてゐながら、といふ事はオリヴィエは完全に黒衣《くろこ》に身を隠してゐながら、意地悪く言へば、いづれも同じ見せたがり屋のオリヴィエの臭気芬々たるものがある。役者の個性とはさういふ難しい代物なのです。もつとも実人生においても同じ事で、周囲に甘えて我を剝き出しにしてゐる人より、我を殺さうとしてゐる人の方が、ずつと我が強く、しかもその我がはつきり見えるものです。やはり役者修業、即人間修業といふ事になります。それにしてもわが演劇界は、殊に新劇界は互ひに許し許される仲間内の附合ひに終始し、自分の脛の疵に触れられたくない為に他人のそれにも触れず、たまたま触れても、それは疵の舐め合ひといふ事になり、いつになつても社会的に一人前の大人に成り切れぬひよわさを持つてゐる。まだまだ自分との闘ひなどといふ要求を持出す段階ではありません。が、役者である前に、先づ人間であらうとする心懸けが大事だといふ事、それだけは言つておきたい。

六　フレイジングについて

フレイジングとは「句切り」の意味ですが、大抵の劇団は早口言葉などを基礎訓練として課し、アーティキュレイション（歯切れ良さ）の教育には熱心でありながら、「句切れ良さ」を殆ど重んじてゐないらしい。が、「歯切れ」が良くなくては、何を喋つてゐるか解らないにしても、既に言つた様に、意味が解つただけでは芝居にはなりません。アーティキュレイションは役者にとつて極く初歩的な事で、飽くまで発声に伴ふ生理的な条件であり、立つてゐる時に膝をがくがくさせないとか、最短距離を真直ぐ歩くとか、転んだ時、如何にも本当に転んだ様に見せるとかいつた類ひの事と同じ基礎訓練に過ぎません。

もちろんフレイジングも、それが出来てゐなければ、意味が解らなくなつたり、時には違つた意味に取られたりしませうが、それ以上に話し手の心の動きを的確に伝へる高等技術で、再びルカのせりふを借りて言へば、それは「何を」と同時に、それよりも「なぜ」「如何に」喋つてゐるか、時々刻々の息遣ひを伝へるものであります。前に独白もまた問答・対話であり、それは自問自答から成り立つてゐると申しましたが、その問ひと答へとの別を明確にせりふの形として出す事、また、せりふを一本の線に譬へれば、それが何処で、どちら側に、どの程度曲つたか、その軌跡が見える様に喋る事、或は一語、一語、一句、一句が、自分の意識を中心として、どの程度、その中心から離れ、外に出て行き、再びそこへ戻つて来るか、その話し手と言葉との距離をありありと観客の耳に感じさせる事、それがフレイジングの技術であります。

ここで、マクベスとマクベス夫人との独白を、もう一度、思出して下さい。たとへば、「短剣ではないか」と「そこに見えるのは」との間に読点があるからと言つて、そこで句切つて休んではならない。戯曲の句読点は読み易くする為のもので、休止を意味しません。といつて、句切らずに、一気に同じ調子で読み流し、喋り流せば済むものでもない。その後の「手に取れと言はんばかりに？」も同様です。第一の「短剣ではないか」は、マクベスが自分の心を鏡に映して見せられた様に、在りもしない短剣の幻に驚愕した瞬間に出た言葉であり、次の「そこに見えるのは」では、「見える」だけのもので、実在はしないのではないかといふ迷ひが窺へ、その次の「手に取れと……」といふせりふには、それが幻覚に過ぎぬとしても、それにしては、余りにもはつきりと見える事に対する恐怖が籠つてゐる。が、その幻から半ば尻込しさうだつたマクベスは、ここで気を取り直し、「よし、摑んでやる」と積極的に外へ出て行き、幻に挑み、それが幻に過ぎぬ事を納得して掛らうとする。さういふ心の「折れ目」が、すなはち「句切り」フレイジングとなつて表出されなければなりません。マクベス夫人の「二人を酔はせた酒が……」について先に述べた心の動きは、実はそのままフレイジングの説明になつてをり、そこをもう一度、読んで戴きたい。もう一つ『オセロー』から例を引いておきませう。

オセロー　今はまづい、デズデモーナ、改めてまた別の折に。
デズデモーナ　でも、直ぐにしていただけます？
オセロー　なるべく早くする、ほかならぬあなたの頼みだからな。
デズデモーナ　今夜、お食事の時では？
オセロー　いや、今夜はだめだ。
デズデモーナ　では、あした、お昼のときに？
オセロー　あすの昼は家ではしない。砦で士官達と会食することになつてゐるのだ。
デズデモーナ　それなら、あしたの夜、でなければ火曜の朝、ええ、お昼の時でもよろしいの。夜でも、水曜の朝でも結構、お願ひ、決めておいて。せめてこの三日のうちに……

この後に十行あまり、デズデモーナのせりふが続くのですが、どんな素人でも読んだだけですぐ解る筈です。四度、懇願を繰返し、その度に拒絶されて、右の最後の長ぜりふになる。四度の押合ひはその都度一段ごとに高まらねばなりません。そして最後にデズデモーナは「あしたの夜」と言つた後で、追掛けて「火曜の朝」、その「昼」、「夜」といふ風に、さらに「水曜の朝」「せめてこの三日のうちに」と譲歩して行きますが、言葉の意味は譲歩でも、要求の度合は逆に強くなつてゐる事は明かでせう。その間にオセローの拒絶の言葉は入らなくても、いや、その拒絶の言葉が出るのを惧れればこそ、デズデモーナはそれを防ぎながら、畳み掛ける様に自分の主張を通さうとしてゐるのです。相撲の手で言へば、強い相手と四つに組む事を嫌ひ、土俵を廻り込む様にして逃げながら、何とか相手の力を利用して、引倒し、打つちやりの手を使はうとしてゐるのです。すでに何度も言つた様に、その心の動きを形ある物として見せるのがせりふの力学なのです。

試みに、右のオセローのせりふを最初の一行以外は全部カットして見たらどうか、つまり、オセローが不機嫌に終始沈黙を以て応じたらどうか、といふより、デズデモーナ役者はその積りで全部を一気に喋るに越した事はありません。この「一気に」といふのは、もちろん「一息に」の意味ではなく、また、そんな事が出来る筈もない、途中で息継ぎが必要です。しかし、筆で字を書く時と同じで、墨をたつぷり含んでゐなければ、休止を効果的にする事は出来ません。

たまたま書に話が及んだので、筆法について簡単な話をしておきます、といふのは、書の筆法ほど、フレイジングの説明に便利なものは無いと思ふからです。上の右端は横と縦の線の輪郭を示したものであり、内部の直線は筆の穂先の動きを示したものですが、いづれも、初めの入りと終りの止めとに、書き初める前の筆の構へと、書き終つた時の締まり、

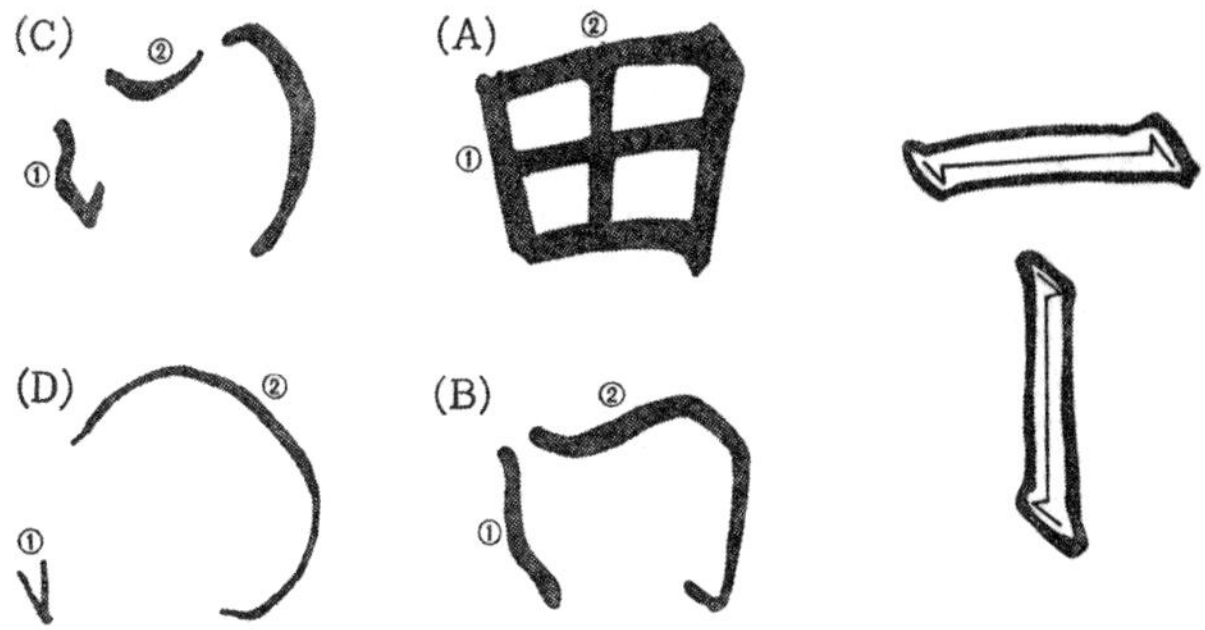

即ち筆の抜き方、その余韻があり、何処から始めて何処で終つてもよい同じただの直線とは違ひます。その縦横の線だけで出来ている「田」の字の書き方(A)(B)(C)(D)と並べて見ましたが、(A)は勿論、楷書で、右端の筆法に最も忠実なものであり、(B)(C)(D)はその第一劃と第二劃だけを、順々にくづして見せたものであります。

言ふまでもありませんが、私達の日常会話においては殆ど楷書で喋る事はありません。極端な場合は、通じさへすればよく、円に十文字の殴り書き、すなはち⊕で事が済む場合が多い、なぜなら、一つには、共通の場が出来てゐて、多くを語る必要がないからであり、また一つには、言ひ廻しに意識の緊張を要する深みのある話は滅多に行はれないからです。いや、さういふ場合でも、自分の心から出て来たもの、自分の言ひたい事となると、たとへ舌足らずで、文脈が乱れても、といふより、却つてさういふ場合の方が、語勢、息遣ひに必然性が出て来て、意が通る様なフレイジングが行はれるものですし、また、それを必要とします。が、舞台の与へられたせりふとなると、観客と共通の場を作つて行かなければならない重荷を背負はされてゐるので、日常会話とは比較にならぬほど、フレイジングが大事なものになつて来ます。そのフレイジングが如何に重要なものかを示す為に、ある英文の悪訳の例を引いて見ませう。

もしこの(1)真空状態が七六年以降も続くやうであれば、(2)また米国の輿論がデタントにより米国にはもはや多くの要請をしなくても済む世界が生れたとでもみなすやうな行動をとらうとするならば、(3)事態はさらに悪化しよう。

これでは何度読んでも、何を言つてゐるのか、よく解らぬでせう。しかし、英語の原文では、至極明快で、最後の(3)の「事態はさらに悪化しよう」といふ主文が最初に出て来、そして、その後に if（もし）といふ仮定の接続詞があり、続けて(1)(2)と、二つの仮定を示してをります。そのうちの(2)の長い仮定文の方を分析すると、「（愚かな）米国の輿論が」がその主語で、それを受ける述部は「行動をとらうとする」であつて、原文の英語ではさうなつてゐる、即ち「米国の輿論が（愚かにも次の様な行動を取らうとする（ならば））」となつてをり、その「次の様な」行動とは何かと言へば、「（ソ連との）緊張緩和《デタント》により（次の様な）世界が生れたかとでもみなす（生れたかの如く思ひ込む様な）」とあつて、それが「行動」を修飾する様になつてをり、更に、その（次の様な）世界とは何かと言ふと、「米国には（対しては）もはや多くの要請（＝依存、期待）をしなくても済む」が如きとあつて、それが「世界」（＝国際情勢）を修飾してゐるのです。右に分析した事を大中小の括弧に入れて、フレイジングが明かになるやうに書き直して見ると、大体からなります。

〔もしこの（米軍のヴェトナム放棄による）真空状態(1)(主語)が七六年以降も続く(1)(動詞)やうであれば、〕〔また（もし）米国の輿論(2)(主語)が｛（デタントにより、（誰もが）(主語)米国にはもはや多くを要請(動詞)しなくても済む）世界(主語)が生れた(動詞)とでもみなすやうな｝行動をとろう(2)(動詞)とするならば、〕〔事態(3)(主語)はさらに悪化しよう(3)(動詞)。〕

この訳文は悪文中の悪文であり、受験英語の英文和訳式に訳してゐるだけで、三・三平米を一坪として換算せねばならぬ無理が生じたのに他なりません。文章そのものとしては、これほどフレイジングの不明確なものには滅多にお目にかかれますまい。が、それだけに、役者としては、フレイジングの練習に、これほど恰好なものは無いと言へませう。これを喋つて大中小の括弧による意味集団の関連を相手に解らせられたら、真に見上げたもので、フレイジングは卒業と言つてもいいでせう。再び話を書に戻しますが、フレイジングは意味の「めりはり」の事で、緩急、抑揚、強弱、曲直など、音の調子の変化により、如何に略し崩しても楷書の「田」の字が心に刻み込まれる様に喋る事であり、右の悪文は⊕の様なものですが、それでも喋り方により、(D)、(C)、せめて(B)位に見せられるかどうか、一つ試して下さい。

最後にせりふばかりでなく、動きにもフレイジングが必要で、小笠原礼法、或は柔術、剣術、体操、踊りの合理的な力学の法則は書の楷書に相当し、その楷書の筆法、骨法を物にすれば、行書、草書の略し崩した動きにも、明確な必然性が目に見えて来ませう。「田」の字の第一劃から第二劃への動きも、常に楷書(A)の如く直角に近い形を採らずとも、(D)の如く円に近く動いても、筆、及びそれを採つてゐる手や腕が(A)の線を描いてゐれば、決して⊕の如き記号にはならず、正楷の(A)が見えて来る筈です。

Ⅳ

演出論

演劇は妥協の芸術

かつて、座談会で、武智鉄二さん、木下順二さんと一緒になりましたが、演出といふものをどう考へるかについて、三人とも意見が食ひちがつてしまひました。そのときの話で、私の考へは出つくしてゐる形ですが、演出をどう考へるかといふことの根本には、演劇といふものをどう考へるかといふ問題がひそんでゐるので、その注文に答へることにいたしました。

そのまへに、右の座談会で三人の意見がどう食ひちがつたかについて、概略を記しておきます。私は演出イクォール交通整理だといふことを主張しました。そのさい、演劇には、第一に役者、第二に台本、第三に演出と、だいたいこの三つの要素があると申しましたが、私の考へでは、役者と台本、この二つの要素だけで十分なので、第三の演出はその二つとはすこし次元を異にした事務的な仕事だとおもふのです。もちろん、それだけではなく、芸術的な要素もあり、演出家の側の問題としては、あるいは演出家こそ真に芸術家でなければならぬとも考へられます。それにもかかはらず、演劇といふ芸術の側から見れば、あくまで第二義的な交通整理の役にとどまらなければならないと、私は信じてゐるのです。

矛盾のやうですが、この種のことはよくあることです。といふのは、現象面では主人役でありながら、本質面では傍役にとどまつてゐなければならぬといふことが、よく起るのです。また、その逆のこともよく起ります。実社会においても、非常に事務的な役割をはたす立場にゐるひとが、その性格や才能において芸術家であるため、かへつてうまくいくといふこともずゐぶんありうることです。さういふ意味で、演出家はたとへ芸術家であつても、演劇芸術において、主導的地位を保つてはならぬ、私はさう考へるのです。

それに真向うから対立する考へかたは、武智さんの、「俳優オブジェ論」であります。すなはち俳優即材料論であります。演劇芸術をつくる最高責任者は演出家だといふのです。役者、劇作家、装置家、照明家、その他すべてから成りたつ舞台王国の主権者が演出家であります。それらめいめいの恣意にまかせておいたのでは、舞台のうへに統一したイメイジを作りだすことはできない。芸術としての統一像を刻みあげるためには、役者のみならず台本も装置も照明も効果も、すべて演出家といふ芸術家のための材料にならなければいけない。さういふ考へかたであります。これはいちおうもつともです。

それにたいして、木下さんは、自分は「俳優芸術家論」だといつてをられます。木下さんはそれだけしかいつてをられない。その点では、私とおなじ考へですが、座談会の席上で発言された他のことばのはしはしから、また日ごろの木下さんが演劇活動や書かれたものから、判断して、私は木下さんともちがふとおもひました。どうちがふかは、書いていくうちに触れていくことにしませう。かんたんに申しますと、木下さんは武智さんと私との中間的存在であるやうにおもはれます。

演出家中心の芝居は、私にはつねにつまらない。なぜつまらぬかをいふまへに、私が演劇といふものをどう考へてゐるかについてお話しいたしませう。一口にいへば、演劇は「妥協の芸術」であります。それが私の演劇論の中核をなします。もちろん、いいかげんな芸術といふ意味ではありません。くやしいけれど、妥協しなければ成りたたない――さういふふうに、妥協といふことを「必要なる悪」と考へてゐるのではありません。妥協しなければならないではないかと不平づらしながら、消極的に妥協するのではなく、妥協のおもしろみに積極的な意味を発見し、それを追求することに演劇芸術の強味があるのだと、私は考へます。

まづ、役者は台本に、劇作家は役者に妥協しなければなりません。妥協の余地なく一致できるやうなものがあれば、それはもはや芸術ではなく、一回かぎりの人生とおなじものになつてしまひます。まるで自分を書いてくれたやうな台本とか、まるで自分が演じてゐるやうな役者とか、そんなものは望むべくもないし、望むのはまちがつてゐます。つぎに、役者相互間の妥協があります。相手役を自分が望むやうなものにすることはできないのです。最後に、舞台芸術は、できあがりの成果の完璧さといふ概念にたいしても妥協しなければなりません。その日その日のできはちがふものですし、またその最もうまくできた日でも、ありうべき完璧な舞台像とはちがつたものなのです。

潔癖なひとは、さういふ舞台芸術にたいして癇癪を起してしまふ。なんとかして完璧で統一ある作品が生みだせないものかとあせる。その結果として出てくるのが、演出家中心論であり、俳優材料論であります。

それはあらゆるものにたいして政治の優位性を強調する革命主義が出てきた必然性とおなじものではないでせうか。完璧で統一ある社会の全体像が見うしなはれたことに業を煮やし、計画的な政治といふ考へに憑かれて、その推進者、統御者として革命を考へるといふわけです。私が座談会の席上、全体主義国の演劇は、必然的に演出家中心主義になるといつたのは、そのアナロジーを考へてのことであります。木下さんは、ソ連の全体主義とナチスの全体主義とはちがふと主張されました。もちろん、ちがひますが、右の範囲では同一だとおもひます。

全体主義国が制服をこのむやうに、演出家中心主義の演劇人も、劇作家や役者の個性の表出を忌みきらひ、かれらに制服を着せたがります。ゴードン・クレイグは役者に面をかぶせようとしました。武智さんは役者にオブジェになれと申します。ファッション・モデルこそ最高の役者だといふ逆説もそこから出てまゐります。また、オブジェとして都合のいい台本を要求し、ときには、芝居の台本として書かれたものでないもののはうが演出欲をそそるともいはれます。当然のこととおもひます。下手な芝居よりマス・ゲイムの方が見事であり、マス・ゲイムにおいては、演ずるものは単なるオブジェに過ぎず、全体の効果を観ることも意識することも出来ない完全な演出家中心主義であります。

ひとたび演出家＝全能者といふ考へに憑かれたひとは、劇の進行のすみずみまで自分の爪のあとが残つてゐないと承知しなくなる。子供が指のさきにつばをつけて菓子の先取権を獲得するやうに役者をはじめ舞台上のあらゆるものに、自分の手垢を沁みこませたくなるのです。これは一種のナルシスムで、自分の顔が映つてゐる鏡の前につねに坐つてゐなければ、どうしても落ちつかない心理と似てゐます。また自分の支配欲が眼のまへに確証されるのを眺めて、はじめて快感を得る独裁者とも似てをります。かれは役者の一挙手一投足、何歩あるいて袖から何メートルのところでとまるといふところまで支配したくなる。

よく役者の本能こそナルシスムだといはれます。それは見物の陶酔や喝采を要求し、それを前にして、自己陶酔を味はひたがる心理についていつたものでせうが、さういふ点では、演出中心主義の演出家のうちにひそむナルシスムには到底およびません。かれはポスターやプログラムに自分の名がいちばん大きくだされることに快感を味はひ、舞台の成果がすべて自分から出たものであることの承認を、はつきり見物の顔のうちに見たがるのです。

演出とはいふものの、これはなにかの理由で満たされざる役者の本能が、といふより満たされざる権力欲が、歪曲された形で出てきたものにほかなりません。じつは、かれは役者をやりたいのです。しかも、どの役もやりたいのです。のみならず、劇作家の役割までやつてしまひたいのです。あるいは独裁者になりたいのです。要するに、ひとりでなにもかもやつてのけたいといふわけです。その欲望がひとなみはづれて強く、しかも、役者、劇作家、そのいづれにも才能がないか、あるいはその訓練の時期を逸したか、さういふ場合に、とかく演出中心主義に走りやすいのではないでせうか。

役者の一挙手一投足が演出家の意のごとくなればなるほど、舞台のイメイジの決定版といふものはできあがる。完璧な不動の舞台が、毎日くりひろげられる。が、その結果、舞台の生命は死ぬのです。なぜなら、演劇芸術が、他の芸術と根本的に異なるところは、その「あてにならぬ流動性」といふことにあるからです。相手の出かたにより、またその日の気分により、舞台のできがちがふ。それが演劇芸術のおもしろみです。

もちろん、芸術である以上、流動性そのものに頼ることはできません。芸術はあくまで静的なものであり、閉ぢられた完璧な世界でありますす。人生とはちがひます。したがつて、演劇も芸術である以上、それがなければなりません。が、演劇においては、それはあくまで、流動しつつ、あるいは流動のさなかに、いひかへれば、劇の流れのどこか一瞬に、まだはそのそとに、忽然、おのづと現れるはずのものなのです。ひとつの芝居にたづさはるものは、なんとかしておたがひにさういふものに到達しようと努めるのですが、同時に、それはなかば賭けられるものでもあります。すこし神がかつていへば、祈られるものであります。激しい勢ひで動きながら、その静止の場をかすめて通るときの訪れを、役者は待つてゐるのです。何本かの素描の線が、いつか的確な造型をはたすのを待つやうなものです。さういふ人間的な自由を許さなくては、舞台芸術は成りたちません。

完璧さを造る自由は、それが可能であるか不可能であるかを問ふまへに、まづ現実の役者の肉体にまかせなければならない。それを演出家が禁じてしまへば、私たち観客は、舞台のうへに、ただ演出家の自分を見るだけになつてしまひます。それでもいいではないか、演出家が芸術家であるならば――さういふひとがゐるかもしれません。

それはちがひます。舞台のうへで生きて動いてゐるのは役者です。演出家は舞台裏か観客席にゐます。眼に見える生きた肉体が、眼に見えないものに操られてゐるのを眺めるのは、私たち観客にとつて苦痛であります。私は理窟をいつてゐるのではない。どんないい戯曲でも、完璧なる演出家によつて操られ、役者の動きにその手の糸が感じられるやうな舞台を眺めてゐると、ひどく味気なく、息苦しいものにすら感じてくるのです。それくらゐなら、もつと高級な私自身の読書力と想像力とで戯曲を読んだはうが、ずつと気がきいてゐるとおもふのです。

役者の自由が禁じられ、その代りに演出家の自由が表立つてくるとき、私たち観客は、創造の自由を失ひます。が、演劇芸術は、他のいかなる芸術にも増して、鑑賞者に創造の自由を許すものではないでせうか。武智さんは演劇のアブストラクト化を目ざしてをられますが、私の考へでは、アブストラクト芸術は、一見、素人の芸術への参与を容易にするやうに見えて、じつは鑑賞者を芸術から遮絶してしまふものです。美術の場合でも同様で、芸術家の自己主張が芸術の限界をのりこえ、鑑賞のしかたまで規定し、その結果、鑑賞者を不要にしてしまふのです。なぜなら、芸術家の側で潔癖にぎりぎりのところまで抽象作業をしてしまふので、鑑賞者のはうに、それを見て自分の力で抽象する余地を残してやらないからです。したがつて、鑑賞者は、その作品を棄てて、みづから芸術家を志さねばならなくなる。さういふ形で、アブストラクト芸術は素人を芸術に誘致し、さういふ意味で素人の人気を集めてゐるにすぎません。絵はひとりでいい気になつて描いてゐられるかもしれませんが、演劇だけは、気ちがひでもないかぎりさうはいかない。つまり演劇こそ、鑑賞者の生きた参与をもつとも必要とする芸術なのです。

演劇の魅力は役者の魅力

私は西洋流の操り人形の芝居にはあまり興味をいだきません。日本の文楽が世界中の操りのどれよりもすぐれてゐるとおもふのは、人形づかひの姿を舞台にだしてしまつたことにあるとおもひます。さうすることによつて、糸に操られる人形を死から救ひ、同時に、死んだ人形を操る糸の煩はしさを消しさることができたのです。

演出家に動かされてゐる役者にたいして私が感じる生理的不快感は、たとへば、このごろ銀座裏などでよく見かけるサンドイッチ・マンなどにぶつかつたときの照れくささから推察していただけるとおもひます。あの男たちは、生きた肉体を材料にして、じつは機械じかけの自働人形のまねをしてゐるのです。ファッション・モデルについても同様なことがいへませう。ああいふものを照れずに眺めうるひとの神経といふものは、まことに讃嘆に値します。

しかし、文楽がいかに世界に冠絶した人形芝居であるにしても、やはり人形芝居は人形芝居です。どこか息苦しいところがある。また、日本の能や歌舞伎が、芸術として他に比類のない完璧さに達してゐるにもかかわらず、どこかに足りないところがある。それは木下さんのいふ非合理性のためではありません。おもふに、それは演劇芸術として、もつとも羨望すべき、また同時にもつとも危険な「完璧性」を身につけてしまつたからだと、私はおもひます。ほんたうのことをいへば、演劇にかぎらず、すべての芸術は、完璧をめざしながら、その完璧性のために身を滅ぼすのです。演劇芸術はことにさういふ性格をもつてをります。

さうした演劇の本質を固執する私を、武智さんも木下さんも、古いだの、センチメンタルだのといはれるが、私は逆ではないかとおもふ。完璧への郷愁こそ、日本人の古さと感傷性との証拠ではないでせうか。それはそれでいいとおもふのですが、武智さんも木下さんも、さういふ日本人の古めかしい、職人気質を、アブストラクト芸術やプロパガンダ芸術への全体主義的傾向と混同して考へてをられるやうに見うけられました。

私はべつに古いといはれたことに腹をたててゐるのではありません。もうすこし客観的なこと、本質的なことを論じてゐるのです。演劇のばあひばかりでなく、現代文化のあらゆる領域において、私たちの「後進性」がよく新しさと勘ちがひして肯定されてゐることがあります。演出中心主義もその一例です。新劇といふことばのもとに、西洋の演劇形式がはじめて日本に輸入された当時のことを考へてみれば、すぐおわかりいただけませう。当時は、いきなり西洋流の芝居をやれといはれても、だれも、なにもわかりはしない。まづ西洋のお手本が必要だつた。それがモスクワ芸術座であり、それがアントワーヌの自由劇場となり、ビュ・コロンビエ座となつたわけですが、そのお手本を生かすために、どうしても指導者が必要だつた。演劇の場合、役者がすべて西洋に出掛けるわけにもゆかず、西洋帰りの演出家を奉る風習を生んだ原因であります。今日、新劇の世界に、やたらに「先生」といふ呼称が流通し、それが新派、歌舞伎にまでおよんでゐるといふ奇現象も、原因はそこにあります。つまり、「後進性」が演出家を演劇の中心的存在に祀りあげたといふことになります。ついでにいへば、これは、知識人とか、文化人とかが、妙にちやほやされ、「先生」に奉られ、学者や文士や芸術家が特権階級に祭りあげられる傾向と一致してをります。

私は文楽や歌舞伎や能のことを、少々否定的に語りましたが、それらは、元来は、さういふものではなかつたとおもひます。私はそれらの芸術を、演出家のために、あるいは演出中心主義の戯曲のために殺されかかつてゐる現代劇の一方向と同日に論じるつもりはありません。能や歌舞伎のうちには、演劇の本質はいまだに脈々と生きつづけてをります。私たちの芝居よりも健全に生きてをります。ただ私が憂へるのは、その能や歌舞伎の復活をこころざすひとたちが、それらのなかに生きてゐる演劇の本質に注目しないで、むしろ演出中心主義に都合のいいスペクタクル的要素とつながらうとしてゐることです。

また、木下さんは「俳優芸術家論」だといはれるが、木下さんの書かれた戯曲は、スペクタクルへの傾性をもつてゐないでせうか。巧拙は申しません。さうなればひとのことはいへない。私のいひたいのは、かういふことです。「俳優芸術家論」の立場からは、劇作家は舞台の効果に役者以外のものをあてにしてはならぬといふことです。たしかに戯曲を正しく読みとることはむづかしい。小説ではすぐれた批評眼をもつてゐるひとでも、いや、みづから戯曲を書き、戯曲を読みつけてゐるひとでも、作品から舞台の効果を読みちがへることはよくある。しかし、戯曲のなかには、本来的に、すべてが盛りこまれてゐなければならないものです。といふのは、役者の演技を通じて書かれてゐるといふことです。本質的に演出家の手を借りなければならぬ戯曲、装置、衣裳、照明、効果によつて、はじめて生きる戯曲、さういふものは邪道だとおもひます。それはいひかへれば、戯曲が演出の部品に堕してしまつたことであり、さういふ戯曲は、また役者をも演出の部品に堕せしめるでせう。

なんといつても、演劇芸術の魅力は、生きた人間が舞台のうへで動きまはつてゐるのを眺めることにあるとおもひます。生きた人間と人間とがぶつかりあふことによつて、生命が燃焼する、それを見る快感です。演劇はスペクタクルではない。したがつて、役者は部品ではない。私は歌舞伎は役者を部品に堕せしめるなどといつてゐるのではありません。ただ、歌舞伎の遺産を継承しようとする現代の方向が、歌舞伎における劇の本質よりは、むしろさうでないものとつながらうとするのがいけないと思ふのです。歌舞伎のうちの非演劇的なものを歌舞伎の特徴だと考へる傾向がまちがつてゐると思ひます。

やはり演出中心主義的な考へが、まちがひのもとなのです。「演劇的」といふことを、妙に通人ぶつて、「文学的」といふことと区別しようと考へる。それがいけないのです。能や歌舞伎の弱点はそこにあつたのではないでせうか。といふより、文学的な劣性を演劇的なもので蔽ひ隠さうとしたところに、能や歌舞伎がそれぞれ次の世代に生きのびにくい原因が隠れてゐるのではないでせうか。

戯曲はせりふであり、せりふは文学であるといふことを、演劇芸術はまづ何よりも自覚すべきであります。歌舞伎は文学として、そこまで徹底しにくかつた。もちろん、個々にいへば立派な文学作品もありました。しかし、大部分は、「せりふ文学」としての欠陥を舞台で補ふやうに書かれてをります。その結果役者までそれに応じるやうな演技を要求され、それが芸として極度の完成に達してしまひ、さうなると、今度はせりふとしての文学がそこに忍びこむ余地がきはめて少くなつてしまつたのです。

さて、かういふ歌舞伎の弱点をその線において引きつぎ、これを演出中心主義の方向に結びつけようとすれば、どうしても、木下さん式か武智さん式か、その二つの流儀に帰してしまふほかないのです。両者のちがひをこまかに分析する余裕がなくなつてしまひましたので、ここではそれに触れませんが、いづれにせよ、劇作家と役者とが、多かれ少かれ第二義的なものになつてしまふのです。演劇と文学との乖離を助長するといふ意味において、両者はおなじものといへませう。

以上で、私の演出論は終りになりますが、どうも他人を否定することばかり書いて、それならおまへはどう考へるか、それをいはれるかもしれません。しかし、演出といふものは、ことごとしく演出論などふりまはすべきでない消極的な役割を演じるべきだといふのが、私の演出論なので、それはしかたのないことでありませう。

強ひていへば、演出イクォール交通整理だといふのは、演出家は役者の眼と耳の役割を代行すべきだといふことです。演技においては、他のあらゆる芸術にくらべて、自己を対象化しえぬものです。自分の作品を自分で見ることが絶対に不可能なものであります。演出家はそれを代つておこなふべきではないでせうか。それがかれの一番重要な仕事だとおもひます。

最後に、木下さんは、ソ連では演出家が重要視されてをり、ポスターにも、演出家の名の方が役者より大きく出るといはれ、それを肯定してをられる。そして「しかし、そのばあひ、芸術家としての俳優を無視するといふのぢやない。非常に重視してゐるわけです」とつけくはへておいでになる。私は「そこがデリケートなのだ」と申しました。革命や共産党の政策は、けつして上から押しつけたものではない、民衆の意思なのだ、だからソ連は全体主義国ではない、といふ論法と同様の弁証法ですが、私には、その辺がどうも腑に落ちないのです。政治の問題としてではなく、演劇芸術の問題として、そこのところをうまく納得させていただけないでせうか。私ももつと考へてみたいとおもひます。

シェイクスピア劇の演出

全般的な心構へ

シェイクスピア劇の演出について、二、三、注意すべき事柄を述べてみたいと思ひます。しかし、そのまへに申しあげておきたいことは、まづなによりも、演出の意識過剰に陥つてはならぬといふことであります。それは、なにもシェイクスピア劇にかぎらず、劇の本質上、あらゆる戯曲についていへることであります。私はそのことについて度々書いてきましたが、ここでもくりかへし強調しておきます。

劇の在りかたは、家庭とか国家とか社会とか、私たちの日常生活における人間集団の在りかたとよく似てゐて、種々の対立、矛盾に満ちたものであります。といふのは、たとへば、『ハムレット』において、ハムレットとクローディアス王とが対立してゐるといふことだけではなく、ハムレットを演じる役者とクローディアス王を演じる役者との間にも時には利害の対立が、時には性格や演技の対立が在りうるといふことです。同様に、役者と劇作家との間にも、様々な対立や抗争が見られます。

が、もちろん、対立だけではどうにもなりません。一つの芝居を作りあげる以上、その前提には、劇作家と役者との間に、役者相互の間に、ある種の信頼感がなければならない。一つの芝居を作りあげるために参加してゐる人々は、たがひに対立し自己を主張しながら、同時に、この信頼感のもとに自己を殺さなければならないのです。その意味で、劇の在りかたは、本質的に「民主主義」的であるといへませう。それが「民主主義」的なものである以上、ただ全体の統一のことばかり考へて、参加者めいめいの自己主張をおさへてしまふことは許されません。といふのは、本当はおさへてしまつたはうがいいのだが、それではうまくいかないから、過渡的・便宜的に各人の自由を許すといふ意味ではありません。

劇における「個人の自由」は、たんなる「必要悪」ではないのです。それがなければならぬものなのです。したがつて、信頼感といつても、それはこの矛盾対立をたがひに認めあふための信頼感でなければなりません。もちろん、逆にもいへます。対立における各人の自由も、所詮は信頼感にもとづく全体の統一に到達しうるものでなければならぬのです。つまり、対立と信頼とは、同時に、同じ程度に必要であり、その両者は両立しうるのです。とすれば、演出家の役割は、その両立の兼ねあひにかかつてゐるといへませう。演出家がその範囲を逸脱して、ただ全体の統一をねらはうとすると、大きな危険が待ちかまへてをります。なぜなら全体の統一といつても、その拠りどころは、結局は演出家個人の恣意にたよる以外に方法はないからです。

かれにとつては、劇作家、すなはち脚本と役者との間の対立が気に食はぬばかりでなく、かれ自身と脚本との対立が、まづ気に食はなくなる。演出家のうちには、当然、劇作家と役者とが存在してゐるわけですが、その劇作家としても役者としても、まづ脚本が気に食はない。すくなくともそこには気に食はぬ部分がある。するとどうしても、脚本をかれ自身の気に入るやうに歪めようとします。せりふを変へぬまでも、いや、せりふを変へぬからこそ、与へられたせりふそのままでも、まつたく異なつた成果をあげうるだけの強烈な意図をもたうとし、またそれを舞台のうへに打ちだしていからうとします。結果は、すべては演出家の意図のために存在するといふことになる。舞台は整然たる秩序と統一に支配されてゐるやうに見えながら、そこには生命の本質である矛盾対立がなく、死んだやうな機械的整合があるだけであります。

かういふ演出中心主義的な企画にとつて、シェイクスピア劇は、はなはだ好都合なものであるといへませう。第一に、文句をいふ作者が現存してをりません。第二に、当時は現実感をもつてゐたエリザベス朝人の生活感情の側からも文句は出ません。といふのは、たとへば『ハムレット』の亡霊、『マクベス』の妖婆、これらは、エリザベス朝人にとつて、ある程度の実在感をもつてゐたのでありますが、これを現代流にハムレットやマクベスの内的心理の象徴といふやうな見かたをし、そのやうに演出しても、エリザベス朝人から文句は出ないといふことであります。

つまり、古典は古典であるだけに、その現代的解釈の余地が、現代の作品にくらべて、はるかに多く残つてゐるといふことです。いひかへれば、私たちから離れてゐるだけに、それを私たちに近づけることができる。しかも、困つたことに、それだけで、私たちはなにごとかをなしをへた満足感をおぼえるのです。一種の権力欲です。それを自己表現のあかしと錯覚するのです。が、じつは、それは、表現するにたる自己をもたぬものが、他人のうへに残した自分の爪痕に、やうやく自己の存在のあかしを見て喜んでゐるにすぎず、真の自己表現とはいへません。

右にあげた亡霊や妖婆についていへば、それはエリザベス朝人にとつてと同じやうに、実在せるものとして扱はれるべきものであります。それを内面心理の表白として位置づけるのは、観客の役割、厳密にいへば、観客の無意識の役割であつて、演出家の意識の役割ではありません。演出家の意識過剰がそこまで出しやばると、観客はもう己れのなすべきことを奪はれ、かへつて亡霊や妖婆の虚偽に反撥するでせう。その意味では、すなはち、深い無意識の領域においては、今日の観客もエリザベス朝時代の観客も、さう本質的な相違はないのであります。

シェイクスピア劇が権力欲に駆られた演出家に、このうへなき好餌と見える第三の理由は、一見、隙だらけだといふことです。隙だらけといふのは、近代劇、現代劇にくらべての話であります。第一に、主題といふか、作者自身の主張がはつきりしませんし、第二に、現代流の分析的な心理主義の観点から、登場人物の心の動きに飛躍があります。そこで、演出家はシェイクスピア劇の衣を借りて、自分の主張を打ちださうとしたり、現代的な解釈によつて主題を明確にしようとしたり、またそれぞれの登場人物の心理にも性格的な一貫性を与へようと努力したりします。なるほど、それもある程度まで必要でせうし、おもしろい試みとはなりませう。が、それは、あくまで、「ある程度まで」の話で、その点、演出家はどこまでも慎み深くなければなりません。

といつて、私は、古典は、できるだけ当時の姿において読まれなければならず、古典として演出されなければならないといふことを強調しようとしてゐるのではありません。古典劇であらうと、現代劇であらうと、劇の本質に変りはない。すくなくとも、西欧における、演劇といふものの在りかたに変りがあらうはずはないのです。それなら、シェイクスピア劇の演出といふ特別の演出法も存在するわけがないといふことになります。もちろん、こまかい技術的な問題になると、イプセンやチェーホフ、ショウやピランデルロとくらべて、シェイクスピア劇の演出においてとくに注意しなければならぬ事柄も随分たくさんあることと思ひます。が、私たち現代の日本人にとつて、すくなくとも私にとつて、シェイクスピア劇を上演するばあひ、とくに興味あることは、それが他のどの脚本よりも、劇の本質に深く根ざしてゐるといふことであります。

効果といふこと

シェイクスピア劇が劇の本質に根ざしてゐるなどといふことをいひだすと、これまた話が本質的になりすぎて、切りがないので、ここでは演出のさい直接的に現れる効果といふことについてお話ししませう。

シェイクスピアはなによりもまづ詩人だつたといふ人がゐる。すると、他方、かれはなによりもまづ劇作家だといふ人がゐる。私はどちらももつともだと思ひます。しかし、かれの作劇術を現代劇の巧緻なそれと比較して、支離滅裂なりと見なし、その弱点を救ふために、詩人としてのシェイクスピアを強調しようといふ傾向には、私は反対します。かれの作品のすべてとはいひませんが、その大部分は支離滅裂どころか、じつにすぐれた作劇術によつて書かれてゐると思ひます。それがなぜ現代人の眼に支離滅裂と見えるか。いふまでもなく、現代演劇の、あるいは現代文学の心理主義にとらはれて、シェイクスピア劇の心髄を見そこなつてゐるからです。シェイクスピア劇は心理劇ではありません。また性格劇でもありません。

ギリシア悲劇が運命の劇であるのにたいして、シェイクスピアの悲劇は、主人公の性格のうちに、悲劇の因があるといふ見かたから、性格の劇であるといはれてをります。そこまではよろしい。が、だからといつて、シェイクスピア劇は性格を描いたものだといふことはできません。心理的に辻褄が合はぬばかりでなく、性格といふ点でも、時には辻褄が合はなくなること、すくなくとも、性格上の辻褄などどうでもいいと思はれること、さういふところがシェイクスピア劇においては、随所に出てまゐります。

じつは現代劇においても、性格描写は二の次であつて、それが劇の目的ではありえないのです。すぐれた脚本については、さういふことがいへます。なぜなら、劇は、心理にせよ、性格にせよ、運命にせよ、それを描写することを目的とはしないからです。ただ、現代人は合理的な思考にならされてゐるので、現代劇は当然、性格描写において、合理的にならざるをえない。現代劇における性格描写はそれだけの消極的な意味しかもつてはゐないのです。ところが、その消極的、第二義的な面だけが、強調され、その点で、ぼろをださぬやうに心がけた結果、現代劇はつまらなくなりつつある。にもかかはらず、逆に、その点からシェイクスピア劇を見て、隙だらけだといふ。が、それはまちがつてゐます。

結論を申しますと、シェイクスピアは、性格や心理の描写において、ときに手ぬかりやあいまいさがあるにしても、劇的効果といふ点では、何人もおよばぬほど的確であり忠実であつたといふことです。とすれば、役者もまた、他のなによりも、この劇的効果にたいして忠実であり、そのための的確な演技といふことを考へなければならないはずです。誤解してはなりません。私は「要するに、シェイクスピアは座附作者さ」といふやうな安易な結論をいはうとしてゐるのではない。それはかういふことです。

まづシェイクスピアの脚本を与へられたなら、演出家も役者も、たとへば「ハムレットの性格は？」とか、「このばあひのマクベスの心理は？」とかいふことに、あまりとらはれてはなりません。役者が現代劇をやるばあひに、よくやることですが、自分のもらつた役のせりふのすべてから、その役の性格や心理を帰納的に抽出するといふことは、もつとも避けねばならぬことです。極端にいふと、その場その場のシチュエイションによつて生じる効果だけを考へてゐればいいといへませう。たとへば、ハムレットとポローニアスとの対話がある。このばあひ、ハムレットは真の狂気か佯狂か、あるいは臣下にたいして横暴な男か思ひやりのある男か、軽薄か意地悪か、さういふ認識は大して意味のあることではない。同様に、ポローニアスが主人思ひかどうか、オフィーリアをどうしようとしてゐるのか、さうした個人的な穿鑿もあまり役にたたない。すくなくとも、役者はさういふ分析から役にはいつていかないはうがいいのです。

シェイクスピアが一つの劇を書きあげるとき、どういふところからはいつていつたか。そのことを考へてみるといいと思ひます。制作時のかれの意識は、まず事件を書くことでした。最小限度、それだけは明確に意識のうへにのぼつてゐたといへませう。つまり、劇の効果を、かれはつねに過たず追つてゐたのです。それならば、役者も、さういふ制作時代の作者の心理を追ふに越したことはありますまい。ハムレットをふられた役者は、ハムレットの性格の分析からではなく、劇中においてハムレットが演じる役割の把握から、自分の役にはいつていくのが自然なのです。このことは、すべての役についていへます。ハムレット役者はデンマークの王子を演じようとするまへに、主役ないしは立役を演じなければなりません。ポローニアス役者は老臣を演じるまへに、意識的な道化役を演じなければなりません。クローディアス役者はデンマークの王を演じるよりも、まづ敵役を演じなければならぬのです。

それが作者のねらふ劇的効果にもつとも忠実なる方法であります。私のいふ劇的効果がたんに技術的なものでないことは、いふまでもありません。もつと内面的、本質的なものであります。不安、怒り、悲しみ、懐疑、嫉妬、愛欲、憎悪、我執、野心、侮蔑、その他もろもろの情熱を刺戟し、浄化する劇的効果のことであります。『ハムレット』なら『ハムレット』において、この刺戟と浄化の過程がいかに組み合され、いかなる順序によつて展開されていくか、そして各場各場が、その全体的効果に到達するために、どういふ役割をはたしてゐるか、さらにその場のなかで自分がどういふ役割をはたさねばならないか、そのことこそ、めいめいの役者の最大関心事であるべきです。

ここに一つの疑問が残ります。それでは、ハムレット、ポローニアス等々の性格に矛盾ができてきはしないかといふことです。なるほど、ある意味では、矛盾も出てきませう。ハムレットは向う見ずなところもあるし、軽薄なところもある。かと思へば、沈鬱でもあり、慎重でもあり、懐疑家めいたところもある。ひどく酷薄であるかと思ふと、また大層やさしく、人なつこい。さういふ点では、矛盾してゐますが、人間の性格は、懐疑家型とか行動家型とか、簡単に割り切れるものでせうか。あの人は善人だとか、人情家だとか、そんなふうに割り切れるものでせうか。いつたい私たちに性格などといふものがあるのか、あつたにしても、それは、一定の期間に一定の相手との間に生じる言動のうちに、単純に現れるものではありますまい。

ハムレットにしても、かれが喋つたりおこなつたりしてゐることがらだけから、自分を判断されては迷惑だといふかも知れません。エリオットではないが、劇のせりふは、その一つ一つが、そのばあひ、さうではなくいへたものばかりであります。すなはち、そのばあひ、ああもいつたかもしれず、かうもいつたかもしれぬ十のせりふのうちの一つだといふことです。せりふにかぎりません。行為についても同様です。といふことは、別様にいつたら、また別様に行為したら、異なつた性格に見えたかもしれぬといふことです。ハムレットの性格がその言動だけから判断できぬならば、軽々にハムレットの性格などを規定せぬがいいのです。が、それはハムレットに性格がないといふことではない。むしろ、ハムレットが一つの性格として生きてゐるといふことを意味します。ハムレットはハムレット以外のなにものでもありえぬやうに立派に生きてをります。

別様にも喋ることができ、別様にも行為しえたハムレット——役者がそこに達するために、私は性格分析などといふことに捉はれるなと申してゐるのです。まへにいつた現代劇のつまらなさは、作者が性格や心理の合理性にこだはつてゐるからです。さらに役者がそれにこだはつて、現代劇をますますつまらなくしてゐるといへませう。

ここで、シェイクスピアは性格描写などを目的としてゐなかつたといふ私の言葉をおもひだしていただきたい。くりかへしていひますが、劇は描写ではありません。「第四の壁」といふ演劇観は、シェイクスピアのうちには存在しなかつた。一つの部屋の四つの壁のうち一つをとりはらつて、観客に見えるやうにしたものが劇だといふ考へほど、劇をつまらなくする考へかたはない。それなら観客は見てゐるだけです。のぞいてゐるだけです。役者はのぞかれてゐることを知らぬふりをして、舞台と客席との間に壁があるごとく、すなはち人生そのままに芝居をやるといふことになる。それなら、劇は描写です。役者は性格や職業や、感情や、その他すべてを肉体で描写すればいいのです。

が、シェイクスピア時代の舞台は、プロセニアム・スティジ（額縁舞台）ではなく、能舞台のやうなエプロン・スティジ（張出舞台）でした。額縁の中の絵を見るやうに、客席から眺められてゐたのではなく、観客と交歓できるやうに客席の中に突き出てゐたのです。当時の観客が求めてゐたことは、同時にまたかれらに求められてゐたことは、劇中人物と同様の情熱を体験することだつたのです。各場各場の展開にしたがつて、刺戟と浄化の過程を味はふことだつたのです。

さきほど役者が効果に忠実でなければならぬといつたのは、この観客の心のうちに起る心理的効果をあげるのに忠実でなければならぬといふことにほかなりません。ハムレット役者はハムレットの性格を描写するのではなく、観客がそのつどハムレットにかうしてもらひたいと願ふことをやつてのけることによつて、観客の心理的願望を満してやらなければならない。

私はいままでいろいろな機会に、劇における観客の主体性といふことについて述べてまゐりました。それをもう一度ここで強調しておきたい。ハムレット役者は、ハムレットの僕であるまへに、観客の僕でなければならぬのです。観客に劇を創造する主体性を与へるやうに演技しなければならぬのです。個人的な性格よりもまず立役、道化役、敵役を演じなければならぬといふ意味も、そこにあります。

さて、そのことと関連して、ここで、効果といふ問題のもつとも重要な段階にさしかかります。シェイクスピア劇では、役者は観客が自己の心理的効果を充実させるため、観客の身代りとして、舞台にのぼつてゐるのだといふことを忘れてはならないのです。かれらは観客の欲望の代行者であります。それなら、そのやうな方法があるはずです。ここに、よくいはれる「役に成りきる」といふことが問題になります。これはあまりに字義どほりに解釈され、過つて通用してゐるやうに思はれる。「役に成りきる」といふのは、ハムレット役がハムレットに、マクベス役がマクベスになりきることでせうか。それなら、役者はハムレットやマクベスの僕になつてしまふことで、観客の身代りではない。これは、やはり、立役、道化役、敵役になりきることを意味するものではないでせうか。

額縁舞台の向うでの性格描写なら、ハムレット役者はハムレットになりきり、客席からの要求は一応は断ち切つていい。リアリスティックな描写に徹して、あとのことは、それを眺める観客にまかせればいい。このばあひ、役者の意識は、ただハムレットの言動を追ふといふことだけでいいのです。が、張出舞台で、たえず観客の要求にせきたてられてゐる役者は、自己の肉体をハムレットに預けながら、意識はつねに観客のものになつてゐなければなりません。といふのは、かれはハムレットでありながら、同時に、その解説者として舞台と客席との通路に立つてゐなければならないといふことになります。

が、それは役者の側から見てこそ解説者でありますが、観客の側から見れば、もつと能動的なもので、いはば操り手であります。観客がハムレットを操らうとする行動を満足せしめるやうに演じなければならぬのです。観客に代つてハムレットを操らなければならぬのです。そこに分裂があります。役者がこの分裂をあへて見せることによつて、観客は舞台上のハムレットを自分の所有に帰することができるのです。たとへ額縁舞台であつても、その額縁の向うからこちら側にハムレットを奪取することができるのです。

しかし、この分裂を見せるといふことは、実際にはどうしておこなはれるか。そこに私が演戯と呼ぶものの真の在りかたがあるのです。ハムレット役者は、いや、ハムレットは、懐疑家であつてはならないのです。懐疑家を「演じ戯れる」演戯者でなければならないのです。不安や苦痛や憎悪や死、それらに弄ばれるもの、あるいはそれらにたいして、たんなる受動的立場にあるものであつてはならない。シェイクスピア劇の人物は、ことに主人公はそれではだめです。ハムレットは受動的な懐疑家ではなく、積極的に懐疑家を演じうるものでなければならない。それだからこそ、ハムレットの懐疑は行動家に道を通じてゐるのです。

また、それであればこそ、観客も受動的な情熱から解放されるのです。不安や苦痛のまへに受動的に沈黙することなく、それを乗り越える力の充実感を身につけて、悲劇を見ながら明い表情で劇場を立ち去りうるのです。観客にそれだけの余裕を与へる演技でなければならない。そのためには、役者がハムレットやマクベスを操つてゐるおもしろさを観客に始終、感ぜしめてゐなければならないのです。極端にいふと、「そら、これから懐疑家ハムレットをお見せしますよ」「そら、これから弱気のマクベスを御覧に入れますよ」といつた構へが必要です。役者の側からいへば、それが解説的といふことです。が、その余裕があればこそ、役者も観客も、次の段階で行動的なハムレット、ふてぶてしいマクベスに易々と移行できるのです。

もちろん、この役を操る手つきは、浅いところで、あざとい形で見せてはなりません。観客に対する効果は、安易な「受け」をねらつてはなりません。たしかにその危険はあります。が、それは同様に、いはゆる役に「成り切る」といふ描写的リアリズムの演技にも附きまとふものです。役を操る手を見せるといふのは、一口にいへば、役者は登場人物の一人であるばかりでなく、作者の心になりきれといふことです。劇的効果の一貫性を保たうとする作者の立場になれといふことです。なぜなら、シェイクスピア劇は、つねにさういふふうに書かれてゐるからです。現代劇は、それにくらべれば、役者に登場人物中の一人として、部分にとどまるやうに要求してゐます。全体は作者にまかせておけといつた形です。逆にいへば、役者に許さぬものが、なにか作者の側にあるのがつねです。が、シェイクスピア劇では、役者もまた作者、演出家、観客にならなければならない。つねに作者と役者と観客との三位一体があるのです。

したがつて、劇的効果をねらつて過たぬといふものが、作品の深いところに隠されてゐるのであります。劇的効果に忠実であれば、性格も心理も運命も宇宙も把握できるといふことが、シェイクスピア劇の秘密であるといへませう。いひかへれば、私たちは『ハムレット』の劇的効果を追及することによつて、ハムレットの性格のもつとも深いところに到達できるのです。喜劇についても同様です。たとへば、『じやじや馬ならし』ですが、この主人公のペトルーキオーは、女といふものをどう考へてゐるのか、そのせりふのごとく、自家の家畜や田畠のごとく考へてゐるのか、そんな詮議をするよりは、どうしたらお客が腹をかかへて笑ふか、それを考へたはうがいい。

この芝居が本当におもしろくなるためには、ペトルーキオーはかれのせりふにあるやうに女を家邸と考へるやうな男であつてはならないのです。たださういつてみてゐるだけでなければならない。さういふ途方もないことを喋り、意表に出て相手の女をへこますところが、ただ観客にはおもしろいのです。本気ではなく、それだけの余裕がかれの罵声にともなはねばならないし、その鞭を受けて反抗したり、小さくなつたりするケイトのはうにも、さうしながら徐々に変つていく過程を見せる余裕がなければならないのです。さうすれば、ペトルーキオーの強引さはワイルド・ヒーローの野性的魅力ではなく、子供を扱ふ大人の思ひやりやさしさを伴なつたものとなりませうし、ケイトの反抗も従順も、それを見ぬいた無邪気な智慧に裏づけられたものとなつてきませう。かうして、おのづから性格も心理も立派に表現できるのです。

テンポについて

シェイクスピア劇の演出において、テンポの早さといふことは、人々が考へている以上に重要な問題であります。

すでに申しましたやうに、劇は、ことにシェイクスピア劇は、描写が目的ではありません。観客のうちに、刺戟と浄化の過程を通じて、一定の心理的効果をよびおこすことが目的であります。それは日本の歌舞伎についても同様であります。そのうちのすぐれたものは、その点で決してねらひをはづしてはをりません。が、歌舞伎はときをり描写に沈湎することがあり、その堕落した形式においては、そこに役者の第一義的目標が置かれることも間々起つたのであります。しかも、それは性格の描写ではなく、風俗の描写に堕しさへしたのです。たかだか情緒の描写にしかなりませんでした。

たとへば、炬燵を間にした男女の濡れ場で、しぐさや小道具の使ひかたが、いかに写実的であるかを、役者は売物にし、観客もまたそれを喜び、それを見わけることを見巧者の誇りにしたのであります。また、男に捨てられた女の悲しみを踊りで描写したり、写実で描写したりしました。その結果、そのこと自体が、芝居の流れから独立してしまひ、劇的効果の一貫性をそつちのけに、役者も観客も、舌なめずりするやうにして、その場だけの風俗や情緒にまつはりついていつたのです。それもそのはずで、さうした風俗や情緒は、その芝居固有のものではなく、それだけとりだして、一般的なものとして鑑賞しうるものですから、当然、その前後の劇の流れから独立してしまふのです。かうして歌舞伎には、さういふ独立した場がいくつかつながつてゐるだけで、劇として一貫した効果に乏しい作品がたくさん生じました。はじめから脚本がさういふ組立てのものである場合もあり、役者の要求によつて、または描写的演技によつて、実際以上にさうなつてしまつたものもあります。

この演技の伝統が新派にも新劇にも流れこんでゐて、それがシェイクスピア劇をやる場合に邪魔になることが多いのです。前節に述べた性格描写もそれです。役の一つ一つの完結性、せりふやしぐさの一つ一つの完結性、あるいは或る場に登場してゐる二、三の人物の心理的必然の完結性ないしは定著性、さういふことに捉はれて、劇の流れをせきとめてしまふのです。たとへば、Aの人物がなにかいふ。それをBが聴きとる。Aは自分の言葉が相手の心に与へた効果がその表情に現れるのを待つてゐる。そしてさらになにかいふ。つまり、一つ一つのせりふがそれぞれの場に落ちつくのを待つてゐるわけです。これが必要以上の間を生じる。

もちろん、日本の戯曲はさういふふうに書かれてゐることが多いのです。が、シェイクスピア劇では、さうではない。リアリスティックな意味でいつても、その登場人物は、一々相手の思惑や顔色を見ながら、ものをいつてはをりません。もちろん、さういふ場合もある。が、そんなときでも、劇的効果としては、もつと直線的であります。それはあくまで劇的対話でありながら、やはり観客の一人一人の心のなかで次々に火花を散しながら展開していくやうに書かれてをります。一人の人間の強烈な意識が一人芝居を演じるやうに書かれてゐるのです。

私はロンドンでシェイクスピア劇が演じられるのをいくつか見ましたが、そこにはほとんど間といふものがない。整然とたゆみなく、せりふが頭上で鳴りひびいてゐるといふ感じです。ただせりふの速度が早いばかりでなく、それを受け渡しする心理的速度が早いのです。当然、写実的には必要な、しかし劇的効果の一貫性としては無駄な、しぐさといふものは、一切ありません。用のないときは、舞台の隅にいつまでも黙つて動かずにゐる。それが不自然だとも思はなければ、日本の新劇の役者のやうに「間がもてぬ」などと文句もいはぬやうです。舞台の隅にいつまでも黙つて動かずにゐると言つても、いはゆる「死に体」ではなく、何かを喋つてゐるのです。シェイクスピア劇はさういふふうに書かれてゐるのであり、部分の必然性を生かすために寄り道して、劇が全体の過程を駈けぬけるテンポを落してはならぬのです。

いや、劇の全体の過程が観客の心理のうちで一つの輪を描き終るためには、どうしてもテンポの早さが必要なのです。それは物理的な問題です。錯覚の原理でもあります。たとへば、いま地球一周を企ててみるとしませう。もし私たちが足でゆつくり歩いていくならば、なかなか出発点に戻れず、地球はどこまでも平たく延びてゐるもので、球体であるといふ実感はもてない。が、飛行機に乗つて一週間で世界をまはり、もとの地点に戻つてくるならば、さらに将来、数時間で世界一周ができるやうになつたならば、地球は私たちの眼にはつきり一箇の球体として実感できるでありませう。

同様に、ある情念の刺戟と浄化といふ完結した心理的効果には、ある程度のテンポの早さといふことが必要であります。第一段階の刺戟の上にのつて、第二段階の刺戟がおこなはれなければならない。この心理的持続が何よりも大事なのです。もちろん、緊張の持続に疲れるといふこともありませう。が、さういふばあひ、シェイクスピアは、幕を閉ぢて観客に休憩を与へる代りに、たとへばコミック・レリーフといふものを用意してをります。しかもそれはたんなる消極的な息ぬきであるばかりでなく、それ自体としても、積極的な効果があり、観客の心理の深みに降りていく作用をもつてゐるのです。

このテンポといふことで、考へてみなければならぬことは、場割りと装置といふことであります。シェイクスピアの戯曲はどれも五幕に分れてをり、その一幕一幕がまたいくつかの場に分れてをります。一場で一幕のときもありますが、多いときは一幕十場を越えることもあります。が、この幕の区切りは、原作者シェイクスピアの殆ど与り知らぬことで、十八世紀の学者がローマ悲劇に即してこしらへたものであります。シェイクスピアはただ場の区切りしかやらなかつたのです。ですから、厳密には『ハムレット』は二十場の芝居であり、『マクベス』は二十八場の芝居であるとだけしかいへません。しかも、後者は前者の半分あまりの長さでありながら、場数は多い。また、時として十行位の短い場もあれば、五百行、七百行といふ長い場もあります。長い『ハムレット』にしても、果してそのまま演じられたかどうかわかりません。

さらにいへば、この場の区分さへ、シェイクスピア劇においては、さほど決定的な意味をもたないといふことになります。もちろん、形のうへから見れば、その区切りは明瞭にあります。そこに登場してゐる人物が、すべて退場したとき、それが一場の終りです。そして大体において、そこで場所が変ると見ていいのです。森の中から宮中の一室に、あるいはロンドンからどこかの田舎にといつたぐあひに変ります。しかし、さうとのみは限らない。場所が違つてもいいが、そしておそらくシェイクスピアは違つたつもりで書いてゐたのであらうが、前と同じでも構はないことがあり、また同じであるはうがいいこともあるのです。

のみならず、登場人物が全部たちさつて一場の終りとなるといふことも、形のうへだけのこと、あるいは筋書の必要上だけのことで、美学的に、そこでなにごとかが完結したといふことを意味しはしません。今日の芝居の幕切れとはちがふのです。筋書の必要上のことにすぎぬから、短いのもあれば、長いのもあるといふわけです。そして、その差が、観客の心理に、なんの意味ももつてはゐない。なぜなら、そこで決定的に区切られてはをらず、劇全体が一つのものとして受けとられてゐるからです。そこには切れ目がなく、劇の流れは、ずつと引きつづいて流れてゐるからです。とすれば、さういふ一つづきの流れが切れずに観客の胸に叩き込まれるやうに注意しなければならない。シェイクスピア時代には、幕間なしに、一気に全場が上演されたのです。さういふことを考へてでせう、今日、イギリスでは全体を二部か三部に分けて上演してゐますし、アメリカでは、一度の幕間で、すなはち二部に分けて上演されてをります。

それは、まへに申しましたエプロン・ステイジといふエリザベス朝時代の舞台の構造を考へてみると、合点がいくのです。客席に突き出てゐる舞台ですから、幕といふものが使へません。したがつて、装置は今日のやうに幕ごと、場ごとに変へるわけにはいきません。ルネサンスのヴェニスと古代のローマとの別もなければ、屋外と屋内の別もないわけです。シェイクスピア劇に幕の別がなく、場の区切りも決定的ではないといふことが、かういふ形式上の制約から来てゐることは、申すまでもありません。が、その結果は、たんに形式上の問題にとどまらなかつたのです。シェイクスピア劇の本質にまで影響を与へてをります。あるいは、それは影響といふべきでなく、シェイクスピア劇の本質が、さういふ舞台上の制約をただ得としたといふだけのことかもしれません。アリストテレスはギリシア悲劇を論じて「三つの統一」といふことを申してをります。「三つの統一」といふのは、第一に、筋、行為の一貫、第二に、時間の限定、アリストテレスの言つたのは、実はここまでですが、後にフランスの悲劇の影響を受けて、第三に場所の同一、この三つであります。第一の筋の一貫性といふのは、劇の行為は脇道にそれず、主筋が単純な一本の線として強く通つてゐなければならぬといふことです。第二の時間の限定といふのは、劇の発端から終局までは、現実の時間として一年にも二年にもわたるものではいけない。せいぜい一昼夜の出来事でなければならぬといふのです。第三の場所の同一性は、一つの劇において、あちこちの場所に事件がとんではいけない。一つの場所で起る出来事でなければならぬといふことです。いや、「ねばならぬ」といふより、ギリシア悲劇では、さうなつてゐるといふのです。

ところで、シェイクスピア劇においては、この三つとも完全に破られてをります。主筋にたいして副筋があり、それがたがひに入り乱れてゐる。時間も数週間、数ヶ月にわたります。場所もあちこちに移動します。もちろん、「三つの統一」は作劇術における金科玉条ではないが、やはり非常に重要なことでもあります。なぜなら、それによつて、私たちは完結した世界の造型性を感得するからです。とすれば、シェイクスピア劇に「三つの統一」がないといふことは、どうも困つたことだといふことになります。が、じじつは、少しも困りません。よくいはれることですが、シェイクスピアは「三つの統一」を破ることによつて、その世界を自由闊達で豊富なものにしたのであります。ギリシア悲劇の静的な美にくらべて、シェイクスピア劇には流動的な美があります。

が、その流動性が美を獲得するためには、どうしてもテンポが必要になるのです。ただ流れ動くものは、とめどがない。つまり、完結せず、造型美をもちえないのです。そればかりか、ただ流れ動いてゐるだけでは、私たちはそれを動いてゐると認めることさへできないのです。それは静止をめざして動かなければならない。そして、それが一定の終点をめざしてゐるといふ心理的実感はテンポによつて与へられるのです。テンポのみが、私たちに完結と静止の造型美を感じさせるのです。シェイクスピア劇の流動性といふのは、さういふものです。

なるほど、シェイクスピア劇では、場所はあちこちにとびます。場と場とのあひだの時間が数週間におよぶことがあります。が、まづ本を読んでごらんなさい。現実の場所や時間は、さうでありますが、読者の私たちに与へる心理的な場所や時間は、決して動きはしない。それを引きつづき同じ場所で起つてゐることのやうにしか感じられないのです。すくなくとも、場所はどこだとか、どのくらゐ時間がたつてゐるかといふことを、私たちは一々気にせずにすましてゐます。そんなことはただ現実の約束事だけで、劇の場所と時間は、それとは別の次元に、エリザベス朝の張出舞台で同一背景のもとに一気に演じられたやうに、私たちの心のなかで継起してゐるのです。主筋も副筋もない。主筋となんの関係もない出来事や人物が、私たちの無意識の底では、主筋をふくらませたり、その鏡になつて複雑な陰翳を与へたりしてゐるのです。

シェイクスピアは「三つの統一」を破つてはゐない。すくなくとも、読者や観客の心理のうちにおける「三つの統一」を破つてはをりません。前節でいつたやうに、シェイクスピア劇のリアリティは観客の心理的効果のうちにあるのです。この心理的な「三つの統一」を守るために、演出上のテンポが必要になるのです。ただ早いばかりが能ではありません。テンポにのる快感を与へることが大事であります。今日でも、エリザベス朝の舞台における と同様、装置はなるべく簡単にし、できれば廻り舞台を使ひたい。それも歌舞伎のやうに三方飾りができるといふふうにではなく、構成的に一つの装置で、それを廻して、ただ角度の相違で場の変化をだし、観客に同一の世界のなかを経めぐつてゐる感じを与へることが必要です。幕間も、今日の観客の生理的疲労といふ点からのみ考慮し、できるだけ少くするはうがいいのです。

最後に、テキストですが、シェイクスピアの原文は、御承知のやうにブランク・ヴァースで書かれてをります。これは弱強の音が交互にひびき、それが五回くりかへされて一行をなす詩形です。そこにリズムが生じ、テンポ感が生じる。また、相当にテンポを早くしても、その弱強のリズムがあるために聴きとりやすい。のみならず、英語は子音が強いので、早く喋つても、言葉がくづれません。が、翻訳では、ブランク・ヴァースの妙味はだせません。日本語は母音の強い言葉で、早く喋るとわけがわからなくなります。正直な話、日本語のシェイクスピアは、役者の手にわたるまへ、すでにその美の九十パセントは死んでをります。その残りの十パセントに、私たちはなにを期待しうるか。翻訳の正確さとか含蓄とか、さういふことの重要さは申すまでもありません。が、せりふとしての力づよいリズムがなにより必要です。早く喋れるといふことが、シェイクスピア劇の本質にとつていかに重要か、十分に理解していただけたことと思ひます。

ついでに附け加へておきますが、シェイクスピア劇は、昔は二時間くらゐでおこなはれたやうです。『ハムレット』のやうな長いものでも、三時間くらゐですんだと思ひます。

幕間なしといふこともありませう。十九世紀になると、それが大部のびたやうですが、現在のオールド・ヴィック座やロイヤル・シェイクスピア劇団では、エリザベス朝時代に帰らうとして、ずつと早くなり、『ハムレット』など、幕間二度で三時間くらゐでやつてをります。もつとも多少のカットはありますが、それはすでにエリザベス朝時代にもおこなはれてゐたことです。ところが、私の翻訳では、やはり二度の幕間で、それも五分の二のカットで三時間半かかりました。中日頃には三十分くらゐ縮められましたが、それでもオールド・ヴィック座にはかなひません。翻訳すれば、どこの国語でも長くなるものですが、やはり日本語の限界があります。現在のところ、どんな役者がやつてもあれ以上は早く喋れますまい。

V

日本新劇史概観

一　現状について

現在の新劇は完全な自己喪失に陥つてゐる。自分の素姓を知らないし、また知らうともしてゐない。自分が何であり、何をもつてゐるか、それを自覚してゐないし、自覚しようともしてゐない。新劇の自覚は、ただ自分が何でないか、何をもつてゐないか、それのみにかかはる。いたづらに周囲を見まはし、他の類似芸術の存在が気になつて仕方がないといふ状態である。それらの素姓や前途に想ひをいたし、その財産目録を点検して、それがいづれも何ものかであり、何ものかをもつてゐるにもかかはらず、自分だけが何ものでもなく、何ものをももつてゐないことに、大きな不安と劣等感とをいだくのである。

さういふわけで、京劇やマルソーを見て、新劇人は自分たちに肉体的訓練の無いことを自覚する。能や歌舞伎を見て、伝統と様式のないことを自覚する。ミュージカルやバレーを見て、舞踊や音楽の無いことを自覚する。前衛絵画や前衛生花を見てオブジェの無いことを自覚する。映画を見て、スピードが無いことを、企業性が無いことを、美男美女と多くの観客が無いことを自覚する。ロイヤル・シェイクスピア劇団が、あるいはモスクワ芸術座が来れば、日本の新劇人は、また自分に無いものを改めて自覚する。一口にいつて、彼等は他人のうちには「有るもの」だけを見、自分のうちには「無いもの」だけを発見したがつてゐるのだ。新劇五十年の歴史によつて彼等がものにしえた智慧が、その自覚なのである。つまり、五十年はなにものでもなかつたといふことだ。新劇は五十年かかつて、何ものにもなりえなかつたのであり、何ものをももちえなかつたのである。

それが事実であるなら、新劇はその自覚に徹底するにしくはない。が、真の自覚はどこにも見られない。在るのは自覚を売物にした不安と劣等感だけである。新劇はこのやや自虐的な迷ひのうちに、結構、居心地のいい日だまりを見出してゐるのではないか。といふのは、自分に無いものだけを右に左に追ひ求めるといふ、一見、誠実、勤勉な動きのかげで、自分に有るものに、また自分が本来さうあるべきものに、目をつむり、その追求と確立を怠けてゐられるといふごまかしに安住してゐはしないか。他人のうちには「有るもの」だけを、そして自分のうちに「無いもの」だけしか見ぬといふ、このネガティヴな自意識過剰は、いはば金持にたいする貧乏人の、そして、この場合、より適切には先進国にたいする後進国の劣等感を想ひ起させる。私は後進国といふ言葉の濫用を好まぬが、新劇五十年をふりかへつてみるとき、それを使用せずには理解できぬものがある。日本の近代化は西洋化なくしてはありえず、新劇はその近代化の路線をふむものである。如何に経済大国になつても、日本はその意味では依然として後進国である。新劇はもとより、文化的には、日を逐うてますます後進国になつていつてゐるではないか。

二　文芸協会と自由劇場

日本の新劇運動史の五十年は大ざつぱに分けて次の七期に区切られよう。

第一期　試作品時代（明治末年から大正初期まで）
第二期　商品化時代（大正初期から十二年の関東大震災まで）
第三期　小山内薫による築地小劇場前期の運動（大正十三年から昭和三年の小山内の死まで）
第四期　左翼プロパガンダ劇による築地小劇場後期の運動（昭和四年から昭和八年まで）
第五期　芸術主義時代（昭和九年から昭和十五年まで）
第六期　戦争中の沈滞時代（昭和十六年から昭和二十年まで）
第七期　戦後（昭和二十年以降）

戸板康二の『新劇五十年史』を虎巻に、これら七期について目下の課題に必要と思はれる程度の記憶を喚起しておく。第一期は、明治三十九年から大正二年までの坪内逍遥による文芸協会の演劇改良運動と、明治四十二年から大正三年までの小山内薫の左団次との提携による自由劇場の新興演劇運動と、二つの注目すべき活動を含む。前者は「素人を役者にすること」から始め、後者は「役者を素人にすること」から始めた。したがつて、文芸協会の仕事のうちには文学芸術一般の啓蒙運動が含まれ文学雑誌「早稲田文学」の発行などを背景とし、演劇運動を外部から他の姉妹芸術との聯携において推進していかうとする態度が顕著だつた。発会式の「余興」を見れば、その意図が明瞭にうかがはれよう。逍遥作の謡曲『かぐや姫』があり、同じく逍遥作の長唄『新曲浦島』があり、また雅劇と称して歌舞伎脚本『妹背山婦女庭訓《いもせやまおんなていきん》』の雅語化である『妹山背山』があり、歌舞伎とは異なる歴史劇『沓手鳥孤城落月《ほととぎすこじやうのらくげつ》』があつた。さらに、『妹山背山』の書割は洋画家の岡田三郎助、和田英作に依嘱してゐる。

これに反して、自由劇場は第一回公演にイプセンの『ジョン・ガブリエル・ボルクマン』（森鷗外訳）を採りあげ、歌舞伎その他の伝統的演劇とはつきり袂を分つてゐる。その後も、なるほど鷗外の『生田川』、岡本綺堂の『修禅寺物語』などの創作戯曲を採りあげてはゐるが、やはり主力は翻訳劇にあり、ヴェデキントの『出発前半時間』、ゴリキイの『夜の宿』、ハウプトマンの『寂しき人々』等の演目によつて、のちの築地小劇場運動への萌芽を見せてゐる。

文芸協会も翻訳劇を採りあげないではなかつた。第一回公演には、いや、第一回文芸協会演芸部大会には、シェイクスピアの『ヴェニスの商人』法廷の場が演ぜられ、第二回には『ハムレット』が演ぜられてゐる。しかしいづれもその一部上演にすぎない。といふのは、逍遥の心を領していたのはシェイクスピアそのものではなく、シェイクスピアによる演劇改良といふことであり、その改良の対象たる当の歌舞伎にとつて、シェイクスピアを通じることが最適であると考へられたのである。かうしたシェイクスピアの採りあげ方は創作劇のそれにも現れ、歌舞伎の場合と同様、さはりの一部のみ上演し、演目のヴァラエティーをねらふことが多かつた。しかし、それはあくまで素人役者の訓練といふ教育的目的のためであり、発会式の「余興」や、演芸部大会といふ名称にも察せられるやうに、役者のための勉強会の性格が強かつた。

一方では「役者を素人にすること」をねらひとした小山内が、歌舞伎役者左団次に西洋の近代劇を課すことによつて、日本の伝統演劇と絶縁しようとしたといふ事実、他方では、「素人を役者とすること」をねらひとした逍遥が、歌舞伎役者と断ち、素人にシェイクスピア劇を課することによつて、日本の伝統演劇を受けつがうとしたといふ事実、この二つのことはいづれも、日本の新劇運動にとつて逆説的な現象だつたといへる。当時の歴史的段階において逆説的だつただけではない。その逆説は、あるいはその逆説がなほ生きつづけうる土壌は、今日の新劇のうちにあるのだ。逍遥の考へてゐたことは、舞踊劇であり、楽劇であり、史劇であり、浪漫劇である。小山内の考へてゐたことは、それにくらべれば、のちに「文学的」「写実的」と反省されるに至つた新劇である。前者はシェイクスピアを、後者はイプセン、ハウプトマンの近代劇をと、西洋の演劇史を二分して、その間になんの必然的聯関も見ぬといふ現象は、かうして既に新劇史の出発点から存在し、今日もなほ変らない。

それは一種の精神分裂である。劇作家と役者と演出家との別を問はず、今日の新劇人に多く見られる考へかたは、演劇を形式と内容との両面に分けることである。それは単なる思考の便宜のためではない。なぜなら、その分裂から彼等は次のやうな昏迷に陥つてゐる。すなはち、近代劇の「文学性」の過剰と「写実主義」による現実密著に厭き、「役者の職業性」に不安を感じだした彼等は、ただそれを裏返しにした「演劇性」と「様式性」を求めて、近代劇にあらざるシェイクスピアその他の古典に頼り、さらに新時代の舞踊劇、楽劇、史劇、浪漫劇を夢みて、伝統的な日本芸術にすがらうとする。つまり、振子は小山内から逍遥にと揺れ動くのである。が、それで彼等の気もちは割切れはしない。そこでは「役者の職業性」が一応満足させられたとしても、いや、その可能性が見えたにしても、他面、「知識人の人間性」は彼等の内部で不発のまままくすぶつてゐる。彼等はそれを真直ぐに主張する義務を拋棄して、その怠慢をごまかすために、「芸術主義」への逃避をもくろんでゐるのではないか。さう自省する「うしろめたさ」は政治的な署名運動などで救はれるものではない。

いふまでもなく、彼等はまちがつてゐる。第一にシェイクスピアや歌舞伎を単なる文化遺産と見なし、そこから形式や技法だけを抽出継承しうるといふ考へかたにおいて間違つてゐる。第二に「演劇性」と「様式性」の拠りどころとしてシェイクスピアや歌舞伎にねらひをつけること自体が間違つてゐる。シェイクスピアは正統的なせりふ劇としてあくまで「文学的」であり、「写実的」である。すなはち、リアリズム演劇の始祖であり、源流である。また、歌舞伎劇はいかに「演劇的」「様式的」であつても、その「演劇性」と「様式性」とは新劇がそこから簡単に何かを引きだせるほど安易なものではない。つまり、かういふことにならう。満たされぬのは「知識人の人間性」だけではない。「役者の職業性」を求めて縋りついたシェイクスピアも歌舞伎も、やはり彼等にそれを拒絶し、彼等を素人の場に突きもどすのである。

三　近代劇協会と芸術座

話をふたたび歴史にもどすことにしよう。第二期は上山草人や伊庭孝の近代劇協会と島村抱月と松井須磨子の芸術座の時代であり、第一期の純粋な演劇運動の余波に乗じて、安易な劇団結成が相つぎ、それがまた安易に離合集散し、安易な舞台があちこちで繰りひろげられるに至つた。この時代を私が商品化時代と呼ぶのは、新劇が企業化せられたといふ意味ではない。ただ安易な通俗化がおこなはれたといふ意味にすぎぬ。のみならず、そのうちでも一頭地を抜いてゐる近代劇協会と芸術座にたいして、小山内は痛烈な批判を浴びせかけ、逍遥はすでに手を引き沈黙してゐたが、それにもかかはらず、この第二期の安易な新劇ブームは第一期の試作品時代の手軽さを受けついでゐる意味においての商品化時代であつた。もちろん、未墾地に鍬を入れるにひとしかつた時代の限界があり、小山内や逍遥の純粋な情熱を疑ふわけではないが、またそれだけに、エピゴーネンの軽薄な跳梁を許す隙もあつたであらう。いづれにしろ、この期の新劇運動はその運動の名に値せず、極言すれば、大正期のハイカラ趣味と感傷的気分の風俗的表出に過ぎなかつた。演目は翻訳劇が圧倒的に多かつた。

イプセンの『ヘッダ・ガブラー』『幽霊』『海の夫人』『人形の家』、シェイクスピアの『マクベス』『ヴェニスの商人』『リア王』『オセロー』、ストリンドベリの『令嬢ユリー』『父』、ワイルドの『サロメ』『ウィンダミア夫人の扇』、ショウの『チョコレートの兵隊』『馬盗人』、ハウプトマンの『ハンネレの昇天』『沈鐘』、チェーホフの『桜の園』、ゲーテの『ファウスト』、ヘッベルの『処女』、メーテルリンクの『室内』、トルストイの『復活』、メリメの『カルメン』等々。

もちろん一つ一つの作品に文句のつけやうはないが、それらの採りあげかたに芸術上の必然性も一貫性もなく、芸術運動としての、あるいは新劇としての自覚も見いだせなかつた。

かつて高田保が私にかういつたことがある、「当時のインテリは、赤毛の人間がマントルピースを背にパイプをくゆらせながら人生を論じたり、ナイフやフォークを動かして肉を切つたりしてゐるのを眼前に眺めるといふ、ただそれだけでもう実に新鮮な喜びを感じたものだよ」と。西洋「風俗」への同化といふことになれば、翻訳劇の舞台は翻訳小説の比ではない。みんな文句なしに感激したにちがひない。いはば安直に洋行気分が味はへたのである。新派の客が安直に待合遊びが楽しめたのと同じ効果だ。このうへ、なんで「演劇」などほしがらう。劇や演技はどうでもいい。新劇の観客は最低限度、西洋「風俗」への同化を保証されてゐたのである。彼等はその気分に陶酔し、それだけで満足だつた。今日では、ほとんど想像できぬことである。なぜなら、今では西洋映画がその役割を十分すぎるくらゐ果してくれたために、西洋にたいする私たちの好奇心はやや不感症になつてゐる。ことに敗戦後は占領軍と観光客とが、この不感症を幻滅にまで追ひやつた感がある。

が、当時の新劇の観客はただ「ナイフとフォーク」を通じて西洋「風俗」に魅力を感じてゐただけではない。西洋の「風俗」とは、西洋の「思想」と「人生」における自由の象徴であつた。もちろん、これは逆にもいへる。「思想」と「人生」の自由が、当時のインテリには、「風俗」の表皮において、ただ象徴的に、あるいは生活気分的にしか受けとめられてゐなかつたのだ。さういふ時代があつたのである。

第二期の新劇を痛罵した小山内薫も、この時代の、あるいは日本近代史の制約から脱することは出来なかつた。第一期の自由劇場時代はもちろん、第三期の築地小劇場時代においても、それは如何ともすることが出来なかつた。第一に、その制約は時代のものであり、受け入れ側である観客の意識であつて、小山内自身のものではない。第二に、小山内自身、観客側のさういふ要求を十分に認識し、それにたいして意識的に抵抗をしたとはいへない。前期築地小劇場時代の観客にとつても、その運動の当事者にとつても、問題なのは「演劇」ではなく、「芸術」である。その意味では、多少の「進歩」を認めなければならない。第二期の商品化時代において、「風俗」の領域で受けとめられてゐた西洋は、この第三期の実験室時代に至り、より狭く絞られた「芸術」の領域を通じて受けいれられることになつたのである。が、それはいまだ「芸術」であつて、「演劇」ではない。あるひは「演劇運動」であつて「演劇」ではなかつた。

「芸術」なら文句はないはずだと人はいふかもしれない。しかし、当時においては、いや、現在でも多少その傾向はあるが、「芸術」といふ言葉は単純に「芸術」を意味しなかつた。では、それは何を意味したか。それはあらゆるものを意味した。「芸術」とは「西洋」であり、「文化」であり、「文明」であり、「自由」であり、「解放」であり、「自己」であり、「誠実」であり、「恋愛」であり、「思想」であり、「哲学」であり、「科学」であり、その他等々の何もかもであつたのだ。一口にいへば、それは灰色の実生活からわれわれを救ひだしてくれるものであり、そこから救ひだされたわれわれを迎へ入れてくれる薔薇色の天国である。さういふ事情を背景にしなければ、昔の新劇熱は理解できない。そのレパートリも理解できない。『寂しき人々』のウォッケラアトへの当時の観客の共感は、彼がそのためには家庭も名誉も財産も、そして最後には生命さへもあへて犠牲にすることを顧みなかつた、自由哲学や自由恋愛への共感に過ぎなかつた。それに陶酔できぬものには、この主人公は単なる能なしでしかない。花袋の『蒲団』がこの『寂しき人々』を粉本としたことと思ひあはせて、それも納得できるのである。日本の近代小説史も新劇史も、その意味では全く同じ出発点をもつたといへる。

「小説」といふ昔ながらの言葉は「自由」や「思想」を包括することが出来ない。そこで人々はその代りに、さらに古い言葉だが、耳なれてはゐない「文学」といふ言葉を好んで用ゐてきた。もちろん、昔とは用法が異なる。それをリテラチュアの訳語として用ゐながら、それとも用法を異にする。そこには、西洋先進国の新思想にたいする後進国の憧れが含まれてゐるのである。「芸術」も同様である。「芸術」活動も「文学」活動もそれ自体を目ざす運動ではなく、他の何ものかの「代償行為」であつた。ただ新造語である「新劇」はそれ自身すでに十分に西洋への憧憬を包含しうるものであつた。同時に、それだけで終る危険をも内に含んでゐたのである。今日までの小説の歴史が、それ自体の世界の完成を目ざして動いてきたかどうか、またさうすることが望ましかつたかどうか、それは今は問はない。が、新劇が少くとも小説にくらべて、かなり遅くまで、「西洋への憧憬」やその他の何ものかの「代償行為」に終始してきた事実は否定しえまい。

花袋の『蒲団』は『寂しき人々』を下敷にしたにしても、やはり創作であり、日本の小説である。が、新劇はハウプトマン作『寂しき人々』をそのまま提供した。つまり翻訳劇といふことである。当時、新劇とは翻訳劇を意味した。しかも、それはイプセンであり、ハウプトマンであり、ゴリキイであり、カイザーであつた。そのことは何を意味するか。個々の作品の戯曲的評価は別問題である。私が言ひたいのは、当時のレパートリの大部分が、ことに当つたもののほとんどすべてが北欧やドイツの「後進国」における知識階級の「後進国的感情」を表出したものだつたといふ一事である。少くとも小説はそこから早く脱皮した。が、それと出発点を同じくした新劇は、いつまでもそこから脱けきれなかつたし、いまだに十分に脱けきれずにゐる。出発当時、小説と新劇とは共通の客を相手にしてゐたのに、今日ではそれが別個の存在となつた理由の一半はそこにある。

四　築地小劇場運動の限界

築地小劇場における第一回公演は大正十三年六月十三日に初日を開けた。日本新劇史上、忘れられぬ日である。その前に小山内は、日本の創作戯曲にたいしては演出欲が湧かぬ、主に翻訳劇を上演すると明言してゐるが、第一回の演目もチェーホフの『白鳥の歌』、ゲーリングの『海戦』、マゾオの『休みの日』の三本であつた。続いて、その後の主な演目を挙げておかう。

ロマン・ロランの『狼』、チャペックの『人造人間』、ビョルンソンの『新夫婦』、カイザーの『瓦斯』、イプセンの『ボルクマン』、オニールの『地平線の彼方へ』、ゴリキイの『夜の宿』、ピランデルロの『作者を探す六人の登場人物』、シュニッツレルの『恋愛三昧』、ストリンドベリの『稲妻』、カイザーの『朝から夜中まで』（以上第一年）

シェイクスピアの『ジュリアス・シーザー』、イプセンの『幽霊』、チェーホフの『桜の園』、ハウプトマンの『寂しき人々』、オニールの『皇帝ジョーンズ』、ゴーゴリの『検察官』、チャペックの『虫の生活』、チェーホフの『三人姉妹』、ヴェデキントの『春の目ざめ』、アンドレーフの『横面をはられる彼』、ストリンドベリの『熱風』『令嬢ユリー』、チェーホフの『伯父ヴーニャ』、イプセンの『民衆の敵』、ピランデルロの『各人各説』、メーテルリンクの『青い鳥』（以上第二年）

シェイクスピアの『ヴェニスの商人』、ロマン・ロランの『愛と死の戯れ』、メーテルリンクの『タンタジールの死』、ショウの『聖ジョーン』、逍遥の『役の行者』、イェーツの『砂時計』、ヴィルドラックの『ミシェル・オークレール』、トルストイの『闇の力』、武者小路実篤の『愛慾』、小山内薫の『奈落』、マイエルフェルステルの『アルト・ハイデルベ

ルヒ』、中村吉蔵の『大塩平八郎』、小山内薫の『息子』(以上第三年)
シェイクスピアの『マクベス』、オニールの『長い帰りの航路』、谷崎潤一郎の『法成寺物語』、北村小松の『猿から貰つた柿の種』、藤森成吉の『何が彼女をさうさせたか』、エフレイノフの『心の劇場』、オニールの『毛猿』、モルナールの『リリオム』、ザックスの『謝肉祭の狂言』、シュニッツレルの『緑の鸚鵡』(以上第四年)
近松原作、小山内脚色の『国性爺合戦』、里見弴の『たのむ』、久保田万太郎の『大寺学校』(以上第五年)

再演以上のものは省いてある。この演目を見れば、すぐ解るであらう。大部分がドイツ、北欧、ロシアの作品であり、それに中・南欧が続く。例外はイギリスのシェイクスピア、ショウとアメリカのオニール、ついで、イギリスのイェーツとフランスのヴィルドラックがそれぞれ一作づつはいつてゐるだけである。少数の創作戯曲も選ばれてはゐるが、既にこの頃には、文壇でも菊池寛、山本有三等が戯曲を書いてをり、久保田万太郎、岸田國士のやうな純粋な戯曲作家も登場してゐたにもかかはらず、築地小劇場は小山内の最初の宣言どほり、彼等にたいして冷淡だつた。それはともかく、前期築地小劇場の演目が一見さながら近代劇全集をひもとくがごとき網羅主義にもかかはらず、先進国英仏の演劇をほとんど除外してゐることは注目に値する。その理由はかうである。小山内の半年にわたるヨーロッパ演劇行脚はロシア、北欧、ドイツ、フランス、イギリスの各地に及んだが、その焦点はロシアのモスクワ芸術座とドイツのベルリン劇場の二つであつた。彼は前者からスタニスラフスキーを、後者からラインハルトを持ち帰つたのである。

しかし、生活と伝統のうちに吸収され、それを背景とし、それに支へられてゐる英仏の演劇は、小山内にとつて手がかりなしだつたのだ。それに反して、後進国であるロシアやドイツの演劇は、素直に自国の生活と演劇伝統のうへに立つものではなく、先進国の演劇にたいして自己を守り、守りながらそれに追随し、一日も早くそれを自己に同化せねばならぬとあせつた結果、他のものならぬ演劇それ自体の自律性といふ主題に、いはばあまりに自意識過剰になり、それ自身の演劇概念や演出術を創造せねばならぬと思ひこんだわけではあるが、その演劇的啓蒙家の役割を果したのがスタニスラフスキーであり、ラインハルトであつて、この二人が小山内に初めて手がかりを与へたのは当然といへよう。

日本の新劇が西洋演劇の模倣から出発した以上、西欧後進国の演劇が受け入れやすかつたといふ事実を見のがしてはならない。もちろん、そこには小山内薫の限界もあつた。小山内は明治末年の浪漫主義文学運動の一翼を担つた人物である。西洋への無邪気な憧憬はあるが、それだけに日本人の生活から遊離した特権的なインテリであり、ハイカラな演劇青年であつた。彼には日本の新劇運動を文化と歴史のなかに位置づけて眺めるだけの能力がなかつた。まして、西洋の演劇と日本の新劇と、さらに西洋の近代史と日本の近代史と、その両者の落差を見きはめることは出来なかつた。現実から隔離された実験室のなかで、ただ演劇だけをいぢつてゐたのである。その彼の態度は多かれ少かれ、以後の新劇運動の性格を決定してゐる。政治に偏向し、社会の現実に足を踏み入れたはずの左翼演劇についても、それは例外ではない。多くの人は意外に思ふかもしれぬが、ある意味では、新劇は左翼演劇において、もつとも「演劇的」となり、演劇の自律性をもちえたのである。あるいは、自律性といふ果しない迷妄に陥つたのである。

もう一つ重大なことを小山内は忘れてゐた。翻訳劇上演となれば、その翻訳が重大な問題になるはずだが、それは完全に無視された。誤訳、拙訳が大手を振つて罷り通つたのである。当時の翻訳を見れば、それは一目瞭然たるものがある。それは今日でも殆ど変りがない。人々が「思想」と「人生」といふ問題に目つぶしを食はされてゐるひまに、演劇は演劇の自律性といふことのみを考へ、「文学性」をおろそかにし、演劇が文学であることを忘失したのである。

五　「演劇性」といふこと

もう一度、前期築地小劇場の演目を点検してみよう。そこには確かにスタニスラフスキーとラインハルトとが透けて見える。第二期に比して、この期においては、表現主義戯曲の登場が目だつてきてゐる。それは二つのことを意味する。一つは、前期の何もかもであつた「芸術」が、そしてまた知識人の不満と憧憬の捌け口であつた「芸術」が、小山内自身の意識するとしないとにかかはらず、時代の推移とともにやうやく「政治」に絞られてきたことである。なほ大正の人道主義的「思想」が昭和の社会主義的「思想」に狭められてきたといへば、一層はつきりするであらう。

ここでふたたび、舞台芸術の「文学性」と「演劇性」とについて考へてみなければなるまい。その両者は元来、両立しえぬものではない。たとへば、シェイクスピアの作品は、最高度の「文学性」をもつと同時に、また最高度の「演劇性」をもつてゐる。現在、新劇人は不用意に、近代劇においては戯曲の「文学性」が強調されたため、演技や演出における「演劇性」が貧しくなつたといふ俗説をふりまはす。さういふ考へ方は、文学と演劇との相関性にたいする正しい把握の欠如を示す前に、それぞれ、文学そのものにたいする無理解と演劇そのものにたいする無理解とを示してゐる。端的にいへば、一般に近代劇の貧血化といふ現象においては、「演劇性」と「文学性」と雙方の衰退が見られるのであつて、両者を反比例的関係に対置することは出来ない。一方が衰弱すれば、他方もまた衰弱する。

近代劇においては、俗説にいふやうな「文学性」の強調といふ事実は一般的には無かつたといつてよい。ただ作者の「主観」の強調といふ事実が見られたにすぎない。「主観」といつては、まだ正確ではない。それは作者によつて意識された知的な「観念」であり、「主題」であり、「思想」である。もつと厳密にいふなら、目的的なアイデアである。そして、それは単に近代劇を衰弱させただけではなく、近代小説を、近代文学一般を衰弱させた元兇である。文学は被害者であつて、加害者ではない。「文学性」が近代劇に害を与へたといはれたのでは、文学こそいい面の皮である。その加害者の名を今ここで「観念性」と名づけておかう。

近代劇においては、「観念性」の主張のために、劇のなかの文学的要素であるせりふがまづ被害を受け、痩せ細り、美を失ひ、張りを失ひ、リアリティを失つた。だが、作者はその犠牲において別の自己満足を得る。なぜなら作品の「観念性」は全部のせりふを組立てたもの、すなはちその統轄者である作者に還つていく。「主題」の手柄は作者のものである。救はれぬのは役者だ。すべてを取りあげられて、手に残つたものは痩せ細つたせりふだけだからである。さういふ非文学的なせりふでは、それを自分の肉声として発し味はふ喜びをもちえない。せりふは行動と反比例し、対立するものではなく、それはそのままで全き行動である。そして最も醇化された行動である。せりふは肉体的、倫理的な行動の尖端に、あるいはその延長上に、さらにそれを拡充し完成しようとして投げだされたものである。ところが、非文学的な「せりふ」は、人物にではなく、作者に、したがつてアイデアや筋や事件に奉仕する。役者にとつては外側に、向う側にあるものであつて、それを内側から自分の肉体的行動の振幅に応じて投げだすことが出来ない。せりふにおいて行動の喜びを味はふことが出来ない。

その結果、すなはち、「観念性」によつてせりふに行動を拒絶された役者は、せりふと行動とを全く別のものと考へざるをえなくなる。せりふには行動はないし、行動はせりふを必要としない。のみならず、せりふにとつて行動は邪魔であり、行動にとつてせりふは邪魔である。さういふ事態が生じる。またしても分裂である。かうして、肉体的行動はせりふなしにそれ自身において自足する次元を求めはじめたのである。役者は自分では客体視することの出来ない自分の演技を客体視し、それ自身の造型性を要求する。そこに演技の視覚的美学の自律性といふ課題が出てくる。はやりの言葉でいへば、「写実性」にたいする「様式性」であり、「文学性」にたいする「演劇性」である。演技ばかりではない。演出もまたそれを要求する。

いや、その前にまづ劇作家がそれを要求する。誰よりも劇作家自身、痩せ細つた非文学的なせりふに愛想をつかしたくなる。さういふせりふの統轄者として自分の手もとに還つてくる「観念性」に、いつまでも満足してゐられるものではない。といふより、もし「観念」や「主題」の主張といふことを目的とするならば、もつといい手がいくらもあるはずだ。目的が、あるいは人間関係の、リアリティを表出することではなく、観念のあるひは観念相互の関係のリアリティを表出することであるならば、別の方法が求められなければならない。いや、むしろから言ひなほすべきであらう。元来、演劇においては、人間のリアリティは役者の肉体が、その行動が保証する。劇作家はその保証をあてにしてせりふを書いた。しかし役者の肉体を拒絶したのがせりふの「観念性」であるとすれば、その観念のリアリティを翻つてふたたび役者に保証してもらふわけにはいかないのだ。が、観念もまた、いや、それが観念であればこそ、そのリアリティを保証してくれる他の何物かを必要とするはずである。

かうして、戯曲の「観念性」は、その「主題」は、役者の場合と同様、せりふなしに、せりふの外に、それ自身において自足する次元を求めはじめた。劇作家は新しいドラマトルギーを必要としはじめた。それが表現主義戯曲といふものなのだ。が、そこには不可避的なディレンマがある。それはあらゆる抽象芸術が直面せざるをえぬディレンマである。つまり、抽象が、しかもそれが極限に近づけば近づくほど、すなはち抽象されればされるほど、形式の保証を必要とするといふ皮肉な現象がそれである。しかも、次の事実によつて、皮肉はさらに倍増する。すなはち、その極限において保証に呼び出された形式にもかかはらず、それは当の抽象的な「観念性」にたいして保証の役割を演じることを拒絶し、これもまたそれ自身において自足する次元を追求するのである。ここにおいて、分裂はその極に達する。

役者の肉体だけではない。作者の「観念性」に奉仕するはずだつたドラマトルギーも、戯曲の構成も、それを支へる装置も照明も、そして役者の肉体も、それらすべてをひつくるめての「演劇性」が、もはや「観念性」に奉仕せず、それに著物を著せ、その露出した肌を隠すといふ本来の役割を捨てて、それ自身の美学を完成しようとする。理窟はやめて端的に言はう。表現主義戯曲を読んだ、あるいはその舞台を観た感じは、構造的、視覚的な効果としての「演劇性」は、それはそれとして存在し、作者の主張する主題としての「観念性」は、それとは別個に、またそれはそれとして存在するといふことだ。といつて、その効果に感心してゐるのではない。一方からいへば、何もそれほど大仰な道具だての必要もなからうがといふことであり、他方からいへば、何もそれほど深遠な観念でもなからうがといふことになる。形式と内容がたがひに不信を示しあひ、相手の手のうちを暴露しあつてゐる形だ。そのくせ、内容が常識的なのにもかかはらず形式の附け合はせのために意味ふかげに見えたり、逆に形式が空疎なのにもかかはらず内容の附け合はせのために美的に見えたりして、そのかぎりでは、おたがひに相手の「代償行為」を演じつつ助けあつてもゐたのである。

話をふたたび小山内薫にもどす。小山内が直面してゐたものは、演劇ではなくて「演劇性」であつた。近代劇の伝統のないところで、しかも古典劇として完成した歌舞伎にたえず背後をうかがはれながら、新劇運動をつづけねばならなかつた彼にしてみれば、のみならず、大正期の新劇商品化時代のあとであつてみれば、他のものならぬ演劇それ自体の自律性、すなはち「演劇性」にたいして自意識過剰になり、この時期に表現主義への傾斜を示したのは当然であるといへよう。しかし、前述したやうに、小山内には本質的に「観念音痴」のやうなところがある。表現主義においては、いかにその「観念性」が「演劇性」にはぐれてゐたにもせよ、また相互に附け合はせ的な役割しか演じてゐなかつたにもせよ、やはり近代劇の歴史的必然性からいつて、主人公は「主題」であり、「観念性」であつたはずだ。が、小山内にとつて、それは第一義的な意味をもちえなかつたやうである。彼の関心はあくまで演劇であつた。いや、「演劇性」であつた。そして彼は「新劇の鬼」として、近代日本のために純粋に「演劇性」を追求することによつて、まさにそのために「演劇」そのものに直面せずにすませてゐたのである。

六　左翼演劇

さういふ小山内の限界にあきたりなかつた弟子たちは、「新しい世界観に立つて演劇的行動を行ふ」といふ宣言を彼の前に突きつけた。小山内は狼狽した。彼には、同行者としてのみならず、敵としても、それが理解できなかつたのである。なぜなら、ある意味で、といふのは「演劇的」には、この実践的な弟子たちはその実験室的な師の仕事を受けついだばかりでなく、その遺産継承者だつたからである。ここに文化遺産の継承といふ安易な考へが露骨に出てゐる。小山内の弟子たちは、表現主義の限界だつた個人主義の逃避的な「観念性」を社会主義の戦闘的なそれに振りかへるだけで、「演劇性」そのものは師からそつくり頂戴すればいいと考へてゐたのである。さういふぐあひに二つに分離して考へられ、また継承しうるといふところに、小山内の追求した「演劇性」が抽象的であつたことの弱点がある。

同時に、それを継承した弟子たちの側についていへば、その「演劇性」といふことが、師の場合以上に必要だつたといふ弱点があつたといへる。表現主義においては、「観念性」と「演劇性」とがたがひに相手の手のうちを暴露しあひながら、しかもたがひに相手の附け合はせとして、その無内容の「代償行為」として助けあつてゐるといつたが、両者のさういふ逆説的な相関関係は、左翼演劇において、あるいは一般に傾向的な演劇において一層顕著になる。なぜなら、何もかもの象徴であつた「芸術」が明確に「自由」に絞られ、さらに「政治」にまで狭く絞られてくるにしたがひ、また敗北せる個人の気分的な心象風景が目的的な社会的行動にまで絞られてくるにしたがひ、その「観念性」はますます単純化し、常識化し、極端にいへば「プロレタリアよ、団結せよ」「ダラ幹を葬れ」式の標語に帰結する。

役者にとつて、この無内容な「観念性」はやりきれない。自分が党員であり、政治的実践をしてゐることが、その空疎な「観念性」に奉仕するさいの唯一の慰めだが、その行動は彼等のうちの知識人の知性を満足させても、役者の肉体を満足させない。その結果、彼等が表現主義時代以上に「演劇性」を要求したのは当然といへる。皮肉にいへば、左翼演劇は他に較べもののないくらゐ芸術至上主義的であつた。始終、病人を扱つてゐる医者が短歌いぢりを必要とするのに似て、埃つぽい「政治」を舞台に持ちこんだ左翼演劇人は、失はれた芸術にたいして自意識過剰になり、それを特別席に位置づける。要するに、大いに凝るのである。演劇そのものよりも、「演劇性」を眼前に眺め、それを崇めたいのである。が、この芸術にたいする特別扱ひは、同時に医者の短歌いぢりに似た道楽性にも通じてゐる。

この「左翼芸術至上主義」とでもいふべきものはもちろん劇壇特有の現象ではない。当時の文壇についても同様のことがいへる。尖鋭なプロパガンダ小説は、やがて新興芸術派との相互影響により、芸術意識のあまりに濃厚な、あるひは露骨な作品を生むに至つた。また逆の方向も現れる。すなはち、前衛芸術的なダダイズムの方から社会主義への接近、合一の動きも、当時としては世界的傾向であつた。今日においても、その点は少しも変らない。芸術の純粋化それ自身を追求する前衛芸術は現実的な政治行動にひけめを感じがちであり、なほそれ以上に政治主義的芸術の方では、芸術の権化のごとき前衛芸術にひけめを感じてゐる。そのひけめから芸術を神にする芸術至上主義が生れる。

たとへば、「記録芸術」といふやうな言葉がその適例である。ここでも、一方の極におよそ非芸術的な「記録」といふ機能が前提される。のみならず、それに使用される手段、すなはち、映画、テレビ、ラジオ等が、これまた伝統のない、生の、非芸術的なものである。したがつて、誰でも、どんな素人でも、同等に発言し、同等に運用できる。対象が非芸術的であり、それを取扱ふものが非芸術的であるために、その対象を「芸術」にまで昇華するのに必要な芸術概念は無限に神聖化せられ、どこまでも抽象的に祀りあげられる。同時に、さういふ芸術至上主義は、「記録」といふ現実に密著した非芸術的なものを相手にしてゐるだけに、あたかもそれを「芸術」のために玩具にしてゐるやうな道楽性が附きまとふ。敢へて問ふが、今日の日本の前衛演劇のごとく、普通の芝居より多くの客を集めうるにいたつては、何が前衛か、売れなくて初めて前衛である。また彼等はなぜ「芸術」といふ名にいつまでも練々としてゐるのか、「演劇」といふ名にいつまでも郷愁を感じつづけてゐるのか。

最初に暗示しておいたやうに、以上、すべての現象は後進国特有の近代性を物語るものにほかならない。したがつて、遅れた近代の歩みを取返さうといふあがきを無視して、単純に芸術固有の領域においてのみそれらの現象を説明することは出来ない。しかも、いや、むしろそれゆゑにこそ、芸術固有の領域が現実離れの形で関心の的となり、その自律性にたいする要求が強くなるのである。演劇は、「演劇性」と「観念性」との二つの極に分裂する。「役者の職業性」と「知識人の人間性」とがその両極に引き裂かれる。のみならず、両者がたがひに関りえぬほど極端に分離され、それぞれの純粋な自律性が完成されたとき、一種爽快の気に酔ひ、自分の精神の分裂は忘れて、そこではじめて両極の一致が達成されたかのやうな錯覚に陥るのである。

日本の新劇は表現主義、左翼演劇の段階において、その両極分裂の運動が極限にまで達した。新劇人の内部に棲む「知識人の人間性」は政治行動を通じて「観念性」の満足を買ふことが出来たと同時に、その「役者の職業性」は舞台芸術の玄人化、専門化を通じて「演劇性」の満足を買ふことが出来たわけだが、その結果は、「観念性」のために「人間」そのものに直面することが出来ず、「演劇性」のために「演劇」そのものに直面することが出来ずに終つたのである。それが当時の左翼演劇といふ過去に属する事柄なら、今さら私はそれを問題にしない。しかし、それは依然として現在の新劇壇の芸術的、人間的、かつ処世上の性格を支配してゐる。仲間うち社会の排他的な集団意識がそれである。

第一に、彼等は「人間」であるまへに日本の「知識人」であることを自分の課題とした。西洋の近代の輸入係といふ役割のなかに自分を閉ぢこめ、その部署から一歩も踏みださうとしない。そこから排他的な集団意識が生じる。その傾向は左翼の場合に一層顕著である。彼等は組織に属し、その一員として行動しなければならぬからである。また、そのイデオロギーの固定化によつて、現実を固定化し、それに向ひあひ働きかける自分の機能や角度も固定化してしまふからである。さらにそれが左翼であるうへに新劇人である場合には、次の事実のために、二重に排他的傾向が顕著になる、すなはち、第二に、彼等は「演劇性」を不当に神聖化することによつて、外部の素人の理解しえぬ特殊な方言部落を造りあげる。

左翼劇団の後継者である現在の新劇壇も、今ではそのイデオロギーをまつたく喪失してしまつたにもかかはらず、劇壇以外のよそものにたいする排他性から完全にはまぬかれてゐない。むしろ、イデオロギーが失はれたために、あるいはそれが曖昧になつてゐるために、その排他性はかへつて根づよく割切れぬ形で残存してゐる。すなはち、元来、優越感に支へられてゐたはずの排他性に、ときをり劣等感がまつはりつく。一人一人の役者について言つてゐるのではない。劇団について、あるいは劇壇について言つてゐるのである。が、役者個人にしても、もし彼が劇団や劇壇を意識すれば、多少ともこの劣等感に左右されずにはすまされない。殊に今の日本は「先進国」であり、経済大国である。国民の大部分が自らを中産階級だと思ひこんでをり、すべて西洋にあるものは日本にある。無いものは文化だけだ。イデオロギーは無益になり、自由哲学も自由恋愛も、いや、ポルノまで思ふままに手に入る。そしてテレビの隆盛によつて演劇は窮地に陥つた。演劇人はますます排他的になり、その鬱を癒すために、ますます地下に潜り、アングラ演劇に花を咲かせる。再び問ふ、なぜこの際「演劇」といふ言葉を捨ててしまはないのか。

七　ドイツ演劇の限界

　私はこの新劇史の冒頭で、現在の新劇が歌舞伎や舞踊やアクロバティックなどのスペクタクル的な「様式性」に色眼を使ふ理由を、専ら坪内逍遥の文芸協会による演劇改良運動の精神から説明した。たしかにそれは明治の演劇の実情から全く絶縁された小山内薫の自由劇場による翻訳劇移植運動とは全く対蹠的なものであり、後者が観念的であるのに較べて遥かに伝統的な日本人気質や演劇観に基づくものとして、今日もなほ新劇人の「帰家本能」を誘ひ出すにたるものである。が、その後の前期後期の築地小劇場運動を概観してきたあとでは、小山内の演劇概念が必ずしも逍遥のそれと対蹠的であると断じるほど新しいものであつたかどうか、甚だ疑問に思はれてくる。「演劇性」といふことのうちにスペクタクルへの傾斜を示してゐた事実は、また彼自身の「帰家本能」を示すものではなかつたらうか。彼の最後の仕事が近松の『国性爺合戦』の現代化によるスペクタクルだつたことは、それを裏書するものではなからうか。

　が、それはそれでいい。いや、よくはないが、当面の問題ではない。新劇の現在の在り方から、このさい問はれねばならぬことは、小山内において、なぜその「帰家本能」が誘ひ出されたのかといふ問題である。彼の目的は西洋の近代劇の移植といふことであつた。

しかも彼はその仕事において、自然主義から表現主義へと近代劇の歴史的発展を忠実に辿つた。それがどうして「帰家本能」の誘発に終つたのか、結論を先にいへば、まづ第一に誤りは西洋の近代劇の移植といふことにある。小山内は近代劇の背後に古典劇を、さらにその背後に、古典も近代もない、ただの演劇を見ることが出来なかつた。

もちろん、それは彼のみの過ちではない。日本の近代小説もその文学概念を西洋の近代小説、自然主義小説から学びとつたのであり、さらにその根にある十八世紀の小説には思ひ及ばなかつたし、詩、戯曲、批評、その他を含めた文学一般を考へることは出来なかつた。小説や文学だけではない。一口に西洋思想といつても、私たちの場合、それは単に西洋の近代思想しか意味しない。そのことから考へても、小山内薫の誤解は特に問題とするにはたるまい。しかし、「近代劇イクォール西洋演劇」といふ考へ方が彼の場合、主として後進国ドイツの演劇を通じて得られたものだといふことに気づいた人は案外に少い。たとへば、近代小説がロシアの世紀末小説の模倣に始り、その後、曲りなりにもフランスの近代小説を範とするに至つたことに較べて、注目すべきことであらう。

表現主義はドイツの産物である。のみならず、自然主義演劇もまたドイツ製である。なるほどその原産地は北欧であつた。が、原産地においていはば突発的、無意識的であつたそれを、歴史的必然に化し、意識的な演劇概念として発展せしめたのがドイツである。さうなつた所以は、ドイツの後進国的性格のうちに、厳密にいへば、先進的後進国的性格のうちに、求められなければなるまい。ドイツは単なる後進国ではない。それは先進国に最も近く、先進国に境を接し、たえずその挑発を受けることによつて、たえずそれに追ひつき追ひぬかうといらだちながら、反逆に終始してきた。政治史についてのみならず、文化史についても、その傾向は顕著に指摘できる。ことに純粋に個人的な仕事と異なり、芸術固有の問題以外の夾雑物を多く含む演劇においては、先進国にたいする忠誠と裏切といふ命題が、単に命題のみならず方法まで政治史と完全に相似た形を採る。

まづドイツは先進国英仏の演劇のうちに、真似ようとして真似られぬ伝統を見てとつた。ドイツだけではない。それよりも遅れた北欧はなほさらである。しかし、なまなか先進国に近いドイツには、それにたいする反逆は思ひも及ばなかつた。少くとも、反逆の方法は思ひつかなかつた。それに思ひついたのは、大いに遅れた北欧である。最初にノルウェーのイプセンがその火の手を挙げた。自然主義が後進国演劇の反逆第一号である。が、火元のノルウェーでは、それは後続部隊をもたず、それだけで終つてしまつた。そして北欧よりは先進国に近いドイツがそれを効果的な反逆の兵器として採用し、それをさらに精巧なものに造りなほしたのである。が、兵器はつひに兵器でしかない。それは伝統にはならない。「思想」運動、「文化」運動ではあつても、「演劇」にはならない。

のみならず、それが兵器である以上、一層強力な兵器が要求される。なぜなら、先進国もまたその兵器に無関心ではありえないからだ。事実、英仏も北欧の自然主義演劇の影響を受けずにはすまなかつた。たとへば、イギリスの演劇はイプセンによつて、市民劇の通俗化による堕落に活を入れられ、劇場に「詩」と「生活」を導き入れる機運を造つた。が、自然主義演劇は決して伝統と断絶して、伝統を否定して別の場所に導き入れられたのではない。むしろ逆に、伝統の力がそれを同化し、一時的な影響の嵐を鎮めてしまふ。かうして息を吹きかへした先進国の演劇に、ふたたび後進国ドイツは反撥する。自然主義は兵器として既に古い。先進国を斃し、それを追ひぬくためには、より強力な兵器を必要とする。さうなれば、さしあたつての敵はもはや先進国ではない。今まで使用してきた自然主義である。新兵器は旧兵器を敵とするのである。

後進国演劇の反逆第二号ともいふべき、この新兵器が表現主義演劇である。が、それもまた原産地はドイツではない。スウェーデンやベルギーである。ストリンドベリやメーテルリンクである。が、今度も原産地では後続部隊をもたず、それを意識的な、あるいは組織的な反逆の兵器として精製し、使用しえたのは、やはりドイツの功に帰せねばならない。が、息をつく間もなく、すぐその後方に、反逆第三号が現れた。それは社会主義リアリズム演劇である。これもまた原産地はドイツではなく、ロシアである。ここに注意すべきことは、先進国と後進国との間に位するドイツは、単に前方の先進国の挑発を恐れ、それを追ひぬかうとあせらされるばかりでなく、同時に、後方からおこなはれるより遅れた後進国の追撃に、たえず不安を感じてゐなければならず、そのため恥も外聞もなく、それらの国々を利用してきたといふことである。さらに注意すべきことだが、それらの後進国は散発的に反逆の兵器を生産しえても、それを歴史的必然性に組入れることが出来ず、一度ドイツの「演劇工場」に再加工を依頼して、その製品を逆輸入することによつて、自己のものとし、大衆化しえたのである。

もはや言ふまでもないが、ドイツ演劇の限界は近代劇にこだはりすぎたことにある。「近代の確立」に奉仕しながら、みづからはそのことに気づかず、芸術固有の問題として演劇の自律性を追求したことにある。先に述べた日本の新劇の分裂的性格はそのままドイツ演劇のそれにも当てはまる。当然のことだ。私は叙述を逆にしただけで、さういふドイツ演劇の性格を日本の新劇が、自然主義、表現主義、社会主義リアリズムと三度にわたつて引きついだのである。しかし、ドイツにおいて「観念性」と「演劇性」とをそれぞれ両極に追ひやつたのはドイツ流の超絶主義、絶対主義であつた。それは絶対主義であるにしても、そこには近代ドイツの苦しい必然性があり、それあればこそ両極分裂に堪へることが出来たのである。

が、日本にはその絶対主義がない。「観念性」と「演劇性」の分裂など起りやうがないのである。しかも、それが起つたのだ。当然、その分裂は外面的、観念的なものでしかなかつた。小山内の「帰家本能」はその「演劇性」のみを通じて歌舞伎のスペクタクル的な「様式性」に想ひ到つただけのことなのである。そして左翼演劇は「観念性」の現実遊離に堪へきれず、政治行動をその錘りとせずにはゐられなかつたのだ。

八　築地座

やがて左翼演劇は弾圧により崩壊した。もつとも弾圧がなくとも、一つにはそれ自身の芸術的行詰りによつて、一つには仲間争ひによつて、大した仕事をなしえなかつたらう。それは単なる臆測ではない。弾圧の無くなつた戦後の左翼演劇人の動きに照らして、それは明かである。戦後、彼等によつて結成された民芸も俳優座も、みづから進んで左翼イデオロギーを捨て、表向きは共産党と絶縁した。つまり、「観念性」を全く抛棄してしまつたのである。今日、彼等の手には「演劇性」だけしか残つてゐない。千田是也の「演劇アカデミズムの確立」といふ主張はその実情を裏書するものにほかならない。それは政治的後進国の自意識過剰とそれに伴ふ政治主義への恨みを裏返しにした言葉であると同時に、今なほ残存してゐる演劇的後進国の自意識過剰を裏切り示した言葉でもある。また滝沢修が洩した「専門的技術をもたぬ新劇役者の不安」といふ言葉はさらに正直にそれを物語つてゐる。

そこから何が出てくるか。改めて言ふには及ぶまい。大ざつぱに分けてみれば、俳優座は形式主義、あるいは様式主義への傾斜であり、民芸は綴方教室的な、あるいは民芸作品的な土俗的写実主義への沈湎である。いづれにも共通なことは「観念性」のあつものに懲りて「文学性」のなますを吹いてゐることだ。私はそれを「新劇の危機」と見なす。なぜなら、ドイツ演劇→前期築地小劇場→後期築地小劇場、それから現在の俳優座、民芸への系譜は日本の新劇の主流である。ことに俳優座は「演劇アカデミズムの確立」を唱へてゐるだけでなく、現実に新人の養成をおこなひ、いはゆる「衛星劇団」を幾つか生み落し、次代の新劇に影響力を有してゐることから、最も主流派の名にふさはしい。

日本の新劇の主流派はドイツ演劇である。小山内薫もドイツに学んだ。土方与志もドイツに学んだ。そして千田是也もドイツに学んだ。その他、信頼すべき、あるいは信頼すべからざる演劇理論家や劇評家にもドイツ種が圧倒的に多い。かうしたドイツ一辺倒にたいする抵抗は、戦前にまづ築地座によつておこなはれた。築地座の創立は昭和七年、解散は十一年、その間、四年の短い期間であつた。それまでの新劇運動と異なる第一の特徴は、「先生」と称される指導者、演出家の劇団ではなく、友田恭助、田村秋子夫妻を中心とする役者の劇団であるといふことだ。解散の理由は、友田夫妻が経営に疲れ、舞台に専念できぬといふことにあつた。が、翌年、久保田万太郎、岩田豊雄、岸田國士の三人は友田夫妻を全く役者としてのみ生かせる劇団を創立しようと計つた。その計画中、友田は召集され、間もなく戦死した。三人の計画は中絶したが、それを機縁に、さらに翌十三年、やはりこの三人を目附役として生れたのが現在の文学座である。三人の「先生」はゐたが、文学座は築地座の後継者として、役者中心の劇団といへる。文学座の再発足は戦後の昭和二十年である。

築地座の第二の、より重要な特徴は創作劇中心といふことである。それはドイツ演劇的主流派への抵抗といふことと無関係ではない。まづその主な演目を挙げてみよう。岸田國士の『ママ先生とその夫』『牛山ホテル』、久保田万太郎の『冬』『かどで』『大寺学校』、里見弴の『生きる』、田中千禾夫の『おふくろ』、小山祐士の『瀬戸内海の子供ら』、内村直也の『秋水嶺』、川口一郎の『二十六番館』。森本薫の『わが家』などがあり、翻訳劇としてはエルマー・ライスの『ストリート・シーン』、マックスウェル・アンダソンの『土曜日の子供達』、ルナールの『にんじん』、マルタン・デュ・ガールの『ルリュ爺さんの遺言』、ブリュエの『子供の謝肉祭』、クウルトリヌの『大変な心配』などがある。

ふたたび築地小劇場運動に話をもどすが、この日本の新劇史を決定づける重大な時期において、演劇の「文学性」が無視されたことの、少くともそれが単なる「観念性」と誤解されたことの、おそらく最大の原因は、当時の演目がほとんどすべて翻訳劇だったことにある。しかも、既に述べたやうに、その大部分が英語やドイツ語を通しての悪訳であつた。あれではせりふ劇としての魅力が理解できるはずがない。また演劇の「文学性」はその主題や思想にではなく、せりふにあるのだといふことも理解できるはずがない。ここに、せりふの魅力とかその「文学性」とか呼ぶものは、単に「詩的」な耳に快い会話を意味しない。それは動的な張りのあるせりふのことである。せりふの行動性、あるいはそれこそ、せりふの「演劇性」といふべきである。くどいやうだが、演劇の「演劇性」の手がかりはせりふ以外に求めるべきでない。

築地小劇場が採りあげた外国の戯曲の翻訳は、その大部分が致命的な悪訳であつた。せりふの外に「演劇性」を求める悪習は、そこに原因があるともいへよう。恐るべきことに、今日の若い劇団がやはり同様であり、筋さへ通れば、すなはち戯曲の「観念性」を満足させれば、学生のアルバイトにもひとしいどんな悪訳でも平気で採りあげてゐる。彼等はせりふで演戯するといふことを知らない。次代の役者がその有様なら「新劇の危機」といふ言葉も大仰ではあるまい。ごく常識的な演劇観からいつて、悪訳の上に演劇は存在しないのである。築地小劇場の舞台に、一体、人々は何を観てゐたのか、その惨状は思ひやられる。

それに反して築地座は創作劇に力を注いだ。また、その採りあげた翻訳劇についても、せりふの翻訳が何を意味するかをはつきり自覚し、慎重に訳者を選んだ。だが、両者に共通する限界がある。それはきめのこまかいせりふによるきめのこまかい心理劇といふことである。そのことから、当時、築地座は芸術派と言はれ、その演目は逃避的なプチ・ブルのサロン劇と見なされた。当つてゐないことはない。が、何が逃避的で、何が戦闘的か、にはかに断じがたい。先に述べたやうに、政治的に戦闘的だつた左翼演劇が、芸術的には逃避的であり、さらに結果的には政治的にも逃避的だつた例もある。築地座はその逆だつた。が、当時、さう見るものはゐなかつた。今日でも、さういふ公式的な見解は拭ひさられず、築地座の後継者である文学座が専らその非難を引き受けてゐる。だが、それは外見、非難の形をとりながら、相も変らぬ日本の知識階級の対政治的劣等意識の錯倒した表現にすぎない。また、そこには新劇主流派に煩された考へ方がある。今日では、むしろ傍流の築地座の意図を正当に評価すべきである。それは単なる芸術派ではない。むしろ常識派である。戯曲が文学であり、せりふ劇が西洋演劇の正統であるといふ常識を主張しただけのことだ。文学座の名称がそれを示してゐる。

それにもかかはらず、政治主義からではなく、その芸術的、演劇的常識の内部から、築地座の仕事は批判されなければならない。築地座においても、「近代劇イクォール西洋演劇」といふ観念が捨てきれてはゐなかつた。心理劇そのものが悪いのではなく、さういふ観念から心理劇を採りあげたこと、あるいは心理劇への偏向からさういふ観念に到達したことに限界がある。同時にまた、次の弱点も見のがしてはならない。築地座創立の昭和七年といへば、左翼演劇が弾圧によつて壊滅に帰した直後である。したがつて無風地帯を独走するひよわさをまぬかれない。そのあとを受けた文学座にしても、芸術と処世の下足札を三幹事に預けて、生きにくかつた戦争中を僅かに切りぬけられたひよわさをもつている。なるほど、今や文学座は「近代劇イクォール西洋演劇」といふ固定観念から脱出しつつあるが、それもはつきりした自覚に基づくものではなく、過去の、そして主流派の新劇がもつてゐた深刻癖と演劇青年臭にたいする抵抗にとらはれ「楽しめる現代劇」「大人の芝居」といふ合言葉以外に、その演劇概念も演目も甚だ明確を欠く。現在のままでは、いかに最大の観客数を誇らうとも、その性格上、依然として傍流的存在にとどまるであらう。

それればかりではない。今は、新劇役者の前に登場したテレビの存在が如何に大きいか、計り知れぬものがある。テレビ・タレントとして著名な役者を抱へてゐない劇団は、如何にすぐれた役者を擁しようと、見物が観てくれない。後継者が這入つて来ない。現在の劇団の中心になつてゐる役者といへども、表向きは劇団活動のためにテレビに出てゐるのか、テレビに出るために劇団に残つてゐるのか、さう問はれたら、自己欺瞞でもしないかぎり、誰も答へに窮するであらう。リア王のせりふではないが、「あすからは、もつとひどくなるかも知れぬ、どん底などと言ふものではない、自分から〝今がどん底〟だと言つてゐられる間は」。

以上で私の新劇史診断を終る。改めて結論を述べるまでもあるまい。新劇は過去のあらゆる錯覚から解放されて、やうやく出発点に立つたのである。が、錯覚によつて生きてきたものは、錯覚を失ふことによつて不安を感じ、それを恐れて、ふたたび錯覚を求めはじめる。しかし新劇は「演劇」に直面することを避けて、「演劇」以外のものに色眼を使つてはならない。自分のうちに無いあらゆるものに気づきながら、一番手近な文学のないことに気づかぬのは奇妙である。私の主張は単純である。正統的なせりふ劇の基盤を造ること、それを措いて他にない。

附記

次の三つのことに触れるきつかけを失つたので、書きそへておく。

一　シェイクスピアのこと——文芸協会におけるシェイクスピア上演の意味については第二節に述べたが、築地小劇場のそれについても簡単に言つておく。ドイツ、北欧の演目の中に、またそのすべてが近代劇である中に、なぜシェイクスピアが存在を許されたか。小山内のシェイクスピアはドイツ演劇によつて加工されたシェイクスピアだつたのである。決してイギリスから直輸入したものではない。それがドイツ演劇に認められたのは正統的なせりふ劇であるからよりも、演出道楽の手がかりになる「演劇性」と「様式性」とをもつてゐると考へられたからである。

二　ブレヒト——その「叙事的」なドラマトルギーは啓蒙癖からも説明がつくが、同時に、演出や装置や照明に凝る隙を与へること、すなはち「演劇性」の追求といふことからも説明できる。その形式的「創意」と、一方、内容の単純さとは第七節に述べた「演劇性」と「観念性」の相互不信＝相互扶助の説を参照されたい。

三　傍流について――文学座のみならず、築地座を陰に陽に助けてゐたのが、フランス文学系であり、文壇人でもある岩田、岸田、辰野等であつた。そのことからも、ドイツ演劇を主流とした日本の新劇において、築地座、文学座が傍流であることが解るし、主流派が文壇や文学を敬遠する理由も解る。また、築地座が創立されたころから、文壇でもフランス文学系の批評家や翻訳家の活動が目だつてきた。もちろん、間接的には左翼崩壊のおかげを蒙つてゐるが、それだからといつて、これを右翼勢力と結びつけるのは早合点といふものである。なほ、本文中には触れなかつたが、専らフランスのブールヴァール演劇を上演した金杉淳郎、長岡輝子夫妻のテアトル・コメディ一座も、やはり主流演劇が消え去らうとする昭和六年に誕生し、十一年まで続いてゐる。また築地座、文学座は里見、久保田の庇護を受けてきたが、二人ともまた文壇人であり、そのうへ東京の下町子、ないしは下町文学の代表者である。またその二劇団の役者もほとんどさうであつた。一方、主流派の新劇人は地方出身者か東京山手住人であり、日本知識階級の代表者である。その点からも、前者が傍流、後者が主流といへる。

増補

醒めて踊れ――「近代化」とは何か

昨昭和五十年春から夏にかけて劇団雲分裂に伴ふ内紛に煩はされ、連載中の『独断的な、余りに独断的な』を中断せざるを得なくなつた。その事情と謝罪とを兼ねて「暫く休載の弁」といふ一文を草し、昨年五月号の『新潮』に寄稿したが、その時の見透しでは今年の八月号から再開する積りで、『新潮』編輯部にその旨約束した。しかし、その後、雲と欅《けやき》とが合併し昴《すばる》と改名、その根拠地三百人劇場の運営が漸く緒についたのが今年の春になつてからであり、ここ数箇月は現代演劇協会の責任者として専心せねばならぬ状態である。再び「暫く休載の弁」としてこの一文を寄せ、連載の繫ぎとする。が、今度は前回と異り、本文の主題と直接の関係を持つ。そして問題を事毎に演劇に収斂させながら考へて見たいと思ふ。

演劇の上演台本を戯曲と称し、その戯曲はせりふ、即ち言葉によつて書かれた文芸作品である。勿論、それは役者と演出家によつて舞台の上に生かされて初めて完成する。だからといつて戯曲は未完成の、或は粗末な文学作品だとは言へない。上演を俟たねば完成しないとはいへ、戯曲の内部に潜在しないものは、役者や演出家が如何に七転八倒しようとも、それを舞台の上に生かす事は出来ない。戯曲は文学作品であり、その完成に手を貸す役者や演出家の仕事は文学的行為である。この頃、他人《ひと》からよく言はれる事だが、「あなたは最近すつかり文学から離れてしまひ、政治問題や社会問題にばかり口出ししてゐる」といふ私への批判は、自分の口から言ふと弁解がましくなるが、全く当を失してゐる。演劇活動は文学や芸術と無縁のものではない。それを無縁のものと思ふのは、それだけ所謂文学なるものが狭量、且つ閉鎖的になり、或は純粋化、高級化し、演劇を単なる通俗的娯楽の具としか見做さなくなつた為であらう。その事は演劇にとつてばかりでなく、文学にとつても大きな不幸と言はねばならぬ。せりふ、即ち話し言葉の洗煉を疎《おろそ》かにして書き言葉にのみそれを期待する事は不可能であり、間違つてゐる。これは根本的な事だが、さういふ過ちは言葉そのものに対する無自覚な考へ方、生き方から生じたものであり、さういふ土壌に文学が芸術として育つ筈が無い。

アリストテレスが『詩学』のうちで述べてゐる様に、詩には娯楽が無ければならぬ。娯楽といふ言葉が気に入らぬなら、それを楽しさ、快さと言ひ換へてもよい。日本の近代小説が不具になつたのは、ミューズ礼拝の為に娯楽に背を向け、それを排除しようとしたからである。文芸批評が職業として自立して以来、この傾向は愈々《いよいよ》拍車を掛けられ、今日、その病状は殆ど救ひ難い状態にあると言へよう。そしてこの病源は日本の近代化、及び日本文学の近代化の過程において生じたものであり、随つて私が政治社会問題に口出ししたからといつて、文学、芸術の裏切者として責められるのは甚だ心外である。近代化は芸術から娯楽を放逐した。その間の精神の政治学を究明する事こそ最も文学的な課題なのである。

彼此《かれこれ》十年ばかり前になるが、プリンストン大学のブラック教授が来日した事がある。彼が政治学者であるか歴史学者であるか、私は覚えてゐない。アメリカ大使館のエマソン公使に招かれて一夜同席しただけだが、ロシア帝国は革命によらなければ近代化し得なかつたかどうかといふ私の質問に対して、彼は帝制のままで、いや、帝制を維持する事によつて、今日以上に早く近代化の実を遂げ得たであらうと答へた。それだけははつきり覚えてゐる。或は彼がロシア史の専門家と聞かされて、私はそんな質問をしたのかも知れぬ。世紀末にドストエフスキー、トルストイ、ツルゲーネフ、チェーホフを生んだロシア、彼等の作品に出て来る人物から想像して、帝制時代のロシアが精神的には既に充分に近代化してゐたといふ私の考へが、さういふ質問の形を成した事は言ふまでもあるまい。更にその底には、後進国の近代化が西欧先進国に真似るといふ西洋化の形を採らねばならず、後進諸国においては近代化即西洋化になる事は不可避であるといふ持論が私にはあつた。善かれ悪しかれ、それは不可避である。そしてロシアはその根強いスラヴ魂の抵抗の故に、西欧近代の毒をまともに浴び、その膿が全身を蔽つた。といふ事は、近代化の条件、資格を物にした事を意味する。共産革命、或はドイツのナチズムの如き外科的手術によつて、その腫瘍を切除するよりは寧ろ内科的治療法によつて体力の強化を待つ方が、遥かに賢明といふものである。

さういふ観点から明治維新以来の日本の近代化を考へてゐた私には、当時、アメリカの大使をしてゐたライシャワー氏が西洋化、乃至《ないし》はアメリカ化と近代化とは全く別個の事柄であると頻りに主張する事に対して、一種の政治的配慮を嗅ぎつけ、聊《いささ》か不快に思つてゐた。ライシャワー氏ばかりではない。その前後から同じ主張がアメリカの日本研究家の間に流行し始めてをり、日本は江戸期において既に近代国家への変貌の社会的、経済的条件を充分に備へてゐたといふ新説が紹介されてゐた。勿論、これは新説でも何でもない、その程度の事は私達が既に戦前から常識的に感じ取つてゐた事であつて、民主主義は戦後アメリカによつて初めて齎《もたら》されたものであるといふが如き軽薄な風潮は、所謂進歩的文化人がアメリカを後楯として捏造したものに過ぎない。それが行き過ぎて昭和三十五年の日米安保条約反対運動にまで結集した。その直後に赴任したアメリカ大使の口から、幾ら彼が歴史学者であるとはいへ、西洋化、乃至はアメリカ化と近代化とは全く別個の事柄であると力説されても、私が素直に納得出来なかつた事は解つて貰へよう。下司の勘繰りと言はれればそれまでだが、近代化といふ真綿で日本人の首を締める為に、その綿の芯にはアメリカといふ針金は這入つてゐないと言はれた様なものではないか。

自慢する訳ではないが、私はその前後から一つの危虞《きぐ》を懐いてゐた。それは日本文化礼讃論の擡頭《たいとう》である。ライシャワー氏初めアメリカの日本学専門の研究の成果といふ、謂はばアメリカのお墨附を手に入れて初めて安心感と自信とを得た粗末な日本文化論ブームはここ数年続いてゐる。私の危虞は不幸にして当つたのである。エマソン公使公邸におけるブラック教授との会話においても、その危虞は終始私の脳裡を離れなかつた。ブラック氏もまた西洋化と近代化とを峻別して止まず、私が如何に後進国の特殊事情を説明しても全く理解しようとせず、最後には「イギリスの産業革命は西洋化か」と逆襲して来た。「馬鹿野郎」と怒鳴りたいのを我慢して私は「さうだ、その通りだ」と言ひ返した。記憶は定かではないが、佐伯彰一、村松剛、江藤淳などの諸氏が同席だつた様に思ふ。断つて置くが、通訳が附いてゐたので、ブラック教授と私との会話はほぼ正確に伝はり、言葉の障碍による誤解は無かつた筈である。

それから二三年後、昭和四十三年の秋に私はカナダに赴き、トロント大学の日本学研究者を対象にして近代日本文学の話をする事になつた。二箇月間、一週二回、計十六回に亙るものなので、私は改めて近代日本文学史を調べ直し、記憶の不確かな作品を幾つか読み直した。が、それ以上に私が直面した問題は近代化とは何かといふ最も根本的な事柄である。私は元来明治に出来たネオ漢語は流行語同様、何気無く用ゐながらも、絶えず意識して附合つてゐる。近代化といふ言葉もその代表的な一例である。既に昭和三十八年に『日本近代化試論』といふ題で『文藝春秋』に連載を始めたが、四五回で外国旅行に出掛け、旅先からも寄稿を続けながら、結局は中絶したまま今日に至つてゐる。しかし、これは劇団の分裂といふ様なこちら側の事情によるものではなく、全く外部的な理由によるものである。いづれにしても、私はその頃から近代化における日本独自の実態、更に世界共通の「必要悪」としての近代化の実態のみならず、その本質、定義に関して強い関心を持つに至つた。随つてトロント大学における講義の準備においても、その心構を以て当つた。その際、多少の手掛りになつたのは、既にM・B・ジャンセン編著として『日本における近代化の問題』といふ題で邦訳が出てゐた箱根会議の記録である。これは単に日本における近代化といふ問題の前に会議冒頭において近代化そのものの定義を二回に互つて仔細に検討してゐる。しかし、残念ながらそれは私にとつて殆ど役に立たなかつた。その理由は討論の参加者が近代化といふ概念の内包と外延を如何にそつ無く説明しようと努めても、といふより、さうすればさうする程、近代化といふ現象に対する主体側の精神の政治学としての近代化の問題が捨象されてしまふからである。なぜなら日常言語学派のウォードンが『政治の用語』（永井陽之助訳）の中で言つてゐる様に、言葉の背後に意味を探つてはならない、言葉に定義は無い、ただ用法あるのみといふのは半面以上の真理を物語つてゐる。殊に近代化といふのは私達がその過程の中に在り、それが何処へ到達するのか、また到達しようとしてゐるのか、行方の全く解らぬものである以上、それに定義を与へる事は誰にも出来る筈が無い。

ネオ漢語には流行語と等しなみにただ附合つて用ゐてゐると言つたが、詮じ詰めれば、それはネオ漢語、流行語に限らない。すべての言葉について同様の事が言へる。言葉は極論すればすべて流行語なのである。自由も民主主義も平和も文学も芸術も娯楽も、すべてso called =所謂何々といふだけの事に過ぎない。私の文章に「……といふ事」といふ言葉が多く出て来るのは多分そのせゐであらう。

言葉とその話し手との間には距離があり、会話の中でも文章の中でもその距離は絶えず変化する。卑近な例を採れば、両者の距離が殆ど無いと言へるものは、向う脛を何かにぶつけた時などに発する「痛い！」といふ様な言葉である。が、これは言葉といふよりは叫び声と言ふべきもので、「痛い！」の代りに「畜生！」「糞！」「あつ！」その他何でも構はない。逆に最も距離の大なる言葉としては、皮肉、洒落、逆説、ソフィスティケイション（知的洗煉・詭弁）などが挙げられよう。詰り話し手の意識度の高いものがそれである。たとへ所謂といふ語を用ゐなくとも、その積りで言へば、その言葉と話し手との間の距離は大になる。殆どすべての言葉は流行語であり、所謂附きのものであるにも拘らず、その中でも今日余りにも頻繁に用ゐられ過ぎてゐる流行語に近い言葉を、所謂の意識を持たずに用ゐてゐる人が余りにも多いのに驚く。さういふ人の文章を読んだり、話を聴いたりする気にはなれない。ウォードンの言ふ通り、言葉には用法だけしか無く、定義不能であるにしても、いや、さうであればこそ、その用法には細心の注意が必要であり、恰《あたか》も確たる定義があるかの如く言葉を用ゐてゐる人の場合、その人と言葉との距離は愈々小になる。

極く最近、私達の劇団昴で芥川龍之介の『河童』を私が脚色して上演した。脚色と言つても殆ど創作に近いものである。その中で、私は人間の自由、或は自由意思といふものの限界を諷刺的に扱つた。その作品の出来が私としても上出来のものとは思つてゐない。が、演出をしながら、そして初日を迎へて、私は別の限界を発見した、といふよりは確認した。といふのは、現代の日本人は自由とか独裁とか、或は平和とか戦争とか、その種の言葉で遊べる能力、もしくは余裕に著しく欠けてゐるといふ事である。人々が言葉で遊べるのは臍《へそ》から下の事象に限る。自由とか平和とかいふ言葉は抽象的なものであり、しかもそれらは厳粛なる事柄で、遊びの対象としてはならぬといふタブーが支配的であるからであらう。戦前の天皇と同様、いや、それ以上に、これに触れれば不敬罪になる。だが、私は『河童』を喜劇、笑劇として書いたのである。人間社会が対象ならともかく、河童といふ想像上の滑稽な動物の世界であるが故に、自由を笑ひの種とし得ると考へたところに私の計算違ひがあつたのかも知れない。

臍から下の言葉なら遊べると言つたが、その場合、何よりも知的洗煉度が必要になる、さもなければ不潔、猥褻になつて聴くに堪へない。話し手と言葉との距離が小になれば、その言葉が話し手を物そのものの中に引きずり込み、それを露出させるからである。言葉を自分から遠く離す事によつて、私達は逆にその言葉を精神化し、支配、操作する事が出来る様になり、随つて自分に近附け、言葉を物そのものから離して自分の所有にする事が可能になる。抽象語の場合も同様である。自由といふ言葉と話し手との距離が小になれば、話し手は自由といふ観念に呑み込まれ、自由そのものが観念的に大手を振つて罷り通り、その言葉の外延は果しも無く拡り、内包は全く捉へ処の無い曖昧なものと化する。言葉に定義は不要であり、用法しか無いとしても、その用法に意識の集中があれば、定義せずとも概念の内包、外延に乱れは生じない。

「たとへ他人の自由を抑へつけてでも自分の自由を確保する自由に専念する自由のチャンピオン達」――譬へば、この種のせりふが私の『河童』には随所に出て来るが、自由といふ言葉を四つ続け様に使つて相手を面喰はせると同時に、現代の自由思想の軽薄に観客の目を向けさせるレトリック、即ち言葉で遊ぶ事は、神聖なる自由の旗を仰いで育つた若い役者達には至難の業である。言葉を操る軽味が出ないのである。軽味を出さうとすれば意味内容が不明になる。が、一方的に役者を責める訳にも行かない。観客もまた若者が多く、自由といふ言葉で遊べる様な言語生活の経験が無いからである。

嘗《かつ》て劇団雲がバーナード・ショウの『聖女ジャンヌ・ダーク』を上演した時、偶々来日してゐたイギリスの演出家マイケル・ベントールが観に来て言つた事だが、『夏の夜の夢』の時にはイギリス人と同じ場所で笑つてゐたのに、なぜウォリック伯とコーション司祭の論戦では少しも笑はないのか、イギリスの観客はあの作品中あそこで一番笑ふといふのである。ウォリック伯は薔薇《ばら》戦争の時、キング・メイカーと呼ばれた大貴族で、ジャンヌを裏切つて捕へたフランスのブルゴーニュ公の手からジャンヌを引渡され、直ぐにも火焙《ひあぶ》りの刑に処さうとしてゐた。片やコーションはフランス人であるばかりでなく、ローマ法王庁を代表する公正なる司祭として、ジャンヌを正規の宗教裁判に掛け、魔女の汚名から救上げようとしてゐたのである。が、日本の観客には当時の英仏の関係、イングランド内部の国王、貴族、市民の封建的勢力関係、及びイングランドとローマ法王庁との対立などの歴史的背景が理解出来ないのは当然であり、随つてこれを笑ひの種にする事は出来ない、私はベントールにさう答へた。が、私は内心それだけで片附く問題とは考へてゐなかつた。日本の観客にそれが理解出来たとしても、彼等はああいふ長丁場の論戦劇に附いては行けず、笑ふ事も出来ないだらうと思つたのである。ウォリック伯とコーションとはショウ得意のレトリックで言葉を弄んでゐるのだが、それは単なる遊びの為の遊びではない。直球は投げないが、カーヴ、ドロップは固《もと》より、ブーメランの様に投げた言葉が敵の横を遥かに遠廻りして戻つて来、その背後を突く様な真剣勝負をしてゐるのである。

日本の国会でその様な光景は少くとも大正以後全く見られなかつたと言つてよい。閣僚が皮肉や逆説を以て答へたとしたら、野党は勿論、新聞も「不謹慎だ」と言つて大騒ぎになり、辞職させられるのが落ちである。国会は実人生である。そして実人生に最も近い演劇においては、他の芸術の様に、少くとも小説の様にごまかしが効かない。小説では現実には滅多にお目に懸らぬユーモラスな人間、ウィットに富んだ人間を描く事は出来る。その例として一つや二つさういふ洒落た会話を書く事も出来る。時には「彼はウィットに富んだ男である」と書いただけで読者にさう思込ませる事さへ不可能ではない。が、芝居では現代の日本人といふ生身の人間がそれを姿形に表さなければならないのだ。たとへ一つにしてもウィットに富んだせりふを的確なタイミングと言葉の粒だてによつて実際に口に出し、時には相手役を、時には観客を遣込めながら、しかも笑はさなければならないのだ。実人生の言葉の遣取りと同様、ここではごまかしが絶対に効かない。

近代化の必要条件は技術や社会制度など、所謂「ハードウェア」のメカナイゼイション(機械化)、システマタイゼイション(組織化)、コンフォーマライゼイション(劃一化)、ラショナライゼイション(合理化)等々の所謂近代化に対処する精神の政治学の確立、即ち所謂「ソフトウェア」の適応能力に在る。マルクスの言ふ疎外は何も資本主義社会特有のものではなく、共産主義社会、全体主義社会にも生ずるものであり、また有史以来その度を増して来たものである。それに対応する方法は言葉や概念に囚れず、逆にこれを利用する事、即ち言葉の用法にすべてが懸つてゐる。自分と言葉との距離が測定出来ぬ人間は近代人ではない。いや、人間ではない。しかし、言葉にすべてを懸けてゐる詩人、小説家、評論家、劇作家、役者にその意識が必ずしも有るとは言へないのが現状である。そして、この意識を最も強烈に持たなければならない演劇人、役者にそれが最も乏しいといふのもまた事実である。が、それは彼等の知能指数が低いからとばかりは言へない。諄《くど》い様だが、彼等はその意識度を肉体、音声によつて示さなければならないからであり、それが身につく土壌が日本に欠けてゐるからである。とすれば、さういふ土壌に生じた文学や芸術や学問が、或は政治や制度が、もし近代的に見えるとすれば、それは何処かにごまかしがあるに違ひ無いのである。

それにしてもをかしいのは、近代化による疎外に対応するのに言語不信を主題とした戯曲や、言語依存から脱出しようとする演劇が前衛として流行してゐる事である。ウォードンの言葉をもぢつて言へば、意思の疎通は言葉によつては達せられない、が、言葉以外にその手段は無いのである。言語不信を前提にしなければ、言語の効用は期待し得ないのである。

昭和二十八年に私が初めてアメリカに行つた時の経験を話す。再び海外旅行をするにしても二度と船を利用する事はあるまいと思つて、私は横浜からサン・フランシスコまで二週間掛けてクリーヴランド号の船客となつた。サン・フランシスコから目的地のニュー・ヨークまでも飛行機を用ゐず、サンタ・フェ鉄道のプルマン・カーで乗り心地の良い旅を続けた。アリゾナ、テキサスの辺りまで行くと、汽車は殆ど一昼夜砂漠の中を走り続けた。確かダラスを過ぎて間も無くの事だつたが、寒村の小駅に停車した。寒村の小駅といふのは紋切型の表現で、実のところ駅は見えても村は何処にも見えない。北は相変らずの砂漠地帯で、駅のある南側は所々にウィーピング・ウィローといふユーカリと枝垂柳《しだれやなぎ》の合の子の様な樹木が固つて見え、木造の小駅もやはり五六本のウィーピング・ウィローに囲まれて、ひつそり静り返つてゐた。私の乗つてゐた汽車が停車するのと殆ど同時に、恐らく遠く離れてゐる町か村から乗り附けたのであらう、一台の大型車が駅の直ぐ側に停車し、中から四十歳前後と覚しき婦人とその母親らしい老人とが姿を現した。若い方が運転して来たのだが、服装、鞄から、旅に出るのは老人の方と察しが附いた。二人は抱き合つて稍《やや》大仰に泣き、互ひに体を抱き締め、最後には頬に接吻を交し、それが済んだ途端、母親はスーツケイスを手にし駅の中に姿を消した。娘らしい女はその後姿を見送りもせず、さつと身を飜して車に乗込み、母親がまだ汽車に乗込んだとも思へぬうちに、Uターンして何処かへ消えてしまつた。愁歎場《しゆうたんば》から一方は日常の家庭生活への、片方は旅への、その変り身の早さに私は半ば感歎し、半ば呆れ返つた。これが日本だつたらどうであらう。今日屢々《しばしば》見掛ける事だが、僅か三泊四日の新婚旅行の見送りに親戚、縁者、友人が十数人、開かぬ新幹線の窓の前に群を作《な》して、別れを惜しんでゐる、いや、楽しんでゐる。また、私など偶に講演のため地方に出掛けるが、やはり新幹線の開かぬ窓の前で主催者側の人が数名見送りに来て、この場合は義理にも別れを惜しんでゐるとは言ひ難く、彼等も私も気拙《きまづ》い思ひで一秒でも早く列車が動き出せばいいと願つてゐる。弓道に残心といふ言葉があり、矢を放つた後、ほんの数秒、そのままの姿勢で、手応へではなく放ち応へを心のうちに確め収める事を意味する。その程度の残心は列車であらうが、自動車であらうが、玄関先であらうが、人と人との別れには好もしい美徳である。が、新幹線や飛行場での見送りとなると、余りにも度が過ぎてゐはしないか。この彼我の差は何処から来るのか。アメリカ南部の小駅で私が見た母娘の別れ方に倣《なら》ふに限る。しかし、

それは様々な角度から多くの人々によつて指摘されてゐる事だが、私は私なりに劇作、シェイクスピアの飜訳、演出を通じて得た実感から話を進めて見よう。明治以来、自由と個性の確立を求めて様式、儀式、作法を徐々に棄て去つて来た私達日本人は、皮肉な事に却つて自由を失ひ個性を失つた。戦後、その傾向はますます増大しつつある。それは当然な事で、自由は規律やルールといふ枠があつて初めて成立するからだといふ種類の批判は

屢々耳にして来た。が、それだけでは片附かない。なぜなら、その種の批判を口にする人達も決して江戸時代の如き生活の様式、儀式、作法を身に附けてゐる訳でもないし、さうしようと努めてゐもしないからである。近代化とは様式を成立たしめる基盤たるリージョナリズム（地域主義）に対して破壊的作用を意味する以上、単に規律やルールの確立を説いたところで始らぬ。

　リージョナリズムは場の原理の上に成立する。家族的な共同体の意識が一つの場を形成する。明治の廃藩置県は中央集権の強化であり、その意味では確かにリージョナリズムの否定であつた。が、実質的には有史以来鎖国状態に在り、国境線を持たず、一民族一国家として敵の顔を殆ど見ずに過して来た日本人にとつて、維新は単なる派閥抗争に過ぎず、真に維新の実を示したものとは言ひ難い。江戸時代においても可なり中央集権化は行はれてをり、日本全体が一つの場を形成してゐたのである。ブラック教授のロシア革命論に倣つて言へば、日本は徳川幕府の手によつて天皇制による君主制中央集権国家といふ近代化の道を歩み得た筈である。が、歴史に繰言は禁物だ。現実的にはやはり維新の必然性があつたのである。ここに留意しなければならぬ事は佐幕派の手によらうと倒幕派の手によらうと、日本の近代化はリージョナリズムからの、或はその基盤たる家族共同体的な場の原理からの脱却をつひに果し得ず今日に至つてゐるといふ事実である。

　日常生活における私達の附合は彼我相互間の忠誠心を余り必要としない。私達は相手に忠実である前に彼我を包含する場に先づ忠実でなければならない。或は場に忠実でさへあれば、個人としての相手方に忠実でなくとも済む。その場とは戦前は国家であり、戦後では企業である。近頃、せち辛い企業形態に疎外感を覚え始めたアメリカが、日本企業の終身雇用、年功序列に一種の郷愁を持ち、それを美点として褒め始めたのに乗じ、日本人自らこれを誇りとする日本文化論が氾濫してゐるが、それなら、近代化などといふ事を口にせず、前近代へ戻れといふ逆コース路線を表面に押出すに若《し》くはない。近代化を最も頑固に強調する進歩的なる労働組合が何の矛盾も感ぜず、合理化反対をスローガンとするのは、真に奇妙な風景と言はねばなるまい。終身雇用、年功序列を美点とする前近代的な企業形態も、実はこの企業の近代化に最も熱心な筈の労組の前近代的な要求に応じたものである。にも拘らず、それを戦後の急激な近代化の波に乗つたものと自他共に思込んでゐる。考へて見れば、日本の労働組合は大方クローズド・ショップの形を採つてをり、経営者側が企業に忠誠を求める以上に、組合といふ場への忠誠を強要する閉鎖的組織になつてゐる。早い話が、経営者は社員たる組合員に向つて何党へ投票せよといふ社の方針を示しはしないが、総評は何党支持と明確に表明し組合員の自由を踏み躙《にじ》つて省みない。

最高の知識人である筈の大学においても同様である。ある大学の先生が、これは自分の大学のみならずあらゆる大学の教授会に通じる一般原則であると言つて、次の様な話をしてくれた事がある。教授会の席上、一番馬鹿な奴は一番先に喋る奴と最後に喋る奴で、一番利口なのは一二人、或は二三人が意見を表明した後、それに対する他者の沈黙の反応を具《つぶ》さに観察してゐて、大多数に受容れられさうな意見を表明する奴だといふ。野球と同様、三番バッター、四番バッターに期待が懸つてゐるといふ事になる。これは明かに個人としての自分の意見の表明が目的ではなく、徐《おもむ》ろに場の形成を待ち、その場に忠実な意見の要約表明を心懸けるといふ事である。

企業や組織ばかりでなく、個人と個人との間にも右と同様の場の原理が働く。私達日本人は相互間に目に見える共通の場が成立しなければ不安で仕方が無いといふ習性を持つてゐる。一頃、文壇でも問題になつた組織と個人、或は組織からの個人の疎外感などといふ甘たれた論議もその習性から生じたものに過ぎない。そんなものは実は個人の疎外感などと称するに足る近代的なものではない。端的に言つて、そこには個人なるものは存在しない。組織の締め附けに不安を覚え、それに対抗する必要のある程、強力な組織も強力な個人も殆ど存在しない。人々はただ場から脱け出られず、一度脱け出したら生きて行けさうもない個人以前の嬰児的《えいじてき》性格に不安を感じてゐるだけであり、それを飜訳文学の誤読によつて「近代的不安」と解釈し、自分が一端《いつぱし》近代人であるといふ自己欺瞞に酔つてゐるに過ぎない。これも人権、人権と騒いでゐるうちに人格無しの人権亡者《まうじや》が輩出したお蔭である。基本的人権といふと如何にも近代的で聞えがよいが、その基底に個人としての人格が無ければ、基本的といふ言葉は最低のといふ消極的概念に過ぎなくなる。事実、基本的人権といふのはその意味に他ならないが、それを恰も鬼の首でも取つたやうな気で御大層な積極的概念に誤訳して用ゐて来た為、人格無しの人権亡者が輩出したのである。

　日本人の場合、個人と個人との間にも場の原理が働くと言つたが、それは必ずしも恒久的関係にのみ限らない。一人を相手にしてゐても場は刻々に変化する。といふより、会話も、そして沈黙といふ名の潜在的会話も、一定の場によつて成立するが、その場を変化させるのは自分と相手といふそれぞれの個人である。またその場を棄てて、他の別人との関係により別の場を設定するのもやはりそれぞれの個人の役割である。私がテキサスの小駅で見掛けた母娘はこの場の転換を見事に遣《や》つて退《の》けた。その翌年、イギリスのオールド・ヴィックで観たリチャード・バートンのハムレットによつて、私は西洋の、或はアングロ・サクソンの、謂はば精神構造を確認し得た様に思つた。『ハムレット』はシェイクスピアの悲劇中最も有名な作品だが、『リア王』や『あらし』に較べて優れてゐるとは言ひ難い。が、それが今日、シェイクスピアの代表作と見なされ、失敗するのが難しい位の好評を保ち得てゐるのは、多分その主人公の近代的な性格によるのであらう。ハムレットは彼の前に次々に現れる敵、身方に対して　自らの手で実に鮮かに場の転換を計る。言換れば、その場に応じて複雑な自己の異つた面を、詰り狂気から正気へ、燥《はしや》ぎ廻りから沈痛な独白へ、激情から軽口へと急激な変化を展開して見せる。それにも拘らず、といふより、それ故にこそ、その根柢に一貫した性格、人格が成立する。私が観た当時のバートンはさういふ近代人を実に見事に演じて退けたのである。

劇団昴で最近上演したラティガンの『海は深く青く』の稽古に、私は演出家としてではなく、プロデューサーとして助言したが、その際、特に強調したのは右に述べた場と個人との関係についてであつた。その事は私の最初の戯曲『キティ颱風』が文学座によつて上演された時以来、薄々勘附いてゐた事であり、或る役者は憂鬱から軽快への、独白から対話への急激な転換がどうしても出来ず、長い間《ま》を取つたり、「あ、う、その……」といふ無意味な呟きを渡りにしたりして、場の転換を計つてゐた事を覚えてゐる。芥川比呂志のハムレットがバートンの向うを張り初めて私の期待に応へてくれたのだが、その後、雲が出来た後も私は余りさういふ要求をしなくなつた。さういふ理想論を強調する雰囲気が無かつたからである。が、欅の場合は私の作品、演出が多かつたせゐもあり、理論には触れなかつたにしても、ダメ出しは殆どその事に集中した。

今度の『海は深く青く』はそのせゐか、役者がそれを心得てゐて、雲、欅の公演を大抵観てくれてゐた多くの観客から最高の出来だといふ好評を得た。私には昨年の『愚かな女』と較べてさほど違ひは無い、寧《むし》ろ『愚かな女』の方が成功したと思つてゐるが、観客の声にも半面の真理はある。なぜなら、『海は深く青く』はこれまで雲でも欅でも取上げなかつた人情劇であつて、登場人物の一人一人が自分の生活や心理に深く沈潜しながら相手方と共通の場を作り会話を交すもので、下手をするとお涙頂戴の俗流新派に堕し易い作品だからである。『愚かな女』の様に快適なテンポに表立つて乗る訳には行かない。といつて、自分だけの感情に、或は相手方と一度出来上つた場に沈湎《ちんめん》してゐたのでは作品全体が重くなり、観客を退屈させる。事実、その成果や役者個人を褒めてくれた常連の中にも、少々退屈するとか長過ぎるとかいふ苦情が出てゐるといふ声を私は耳にした。初日に観た人の中には、さういふ感じを懐いた人が可なりゐた様である。私はこの公演を成功だと思ひ、他の劇団によつてもこれほどの成果は得られないといふ安心感に寄り掛り、ダメ出しといふ言葉をヨク出しといふ言葉に改めて、初日以後も数日、執拗にそのヨク出しをし続けた。しかも、久し振りで私の演劇理論まで持出し、その例としてテキサスの小駅における母娘惜別の話を披露したのである。

言葉と話し手との間に距離を保ち、その距離を絶え間なく変化させねばならぬのと同様に、相手と共に造り上げた場と自分との間にも距離を保たねばならず、その距離を絶えず変化させ得る能力が無ければいけない。さういふ能力こそ、精神の政治学としての近代化といふものなのである。が、日本人の場合、蠅取紙に蠅が張り附いた様に、憎しみ、怨み、悲しみなどといふ相手方との関係によつて生じた場に心身共に縛られてしまひがちである。相手が去つて独りになつても、その場の支配から容易に脱出出来ない。時にはそれほどの激情ではなくとも、行き掛りから、或は周囲の目を意識して、「今泣いた烏がもう笑つた」と笑はれるのを虞《おそ》れる。行き掛りといふのは場の固定化、詰り時間の停止であり、周囲の目といふのは場の拡大化、詰り空間の単一化に他ならない。これは蠅取紙に六本の脚を悉く附けてしまふ様なものである。それどころか、飛び立たうとして踠《もが》けば踠くほど腹や羽まで紙に貼り附き、どうにも身動きが出来なくなつてしまふ。二人の人間が場を構成する為には、精々一本か二本の脚だけを蠅取紙に附けてゐれば足りる。さうしてゐれば、いつでも場から離れ、個に還る事が出来るし、相手の出方次第でまた別の場を形成したり、他の相手との場に切替へたり、或は今まで二人切りで作つてゐた場に、第三者が気楽に入込んで別の場を形成したりする事が出来る。

それは好い加減に相手と附合ふといふ事ではない。たとへ一二本でも、場に附けてゐる脚が強靭であり、羽の力が強ければ、場の膠着力《かうちやくりやく》によつて個としての離陸、飛翔の能力を失ふ虞れは無い。『海は深く青く』は時間、空間いづれの面においても、登場人物同士が構成する場の膠着力、牽引力の強い作品である。シェイクスピアの作品となれば、それとは較べ物にならぬ位に場の力が強い。が、それは現代の写実劇ではないだけに、まだしもごまかしが効く。『海は深く青く』ほどごまかしの効かない飜訳劇を私達が採上げた事は確かに今までに無かつた。それだけに二人だけの会話においても、場から場への転換、場から個への引揚げに役者個人の強靭な力を必要とする。再びテキサスの小駅の話を例に取れば、小説なら、「娘は母親の後姿を見送らうともせず、さつと身を飜して車の方に向つた、その顔はもはや涙の影は留めず、おそらく夕食の献立でも考へてゐるのではないかと思はれるほど平静なものだつた」と書けば、読者はそれが幾ら自分とは縁遠い性格であらうが、そのまま素直に納得するであらう。が、いざ舞台でその女を演じるとなると、観客も批評家も容易にそのリアリティを信じてはくれまい。役者といふ日本人の「意」が「姿」を裏切るからである。その点については、今度の舞台成果は、手前味噌になるが、現代日本演劇の水準を遥かに越えてゐたと言へよう。

場を構成しながら、或は場によつて自己を変貌させながら、しかも一貫した人格を保ち続ける為には、場と自己とを冷静に眺め得る目を持たなければならない。或は現実の場と自己とを超えた何処かに自己を隠し預ける場所を持たなければならない。近代化といふ事がラショナライゼイション、メカナイゼイションを志向する以上、社会は程度の差こそあれガラス張りになり、自己の隠し場所は容易に見附からなくなるであらう。近代化がいけないのではない、それに対処し得る精神の近代化に、人々が殆ど心を用ゐない事がいけないのである。人々はそれに心を用ゐないばかりではない、寧ろ近代化の鋒先《ほこさき》を躱《かは》し、怠慢にもそれぞれ自分の、或は自分達の穴倉に閉ぢ籠つてゐる。しかも同業者間の附合ひに過ぎない、この自分達だけの穴倉を唯一の共通の場と心得、或は風潮といふ名の場しか目に映らず、そこからの離脱を虞れ、ひたすらそれに忠誠ならんとしてゐる。

新劇の世界ほどその傾向の著しいものは無い。幾ら自分達だけの穴倉に閉ぢ籠らうとしても、政党の派閥抗争は新聞が暴露してくれる。文壇の場合でも週刊誌のお蔭で大衆作家が名士になつた余勢を借りて文壇そのものが公的存在になり終せた。演劇の場合もテレビのお蔭でと言ひたいところだが、舞台を一度も踏んだ事の無い研究生や歌手が一夜にしてテレビ劇やテレビ映画の主役になり、時には舞台にまで進出して何千何万といふ客を集める。親から貰つたままで自分では何の手も加へてゐない容姿で居食《ゐぐ》ひが出来るのである。場から離れたら幼児に等しい生き物に過ぎぬ彼等が場に忠誠を誓はなければ個人として生きられる筈がない。日本の新劇は北欧の近代劇から出発した筈だが、かういふ状況の下では近代だの近代化だのといふ言葉とは凡そ無縁の世界に生き続けねばならぬ。しかも、度々繰返す様だが、自分の生活によつて規制された肉体的表現にすべてを賭ける以上、小説その他の様にごまかしが一切効かぬ。自己欺瞞は許されない。同時に、一度穴倉の底深く潜入してしまへば、公の人目には附かずに、仲間と仲間同様の演劇青年達とだけ手を組んで、幾らでも自己欺瞞が可能なのである。そこでは共通の場が忽《たちま》ちにして出来上り、他の場をすべて排除する事によつて自分を最も前衛的な個性の持主と思込む事が出来る。

だからといつて演劇そのものを軽蔑する事は出来ない。役者は観客の反応を目の前にしてゐる以上、穴倉の自己欺瞞を一度かなぐりすててしまへば、これほど自己欺瞞のしにくい世界は無い。近代化の遅れ、或は混乱がここにおいてほど際立つ世界は他に無い。言葉と話し手との間の距離、場に対する個人の離着陸、それは小説や評論においても言へる事で、果してどれだけの小説家や評論家がその事を通じて近代化との格闘を意識的に行つてゐる事か、頗《すこぶ》る心もと無い様に思へる。が、書き手と言葉との距離、場に対する登場人物としての、或は筆者としての個人の自由といふ事は単に近代化との格闘の手段であるばかりでなく、それを物にしなければ、文章のリズムも、部分と全体との相関関係を示す構成も不可能なのである。小説や演劇は音楽と等しく時間芸術と言はれ、美術の如き空間芸術と対比されるが、絵にしても一見直ちにその造形美が看取されるものではない。それを深く味はふ為には作品のムーヴメントをなぞる時間的経過を必要とする。同様に小説や演劇が時間芸術だと言つても、その快適なリズムを経験した後の空間に一つの建造物がまざまざと見えて来なければならぬ。作者の思想や人間観察力がどうのからのといふ事は、それが芸術である以上、飽くまで二の次の話である。小説も評論も言葉によつて知識を与へてくれる前に、先づ言葉そのものを経験させてくれなければならない。そしてそれが読者にとつて経験となる為には、作者と息遣ひを共にするリズムの快感が無ければならない。純文学と通俗文学との別はそのリズムの快感の有無にあるのであつて、文体にあるのではない。まして思想にあるのではない。

友人の或る外国文学者が言つてゐた事だが、原文で読むとをかしみの笑ひを誘はれるのに、飜訳となるとそれがどうしても表せないといふ。確かにさういふ場合もあるだらうが、大抵は解決の著く事なのである。リズムや作者の息遣ひはその意味内容、或は意味集団として無関係ではない。私達の劇団はせりふといふものを最も大事にしてをり、意味集団としてのフレイジング（句節法・文節の折目）に重きを置く。フレイジングが正しく出来る為には話し手が自分と言葉との距離や場と自分との関係を意識してゐる精神の働きが無ければならない。それが無いと話し手の心が観客にリズミカルに伝はらなくなる。演劇では読み返しの効く小説や評論と異り、言葉が役者の口を出る瞬間、瞬間に観客の頭の中に叩き込まれなければならないからだ。しかし、小説や評論においても、程度の差こそあれ、同様の事が言へる。たとへ引掛つて読み返すにしても、読書の精神的運動の力学と、そのリズムを崩す様な文章は言葉そのものを経験させてくれないであらう。悪い飜訳とはさういふ飜訳の事であり、原作者がをかしみを感じながら言葉を遣ひ、言葉で生きてゐるのを無視した場合、例の外国文学者が指摘した様な結果が生じるのである。をかしみとは違ふが、飜訳の場合、日本語と英語とのフレイジングの違ひからどんな結果が生じるか、手近の『海は深く青く』から次の会話を例に引いて置かう。

ヘスター　あの人の良心ですつて？　それをあなたは発見なさつたといふわけですの

ね、私にはどうしても見つからなかつたのに。
ミラー　だつて恋は盲目と言ふぢやありませんか。
（臼井善隆訳）

英語では「私にはどうしても見つからなかつたのに」といふのが that I missed となつて最後に来てをり、その前に Have you found something in him があつて、that 以下は found の目的語になつてゐる。これを英文和訳式に「あなたは私が見損つてゐたものを彼の中に発見したのですか？」としたら、その後を受けたミラーのせりふ、Because the eyes of love are blind が生きない。原文では「発見したのか」に対しての「なぜなら」「だつて」ではなく、ヘスターが「見損つてゐた」事に対してのものだからである。これはほんの一例に過ぎず、飜訳が面白くないのは、意味だけを正確に伝へようとするこの種のフレイジングの無視が、作者、読者の精神の運動のリズムを破壊するからである。その意味においても、演劇は最も近代化のごまかしが効かぬ世界であると言へよう。

（「新潮」昭和五十一年八月号）

あとがき

この本は今まで新潮社から出てゐた『劇場への招待』『私の演劇白書』『私の演劇教室』、及び玉川大学出版部刊の『せりふと動き』のうちから、総論、戯曲論、翻訳論、演出論、演技論などを集めて一冊となし、読者の便を計つたものである。前三者は既に絶版となり、手に入れ難い。玉川大学出版部刊のものは、今なほ出てゐるが、その四分の一くらゐを取捨選択したものであつて、それも原本では個々の役者評になつてゐたのを、大幅に手を入れ、一般論に書き直した。

私は生涯に一度、私の演劇観を具体的に述べ、一冊にまとめておきたいと思つてゐた。また種々の演劇学校やその他で教科書に使ひたいが、絶版の分をも含め、かつそれに欠けてゐた演技論を加へて、一冊の本にして貰へぬかといふ希望があり、『せりふと動き』が丁度その演技論に当るので、それを待つて一冊にまとめることにした。

そんなわけで、『せりふと動き』との一部重複が免れ難かつたのであるが、それはあくまで一人一人の役者への忠告として書いたものの、新劇が出発点についてゐないといふ私の認識からすれば、全部の役者に読んで貰ひたいものであり、演目や、誰それといふ固有名詞を省き去つたこの本でも十分に通用する。この際、玉川大学出版部に対し、また『せりふと動き』を読んで下さつた読者に対し、お詫びすると同時に、なほ演技論については、まだそれを読んでゐない人々には、これだけで十分と思はず、更に『せりふと動き』の全体を読んでいただきたい。

絶版になつた新潮社版の三冊については、その古きは二十年前に出たものであるが、私の考へは、当時と少しも変つてはゐない。同時に『せりふと動き』の演技論は昭和五十四年に出たものであるが、二十年前と少しも変つてはゐない。一冊にまとめて少しもをかしくないゆゑんである。

近頃はテレビの影響で、をかしな言葉や、間違つた日本語が氾濫し、しかもそれを見る人もその間違ひに気附かぬ現状である。それについては、もう少し書きたかつたのだが、それは演劇の問題といふよりは、国語問題であるので、ほんの一部にとどめた。しかし、翻訳論は重大である。小説の翻訳に較べて遥かに重大である。マクベス夫人の逍遥、小田島、福田の訳を挙げたのもその僅かな一例であり、全部がこの調子で訳されてゐると思つて間違ひない。本文中にも書いたが、演劇が他の芸術に較べて、少くとも小説に較べて遅れを取り、「演劇性」といふ言葉に逃げてゐる実情はそこにある。

最後にこの本は『演劇入門』となつてゐるが、『演劇出門』でもある。そこに書いてあることが全部わかり、それが全部こなせれば、忽ち名優になれるであらう。西洋では当り前のことであるが、日本ではまださうなつてゐない。いい加減なことをして済んでゐられ、経済大国を以て任じてゐるのはどうかしてゐる。それを許さないのは、一人でも物のわかつた観客がゐることである。これも本文中に書いてある通り、演劇においては観客も創造者の一人であり、その意味では、この『演劇入門』は何よりも先づ観客に読んでいただきたい。

昭和五十六年四月五日

福田恆存

解説　演劇理論家としての福田恆存

福田　逸

今は亡き文藝評論家遠藤浩一氏が、劇団雲の創立メンバーの俳優の一人、(これまた今は亡き)西本裕行氏にインタビューした折、「福田恆存が最も優れていたのは、演出家としてか、演劇評論家としてか、あるいは劇作家としてか」と問うたことがあるさうだ。それに対して西本氏は言下に「劇作家だ」と答へたと、後に遠藤氏から聞かされた。私もさう問はれれば同じ答をしたと思ふ。『龍を撫でた男』『明暗』『明智光秀』『解つてたまるか!』……福田恆存の戯曲を思ひ起こし、その舞台を思ひ出すとき、確かにその回答は正しいのかもしれない。が、本書『演劇入門』はもとより、恆存自身が「あとがき」に上げてゐる本書成立のもととなつた四冊の先行著書を考へると、「演劇評論家(劇評家)だ」といふ回答も十分成り立ちさうな気がする。あるいは、むしろ「演劇理論家」といふ呼称を与へてもよいのかもしれない。

『演劇入門』II章に見られる、日本の「近代化」とその弊害としての言語の混乱を、演劇を通して是正していかうとする態度にしても、行動することばといふ概念にしても、あるいはまた、Ⅲ章に出てくる「話し手と言葉の距離」といふ措定にしても、劇作家としての福田恆存の背後に確固たる「演劇理論家」の存在を感じさせる。同時にまた、Ⅲ章で語られる「個性」は「強制と禁止」からしか生じないといふくだりや「在るべき姿の理想的人間像」といふ言葉を見ると「評論家」福田恆存そのものと言はざるを得ない。

本書は、自身が「あとがき」で述べてゐるやうに「私の演劇観を具体的に述べ、一冊にまとめておきたい」といふ思ひから企画され、「演劇理論家」福田恆存の演劇論のエッセンスを凝縮した自選集といふべきものである。この「あとがき」を書いた丁度ひと月後、昭和五十六年（一九八一）五月、父・恆存は脳梗塞で倒れ、以後、徐々に評論の仕事は少なくなつていく。その意味で、「入門」の名を冠してはいるものの、本書は旺盛な批評活動を展開してゐた時期の作品から選りすぐられたものであり、演劇理論家としての到達点を示してゐるといへよう。

演劇に携はる時、日本の近代化といふ大きなテーマを恆存は常に考へてゐた。だからこそⅡ章のやうに近代化の弊害云々といつた、一見、演劇と無関係と思はれさうな言葉が飛び出す。演劇と近代化と、何の関係があるのかといふ疑問を感ずる方も多いのではあるまいか。その問題が明白に論じられたのが、その題名通り『醒めて踊れ――「近代化」とは何か』なのだ。この論文が書かれたのは昭和五十一年（一九七六）の事であり、本書Ⅱ章の「シェイクスピア劇のせりふ」及びⅢ章「演技論」の六「フレイジングについて」が書かれたのと同時期である。

この『醒めて踊れ』を読まずに『演劇入門』だけを読むと、「近代化」の問題のみならず、「言葉との距離」とか「観客の主体性」などといふ言葉が余りピンとこないといふ読者もゐるかもしれない。さういふ方には、この『醒めて踊れ』といふ論文が補助線としての役割を果たすだらうと思ひ、文庫化に当たり増補した。

『醒めて踊れ』において日本の「近代化」を論ずるにあたり、恆存は「後進国の近代化が西洋先進国に真似るといふ西洋化の形を採らねばならず、後進諸国においては近代化即西洋化になる事は不可避であるといふ持論」を持ち出す。少々分かりにくいとも思はれるので、もう少し敷衍して述べておく。

例へば、日本の明治維新の折に起こつたことは、近代化であると同時に、科学文明や生活様式の西洋化に他ならないのだ。それは、和服から洋服へ、畳から椅子へ、あるいは駕籠や馬車から自動車へといつた生活様式の変遷一つ取つてみても分かる。これらの外面的変化はすべてその時代の西洋の輸入に他ならない。必然的に目の前に現在存在する「西洋」に追ひつくことが大命題となり、それが「近代化」だといふ大前提（思ひ込み）に立つてゐるわけであるが、その折、当時の日本人の眼には、西洋には西洋の中世があり近世があつたといふ厳然たる事実が見えてゐない。恆存はそこに問題があるといふのだ。西洋には西洋の歴史があつて、その必然の結果としての近代化が惹起された。そのことに思ひを致さず、しかも、日本本来の誇るべき中世や近世を弊履のごとく棄て去る。そこに後進国の「近代化」の歪みを見る、といふわけである。

それを踏まえた上で、恆存は、真の「近代化の必要条件」は、「技術や社会制度など」外面の「近代化に対処する」、日本人の精神の内面における「精神の政治学の確立」つまり「適応能力」にあるといふ――恆存の眼には日本の近代化が「適応異常」と映じてゐるわけだ。そして、その直後に、マルクス的疎外は、有史以来常に「その度を増して来たもので」あつて、それに「対応」するためには「言葉や概念に囚はれず、逆にこれを利用する事、即ち言葉の用法にすべてが懸つてゐる」と述べ、続けてから断言する――「自分と言葉との距離が測定出来ぬ人間は近代人ではない。いや、人間ではない」――読者は首肯したであらうか、拒否反応を示したであらうか。拒否したとなると、「人間ではない」と断罪の憂き目に会ふわけだ。自己を客体化、客体視できぬのは近現代人として失格だといふことであり、その、「意識を最も強烈に持たねばならない演劇人、役者にそれが最も乏しいといふのもまた事実である」――つまり、ある役を演ずるといふ事はその役の内面を探求するだけではなく、その役が戯曲の中で置かれた位置・場所を客観的に把握できなくてはならず、そのためには、自分の語る科白・言葉そのものを客体視出来なくてはならない――これが福田恆存の演劇観であり、さういふ営為こそ近代人の証明だといふのが恆存の近代化論なのだ。恆存は演劇を、単に芝居好きでやつてゐたのではない。彼の人生観、世界観、歴史観等々が、彼の演劇観の背後にはある。いや、人生と世界と歴史と演劇と、恆存の中では一体のものだつたと言ふべきだ。

ところで、「近代化がいけないのではない、それに対処し得る精神の近代化に人々が殆ど心を用ゐない事がいけないのである」という恆存の言葉は今でも有効なのであらうか。それとも、我が国においては精神の近代化をはるか昔に果たしたと、現代の我々は言へるのだらうか。あるいは、この「近代化」といふ問題は、実は日本人には全く馴染まぬものだつたとでもいふのか。それとも、この国は、実は、この期に及んで未だに島国として外界に目を塞いで生きてゐるとでもいふ事なのか。

今の時代には、「近代化」といふ言葉さへ古びてしまつたのだらうか。我々は既に近代の超克を果たしたのか。近代の超克を果たし、超近代的あるいはポストモダンなる精神世界を我々の内面に築き上げたとでもいふのだらうか。さうではあるまい――明治以来の近代化、西洋化の波に呑込まれた日本及び日本人は、いつそれを克服したといふのか。昭和も半ばを過ぎた頃から、生活様式にせよ使用するさまざまの機器にせよ、時代の先端を走り続けた日本が、同時に「精神の近代化」を果たし、内面の落ち着きをも伴つた近現代を生き、生み出してきたといへるのか。私にはさうは思へない。確かに、外面は近代化をも遥かに超越して「超」現代的《モダン》な様式《スタイル》を纏つてゐるには違ひない。が、現代を生きる我々は内に巨大な虚無と不安を抱へた空疎な存在になり果ててゐないか。自国の歴史に連なる確固たる現在を持てず、他者に繫がる確《しか》とした共通項も互ひに保ち得ぬヌエの如き存在になり果ててはゐないだらうか——。

ならば、内なる精神の近代化とはなにか。その問ひにも、『醒めて踊れ』の中で、外面の社会制度に対して、内面の「精神の政治学の確立」といふくだりに続けて、恆存はから答へてゐる。外面的な社会制度に「対応する方法は言葉や概念に囚はれず、逆にこれを利用すること、即ち言葉の用法にすべてが懸つてゐる」と。その先に、例の劇しい言葉が続く——自分と言葉との距離が測定できぬ人間は近代人ではない。いや、人間ではない——つまり言葉を客体化して意識的に扱へぬとしたら、それは、近代人はおろか人間ではないと。

極論、動物を考へてみよう。例へば山原水鶏《ヤンバルクイナ》は「ケッケケッケッ」といふ鳴き声により「敵が来るぞ」といふ信号を発するといふ。が、言ふも愚かなことながら、彼等には「生か、死か、それが問題だ」などといふ抽象的概念を自らに問ひかける能力のあらうはずもない。いや、人間であつてもハムレットの如く近代的自我に目醒めぬ限り、このやうな抽象的な言葉は出てこない。つまり、かういふ発話は、自己を客体化して、いはば他者として外側から自分の内側に投げ掛ける言葉であり、自分の外側から発せられたものとして、その外面の「言葉」と内面の「己」との距離が意識され正確に測定されねば無意味であり、その能力を有するのが近代的自我であるといふ――だから人間が人間であるためには「醒めて」「踊れ」と恆存は言ふのだ。

さらに、歴史的にも「家族的な共同体の意識が一つの場を形成」してゐた我が国においては、「明治以来、自由と個性の確立を求めて様式、儀式、作法を徐々に棄て去つて来た私達日本人は皮肉なことに卻つて自由を失ひ個性を失つた」と恆存は考へる。つまり、近代化を求めて、社会（世間・家族）の様式や型を捨て去り、個々人の個性を尊重しようとしたがため、卻つて個人の自由も個性も失つてしまつたのであり、つまりは、共同体としての「場」、あるいは一民族共同の「場」を失ふ一方で、その結果として、個々人が己に対する距離を保つことにより生まれてくるやうな、近代人が自在に操る「場」といふもの（＝内面の「精神の政治学」）を身に着けられたといふわけでもなく、ただただ混沌を極めてゐるといふのである。

恆存は、多くの論文の中で繰り返し、昭和二十九年（一九五四）にロンドンのオールド・ヴィック座で観たマイケル・ベントール演出のリチャード・バートン演ずるハムレットの舞台に言及する。この『醒めて踊れ』でも、やはり、この「場」の問題に関して、バートンのハムレットが、自分の眼前に現れる敵味方に対して次々に「場」から「場」への転換を計り、複雑な自己の内面を次々と繰り出してゐたと書いて、そこに確立された近代人の多様でありうる自我を見出してゐる。「場を構成しながら、或は場によつて自己を変貌させながら、しかも一貫した人格を保ち続ける為には、場と自己を冷静に眺め得る目を持たなければならない」として、そこにこそ、現代の日本の新たな新劇の可能性を見出した。この一つの「場」への粘着を回避することこそ——殊に演劇においては「言葉と話し手の間の距離」を保ち、臨機応変にその距離を変化せしめる舞台の上での変幻自在な自己の確立こそ——重要だと考へたのだ。

「近代化がいけないのではない、それに対処し得る精神の近代化に、人々が殆ど心を用ゐない事がいけないのである」といふ、恆存の警告は、おそらく、日本人が日本人であることの難しさ、あり続けることの難しさに気付かぬ限り、なほ有効であるに違ひない。本書に、補助線としての『醒めて踊れ』を加へた所以である。

初版刊行から約四十年、増補版として本書を手にした読者に、新たな演技術を見出し、新たな演劇鑑賞法を身に着けていただければ、泉下の著者にとつても望外の喜びであらう。

令和二年七月二十日

（ふくだ・はやる　明治大学名誉教授／翻訳家・演出家）

初刊・初出一覧

『劇場への招待』新潮社　昭和三十二年十一月刊
演劇の特質　『藝術新潮』昭和二十五年四月号
劇と生活　毎日ライブラリー『演劇』昭和二十七年四月刊
戯曲読法　『讀賣新聞』昭和二十七年十月八日筆
ことばの二重性　『言語生活』昭和二十七年十二月号
演出論　『文學界』昭和三十一年三月号
劇場への招待　『婦人之友』昭和三十一年六月号―九月号
シェイクスピア劇の演出　英寶社刊『シェイクスピア研究』昭和三十二年二月八日筆
『私の演劇白書』新潮社　昭和三十三年十二月刊
日本新劇史概観　同右
『せりふと動き』玉川大学出版部　昭和五十四年十一月刊
シェイクスピア劇のせりふ／演技論『テアトロ』昭和五十二年十月号〜昭和五十四年九月号
『福田恆存評論集　第十一巻』麗澤大学出版会　平成二十一年一月刊
醒めて踊れ　『新潮』昭和五十一年八月号

編集付記

一、本書は『演劇入門』（玉川大学出版部、昭和五十六年六月刊）を底本とし、関連論考を増補して文庫化したものである。

一、底本中、明らかな誤植と考えられる箇所は訂正し、難読と思われる語には新たにルビを付した。

一、本文中、今日の人権意識に照らして不適切な語句や表現が見受けられるが、著者が故人であること、発表当時の時代背景と作品の文化的価値に鑑みて、底本のままとした。

中公文庫

演劇入門《えんげきにゅうもん》
——増《ぞう》補《ほ》版《ばん》

2020年8月25日　初版発行

著　者　福《ふく》田《だ》 恆《つね》存《あり》

発行者　松 田 陽 三

発行所　中央公論新社
〒100-8152　東京都千代田区大手町1-7-1
電話　販売 03-5299-1730　編集 03-5299-1890
URL http://www.chuko.co.jp/

DTP　平面惑星
印　刷　三晃印刷
製　本　小泉製本

Published by CHUOKORON-SHINSHA, INC.
Printed in Japan　ISBN978-4-12-206928-2 C1174

各書目の下段の数字はＩＳＢＮコードです。978 - 4 - 12が省略してあります。

中公文庫既刊より

ふ-7-6
私の英国史
福田恆存《つねあり》
ノルマン人征服前からチャールズ一世処刑まで。史劇さながらに展開する歴代国王の事績を、公正な眼差しで叙述。バートン編「空しき王冠」付。〈解説〉浜崎洋介
206084-5

よ-5-9
わが人生処方
吉田健一
独特の人生観を綴った洒脱な文章から名篇「余生の文学」まで。大人の風格漂う人生と読書をめぐる随想集。吉田暁子・松浦寿輝対談を併録。文庫オリジナル。
206421-8

み-9-11
小説読本
三島由紀夫
作家を志す人々のために「小説とは何か」を解き明かし、自ら実践する小説作法を披瀝する、三島由紀夫による小説指南の書。〈解説〉平野啓一郎
206302-0

み-9-12
古典文学読本
三島由紀夫
「日本文学小史」をはじめ、独自の美意識によって古今集や能、葉隠まで古典の魅力を綴った秀抜なエッセイを初集成。文庫オリジナル。〈解説〉富岡幸一郎
206323-5

こ-14-3
人生について
小林秀雄
名講演「私の人生観」「信ずることと知ること」を中心に、ベルグソン論「感想」（第一回）ほか、著者の思索の軌跡を伝える随想集。〈解説〉水上勉
206766-0

こ-14-2
小林秀雄 江藤淳 全対話
小林秀雄
江藤淳
一九六一年の「美について」から七七年の大作『本居宣長』をめぐる対論まで全五回の対話と関連作品を網羅する。文庫オリジナル。〈解説〉平山周吉
206753-0

え-3-2
戦後と私・神話の克服
江藤淳
癒えることのない敗戦による喪失感を綴った表題作ほか「小林秀雄と私」など一連の「私」随想と代表的な文学論を収めるオリジナル作品集。〈解説〉平山周吉
206732-5